その時、初雪が降った。」

本城 沙衣

幻冬舎MC

「その時、初雪が降った。」
もくじ

序章

初雪
誰かと一緒に見ることの意味
あの時はわからなかった
それは、すごくすごく大切な瞬間だってことを……

「一緒に初雪が見たいな」

窓際に置いてある観葉植物の手入れをしていた君。

遠い目をして窓の外を見ながら、独り言のように呟いていたっけ。

「雪？」

「うん。初雪」

当たり前のような口振りでそれだけ言うと、その白い手で触っていた観葉植物を、今度は愛おしそうに撫でていたね。

「雪なら嫌っていうほど一緒に見れるだろ？」

「初雪が見たいの」

ちょっと拗ねたような君の口調。

そして、ちょっと意地悪そうな目で僕を睨んでいたっけ。


冬になると、辺り一面が真っ白な雪化粧となるこの土地。

そこに住んでいた僕たちにとっては、雪や雪景色は見慣れた光景だったはず。

君の言っている意味がわからなかった僕は、たぶん、訝しげな顔をしていたと思う。

「今度の冬までの宿題！」

リビングのソファで音楽雑誌を読んでいた僕の隣に来て座った君は、僕の読んでいた雑誌を取り上げると、今度はトビキリの笑顔で言ったよな。

　少し開けていた窓からは、まだ生暖かい風が入り込んできていた夏の終わりの午後だった。

第一章　コスモスの頃

彼女と出逢ったのは高校三年の秋
季節外れの転校生
全てはそこから始まった
当時、通っていた高校の近くにある小高い丘一面に
コスモスが咲き乱れていた秋も半ばになった頃だった
東京から僕のクラスへ転校して来たのが彼女
よくある話だけれど……
それが、彼女との出逢いだった

一・転校生

僕には、朝のささやかな楽しみがあった。

ケタタマシイ目覚まし時計の音と闘いながらもその楽しみのためだけに布団から出る自分。

秋もすっかり深まり、僕の生まれ育った町は、朝晩には、めっきり冷え込んでいる。少し身震いをしながら制服に着替え、二階にある自分の部屋から階段を下りて一階のリビングへ向かう。

キッチンの方では、もう既に朝食を終えた父と二つ下の妹が、ここ最近は毎朝のことながら、何やら深刻そうな話をしている。たぶん、妹が頑固な父を説得しているのだろう。妹は、高校を卒業したら東京の大学へ行きたいと、親と顔を合わせる度に言っているくらいだから。

「ほら、早くしなさいよ！」

キッチンの方から、僕に向かって母が大きな声を上げている。

これが、当時の我が家の朝の光景。

そのような母の声など無視して、僕はすかさずテレビをつける。

……それが〝ささやかな楽しみ〟。

毎朝、登校前に流れる朝のワイドショー。その番組内の『占いコーナー』に何故かハマっている自分がいた。理由は特にない。偶然に見かけた時から、何となく気になっていただけ。それでも、その『占いコーナー』を観ないことには、その日は始まらないような感覚になっていた。お蔭で、遅刻とは無縁にはなった訳だが。

その朝は、まだ知る由もなかったが、彼女が自分のクラスへ転校してきた、まさにその日の占いコーナー。

恋愛運は……『絶不調』『新しい友人に要注意』。

その時期に新しい友人などあるはずがない。「まぁ、こんなもの」とは思いながらも、これが毎朝のささやかな楽しみとなっていた自分。

口が裂けても誰にも言えなかったけれど……。

学校へ行っても教室は、いつもと変わらない朝の風景。

「お〜っす」

「よう」

そのような会話が飛び交っている四分の三が男子の教室。その中の女子といえば……教室のど真ん中に陣取っている。どういうわけか、既に〝男扱い〟されていない教室の男子など、完全にスルー状態。流行の雑誌に群がり、なにやら知らない単語を並べては騒いでいた。たぶん、ファッション系の雑誌だろう。その雑誌に載っている人気モデルらしい名前や洋服のデザインらしき単語の応酬。

まぁ、そのような雑誌に夢中の女子が、田舎の高校のしがない男子に目を向けるはずもないかと自己完結。

少し、アイドル系の容姿をした男子が数人、その仲間に入って一緒に騒いでいる。全く意味が通じずの自分には無縁の世界だ。

「なぁ！　お前、今日、転校生が来るって知ってたか？」

クラスでも情報通で有名な友人が話し掛けてきた。

彼は、中学からの親友。小野という奴で、中学時代から何かと学校内の情報を何処から仕入れてきては、周りよりも早くにその情報を教えてくれていたものだった。とはいえ、軽率な言動など一切ない奴で、どちらかといえば硬派な奴だ。

色々な面で自分とは正反対の性格といっても過言ではない小野とは、高校になっても変らずに親友でいる。

「今頃か？」

「ああ」

「どうせ、また野郎だろ」

「それがさ……」

そう言うと、小野は耳打ちしてきた。

「まだ誰にも言うなよ。女子だってよ」

「へ？　女子？」

思わず、少し声を大きくしてしまった僕に、小野は「しっ！」と人差し指を口に当てていた。

「あ……わりぃ……で、見たのか？」

「ちょっとな」

「どんなだった？」

「俺、今日、日直だろ？　でさ、職員室に行ったらさ……」

「うん」

僕は知らずのうちに少し身を乗り出していたようだ。

「お前でも興味津津か？」

小野がからかうように笑って言った。

「そりゃ、まぁ……な」

「正直でよろしい」

少し上から目線風にそう言った小野は、そのまま話を続けた。

「うちの担任と挨拶してたんだよな」

「で？」

「横顔しか見れなかったけど、けっこう可愛かった……な。うん！」

少し自慢気な様子の物言い。

「もしかしたらさ……」

意味深げな表情で小野は僕の横の席を見た。

「お前の隣に来るんじゃね？」

そう言うとニヤニヤしていた。

その時の僕の隣の席……一番後ろで窓際の隣の席が空いていた。先月、親の仕事の関係とかでアメリカか何処かへ転校していった奴がいた場所だ。

「……かもな」

冷静を装ったつもりだったが、僕もいつもより顔が緩んでいたかもしれない。

「ま、がんばれよ！」

そう言い残して、小野は自分の席へと戻っていった。

「がんばれって、何だよ」

僕は独り言を言いながら、心の中では少なからずワクワクしたような気分になっていた。

『ん？ 朝の占いってこのことか？』

確か、絶不調のはず⁉

そうこうしているうちに、朝のホームルームの時間になり、それを知らせるチャイムが鳴った。

ふと視線を感じた。小野の方を見ると、机の上で親指を立てて、こちらを見て薄笑いを浮かべている。その妙な薄笑いを見ると、「可愛い」という話は、まるっきり嘘かとも思えた。どちらとも取れる笑い方が変に気になったのは確かだったが、まわりくどい嘘をつく奴でもない。

「ま、どうでもいっか」

さっきまでのワクワクした気分を一気に削がれたような気分にもなっていたせいか、興味あり半分・興味なし半分のような感じになってしまった自分は、教室の窓から遠くに見えるその時期が全盛のコスモスでピンク色に染められた丘を椅子にもたれながら、ただ、ぼ〜っと見ていた。

ガラッ……。

教室のドアが開く音が耳に入った。

それまで、チャイムの音など耳に入っていないように騒いでいた連中だが、さすがにその時は、そのまま自分の席に戻り、教室は静かになった。僕も少し身体を起こして教壇の方へ向いた。

これもまた、いつもと変わらない光景。

担任が、何事もない表情で教壇のところに立った。そして出席を取る。

僕は、ノートを破り、丸めて小野へ投げた。

「なんだよ」

小野は小声でそう言うと、こっちを見た。空いている席とは逆隣の列の、自分より二つ前に小野の席があった。

「何処にいるんだよ」

「あ？」

「転校……」

そう言いかけたところで、担任が出席簿を閉じて「今日は……」と言い出した。今度は、小野がノートを丸めたものを投げ返してきた。

「ほら、みれ」

小野はそう小声で言っていた。僕は、「すまん」というジェスチャーをして担任の方を見た。

「転校生が来るから。これから紹介する」

決して若いとは言い難い担任。もう何回もそのような場面に立ち会って来ただろうといった感じで、淡々と事務的に言った。

一瞬、教室がざわめいた。「転校生が来る」と聞かされると、大抵教室内はザワメキが起きるものだ。期待とか好奇心とかが入り交じったようなザワメキ。「男子？　女子？」とか「何処から？」などという言葉が飛び交う。

しかし、その時のザワメキはいつもとは違っていた。期待や好奇心というような感じはない。いつもなら飛び交う言葉もない。何処からか「どうして……」というような声が聞こえてきたくらいだ。無理もない。その転校生が僕の教室にやってきたのは、高校三年の秋。普通なら、受験や就職などで転校生などあるような時期ではなかったからだ。

しかも、たとえ何処からだろうと、都会とはほど遠いこの町に転校してくるなど、誰もが単純に不思議がるのも当然。

担任が、教室の前のドアを開け、一旦、廊下に出た。その瞬間、教室全体が今度はうるさいほどに変わった。

「今頃になって転校生？」

「知ってた？」

「かっこいいかな！」

「でも、わけありだったりして！」

男子の方がはるかに多いクラス。当然、男子と決めつけたような女子たちの甲高い声が飛び交っていた。

男子群はというと「どうせ野郎だろ」というような感じ。それほどの興味はないようにも見えたが、それでも、この時期外れの転校生には興味ありといった感はあった。

先に情報を教えてくれた親友の小野は余裕の感じ。僕に向かって、また、あの薄笑いを浮かべているだけだった。

小野の隣に座っていた女子が、「ねえ！ あんた、知ってんでしょ！」と執拗に問い掛けていた。何と言っても、クラスでは情報通で有名な奴。しかし、小野は「知らねぇよ」と平然とシラをきっていた。シラをきるのは小野の得意技。その様子に、僕は思わず笑ってしまっていた。

それから数分くらいすると、担任が再び教室に入って来ると、誰かを手招きするような仕草を見せた。教室は、一瞬静かになった……が、その瞬間、大きなドヨメキが起きた。

「おお！」

既に小野から転校生の情報は聞いていた。しかし、その転校生が「可愛い」という言葉をいつものジョークと半分、決めつけていた自分。たぶん、他の生徒よりも遅れて、その転校生の姿を見たと思う。「おお！」というドヨメキに釣られて見たようなものだったから。

「へ？」

思わず僕は息を呑んだ。小野を見ると、またもや自分の方を見て「ほらな」とでもいうような笑いを浮かべていた。

担任の後ろから隠れるように入ってきた転校生。

小野が言った通り女子。ずっと下を向いたままだったが、〝可愛い〟というよりも、むしろ〝美しい〟という形容が適しているような容姿であることは遠目といえども間違いのない事実だった。たぶん、誰もが予想を外したに違いなかった。

「東京から転校してきた〝あんどうなつこ〟さんだ」

担任のその言葉に、教室内のドヨメキはまたもや一瞬でおさまった。

それから、担任が黒板に彼女の名前を書いた。

《安藤夏子》

それから「挨拶を……」というように、彼女の背中を軽く押した。その時、初めて彼女は目線を上げ、僕らの方を見た。

一番後ろの席だった僕は教室全体が見渡せる。当然、大半は友人たちの後ろ姿だが、様子だけはわかる。男子は無表情で固まっていた。女子は呆気に取られたような感じ。

僕は、その光景に少しだけ優越感のようなものを覚えていた。小野から事前に情報を得ていたことで、〝固まる男子〟の仲間に入らなくて済んだのだから。斜めからしか見えなかったが、小野も余裕の表情だった。

「東京から来ました安藤夏子と申します。よろしくお願い致します」

そう言って、少しはにかんだような感じで、軽くお辞儀をした彼女の髪が、フワッと舞ったように見えた。色白……といっても、〝透き通る〟と言った方が適当なほどの色白。少し茶色がかった髪の毛は肩より少し下あたりまで、まっすぐに落ちている。かなり柔らかそう……。

お辞儀の姿勢から身体を起こした時、もう一度、ザワメキめいたものが教室を支配した。これも無理もない。パッと見ただけでも、あれほどの美形は、たぶん、僕の住んでいた町では見かけないくらいだったのだから。

そのような教室の生徒の反応など無視するかのように、担任は、ここでも、ただ淡々と事務的に言った。

「じゃあ……」

そう言いながら教室を見渡した。

事前に情報提供してきた友人の小野は、また僕の方を向いてニタニタしている。彼が言いたいことはわかっていた。そして、僕が何を期待していたのかもお見通しといった感じだった。

「……あそこ……一番後ろだが、今はそこに座ってもらおうか」

担任は、僕の方……つまりは、僕の隣の空席を指さして言った。それから、自分の名前を呼んだ。

「加納、何かあったら教えてやれよ」

「……はい」

さっきからニタニタと含み笑いをしていた小野は、最初に彼がしたように、机の上で親指を立てていた。小野の意味深げな含み笑いを変に疑った自分に、一瞬だけ後悔のような複雑な気持ちが過っていた。

転校生の彼女は、僕の席の方へと両脇に机が並んだ狭い通路を歩いてきた。彼女が歩いてきた通路側の男子はというと、彼女が通り過ぎるたびに、まるで、〝正確さ〟を絵にでも描いたように、順々に振り返っていた。そして彼女が僕の隣まで来た。

「え……と……この席でいいんですか?」

そう話し掛けてきた声のトーンがやけに優しく儚くも感じられた。

「あ……そうです」

僕は、その言葉しか出てこなかった。丁寧語まで使っている自分もいた。

「失礼します」

そう言うと、彼女は僕の隣にずっと放置されていた空席に座った。チラッと彼女の方を見ると、一瞬、目が合った。

「よろしくお願いします」

「いえ……」

なんともお粗末な答え。

実は、自分だって、そうもてない方でもない。高校に入ってからは、彼女がいてもいなくても月一くらいのペースで告白されてきたくらい。高二の時は、同じクラスの女子から「加納君って、○内涼真に似てるよね～」などと人気俳優の具体的な名前など出されながら比較みたいなこともされていた。もっとも自分では全然似ているとも思わないが、バスケ部に所属していたせいもあり、背は一八○センチ近くはある。とりあえずは、それほど悪い方ではない……と自負。そのような自分が、女子から声を掛けられてビビることなど、想像もつかないといえばつかない。

それがだ！　情けないことに、この安藤夏子という転校生に一瞬のうちに〝情けない男子〟に変えられてしまったのだった。

「おい！　加納！」担任の声がした。

「は、はい？」

思わず、席を立ってしまっていた。

「席は立たんでもいいが……ま、よろしくな」

そう言って、担任は一時間目が始まる前に教室から出て行った。「クスクス……」何処からともなく、笑い声が聞こえている。彼女を見ると、彼女も下を向いて笑っていたようだった。

これが、彼女……その朝の占いが見事に外れたとも思える、安藤夏子との初対面の時となった。

高校三年の秋。受験時期も間近の、その時期にしては昼間は小春日和の暖かい日だった。

季節外れの転校生として彼女が自分のクラスに突然現れ、それまでの自分自身を失ったその日。僕は彼女の顔をまともに見ることはできないでいた。担任からは「面倒をみてやれ」というようなことは言われてはいたが、そんな余裕などない。

情報通の友人の、あの含み笑いから思っていたこと。

『どうせ、ろくな女じゃないんだろ』

そのような思いも見事に裏切られた。僕は、その容姿というよりも、そのオーラ的なものにヤラレテしまっていた。自分からは話し掛けることができない……というか、話し掛ける話題がない。思えば、いつものように「教科書あるの？」みたいに、自然に話し掛ければよかったはずなのに、それすら考えが及ばない自分がいた。

まだ、近くでまともに顔を見たわけではない。しかし、彼女の持つ独特の雰囲気や遠目に見た美しい容姿に圧倒されていたことは否めない事実だった。独特の雰囲気というのは、その時はただ漠然としたものであったが、後々、気づくことになる。

僕が彼女の顔をまともに見ることができたのは、その日の放課後になってからだった。

その間は女子が彼女の周りを取り囲んでいたり、昼休みには女子軍団に交ざって、既に仲良くお喋りなどしていたようだった。

「安藤さんの制服、東京って感じだよね〜」

そのような声が聞こえていた。彼女の風貌にヤラレテいた自分は、彼女の制服までは気がまわっていなかったみたいだ。女子たちのその声で、気づいた始末。

自分の高校もブレザーの制服ではあったが、彼女の着ていた前の高校の制服と思われるブレザーは、女子たちが騒ぐのも当然のように、何処かあかぬけているというか、デザイン自体が、地元の他の高校の制服でも見たことがなかった感じだった。

「デザイナーズでしょ？」

いつも、ファッション雑誌を見ては、一番騒いでいる女子が、何かを思いついたかのように、大きな声で叫んでいるのも聞こえてきていた。

「ん……そんなところ……かな」

少し戸惑っているような口調の彼女の声。

「やっぱり〜！　すっごい〜！　もっと見せて〜！」

そのような会話で盛り上がっている女子たちの間に入ることすら不可能なことであるのに、特に用事もない自分が、その中にいる彼女に声を掛けるタイミングなど持てるはずもない。

「加納」

小野が話し掛けてきた。

「お前、何か話したか？」

「いや」

「何やってんだよ。お前、今、彼女いないんだろ？」

「だから、何なんだよ」

「チャンスじゃんかよ」

「あ？」

わざとわからない振りをした。友人の言いたいことは手に取るようにわかっていた。自分の情けなさや不甲斐なさなどが入り交じっている。この時も親友にでさえ、いつもみたいな自然な会話ができないでいた。

若かったんだろうな……などと今は思う。それも見破られているに違いなかったが、それでも、その〝振り〟をし続けている滑稽な自分が客観視できてしまっていた。

「ったく。お前らしくないじゃんか」

「そっか？」

「いいから。今日中には声、掛けろよな」

そう言い残し、小野は違うグループの輪に入っていった。

昼休みも終わりに近づき、僕は自分の席に戻り、何となく窓の外を見ていた。それは、いつもと同じ。と、不意にその視界が変わった。転校生の彼女が席に戻ってきたのだ。それまでの長い期間、窓の外の景色と自分を遮るものは何もなかった。故に、その時の視界の中にあった風景は長い間、経験していなかった風景だった。

目が合った。

「今日中に話し掛けろよ」と言い残していった小野の言葉が頭を過った。

よし！

何をそんなに自分にリキを入れる必要があるのかと、自分でも不自然な感覚。それでも、〝気合い〟を入れた。

「もう、女子と仲良くなったの？」

昼休み中、女子の中で楽しそうに笑っていた彼女が印象的だったので、何も考えていなかったわりにはまともな質問ができた。

「え？」

僕の急な問い掛けに、彼女は一瞬、驚いたような表情を見せた。が、すぐにその表情は笑顔に変わった。

「そうなの。何だか、皆、優しくて……転校なんて初めてだから、ちょっと戸惑っていたんだけど」

そう言うと、本当に嬉しそうに笑っていた。

「よかったね」

「うん」

それだけで、その時の彼女との会話は終わってしまったけれど、僕にはかなりの衝撃的時間だった。というのも、こんなに間近に彼女の顔を見たのは、朝から初めてだったから。午前中、ずっと隣に座っていたはずなのに……やはり、かなり情けない。

間近で見た彼女は、その朝、ホームルームで初めて彼女を見た時とはかなり印象が違っていた。実は、教室の机の間の狭い通路を歩いてきた時も、「ここでいいですか？」と声を掛けられた時もまともに彼女を見てはいなかった……というよりも、見ることができない自分がいたから。

遠目で彼女を見た印象は、髪の毛が柔らかそうな色白の美人。この辺りでは、滅多に出会うことがないような、あかぬけた都会的な印象。そのくらいの感覚だった。

しかし、間近で視線を交わしながら見た彼女は、例えて言うなら、何かの雑誌で騒がれている〝セレブ〟的印象。上品な笑い方と話し方とその声。

色白というのは、遠目で見た以上に、青みがかったに近い日本人離れした色白。髪の毛は生まれつきの栗色といった感じ。特に茶色いわけでもなく黒くもない。目は、二重がはっきりしていて、かなり大きいし、まつ毛も長い。鼻は……それほど高いとはいえないが、その顔立ちには合っている。口元はすこし潤いがあるような薄いピンク。まさに自分が描いていた〝都会のセレブ〟そのもの。

目が合っただけのはず。一応、まともに彼女を見ただけ。

『どうして、これほどまでに細かいことまで見えるんだ？』

そう思うと、自分でも不思議な感覚だった。

背は、遠目よりも小柄だったが、いつもクラスの女子が騒いでいるファッション雑誌から飛び出てきたような風貌だった。都会で流行っているファッション雑誌に夢中な女子の間で人気が出るのも当然かもしれない。

男子はというと……ただ見ているだけの軍団。自分は席が隣だったので運よく話し掛けられもしたが、それも小野に強引に言われてのこと。それでも、二、三言、言葉を交わしただだけ。そうでない男子は、それは近づくこともできないだろう。ある意味、ラッキーな自分。そして、その自分を少し離れたところから、またもや含み笑いで見ている親友の小野がいた。

彼女は、自分の周りで起こっている騒動を知ってか知らずか、普通の表情で三時間目の授業の準備をしているようだった。自分からは少しうつむき加減の横顔しか見えないが、その〝普通〟がそれがまた、何とも言えないほどの美しさ。言葉を換えて言うなら〝清楚〟。

僕の目には、彼女の向こうに見える、ピンクのコスモスの丘が背景となった〝絵〟に映った。

いつもは、風景画。

その日は人物画。

そのくらいの違いがあった。

その日は、初めてのキスやH体験……学園祭や体育祭などなど、〝これぞ、高校時代の最高の思い出！〟そう思った数々の出来事の中でも、一番の衝撃的な日になったという思いは今も変わらない。

二、噂

僕の生まれ育った町は、所謂〝地方都市〟というところに属してはいた。しかし、東京や大阪などのど真ん中の都会と比べたら、全く〝都会〟とは言い難い。しかも、その地方都市の表玄関になるような駅近郊ならともかく、その駅から電車を乗り継ぎ、およそ一時間弱くらいの場所に位置している。

冬ともなれば雪化粧となり、交通も不便になる。まぁ、夏はそれなりには過ごしやすいかもしれないが。

一応、電車やバスなどの公共の乗り物は通っている。一本だけ地下鉄も乗り入れている。全国的に有名なデパートなどはないものの、地方では有名なデパートが一軒と、それなりの大きな商店街や娯楽施設などはあるので、生活に困るほどの田舎というわけではない……にしても、やはり〝都会〟とは、かなり言い難い場所ではある。

そのような場所に、この時期、彼女のような美貌の持ち主が東京からやってきたとなれば、町のど真ん中に、突然、季節外れの大輪の花が咲いたようなものだ。小さな町の噂にならないわけがない。自分の親でさえ、彼女が転校してきてから一週間も経たないうちに妙なことを言っていたくらいだ。

「あんたのクラスに来た転校生の子。あの子、汚職して辞任した政治家の娘さんなんだって」

ちょうど、同じ名前の政治家が汚職か何かで問題になっていた時期だった。

そのような環境の中での、更にごく限られた〝学校〟という狭い場所。町の噂よりも、更に速いスピードで広まるのは必至。良きにつけ悪しきにつけ……。

隣のクラスからも、彼女見たさに、特に大した用事もないのにもかかわらず、自分の教室へ訪ねてくる奴らも少なくなかった。

特に、自分のところへは、一、二年生まで、ほとんど付き合いのない奴まで、何だかんだと用事をつくってはやってくる日々。自分のところへ来れば、彼女を間近で見ることができるのは必然のことだ。それでも、彼女を見た途端、誰もが話し掛けられずに、そのまま戻ってしまうこともしばしば。それも当然。最初からずっと隣にいる自分でさえ、何か用事がないと話し掛けることすら躊躇《ためら》われたくらいだったのだから。

それくらい、彼女の容姿だけでも、そこから放つオーラ的なものが強かったわけだ。とは言っても、彼女自身、全く〝高飛車〟なところもなく、クラスの女子とは、もうずっと前からの友達のように笑って話していた。彼女に話し掛けることすらままならないほどの〝オーラ〟を感じていたのは、どうやら男子だけだったらしい。

クラスの男子の間では、最初は、何故この時期にわざわざ東京から転校してきたのかということが話題になっていた。

「加納。お前、聞いてみろよ」

よくそのようなことを言われてはいたが、なかなか聞くチャンスはなかった。聞けば、たぶん答えてはくれただろうけれど、彼女自身から何も説明がないという状況から、何となく聞けなかった。紳士的とは到底、言い難いほどの自分ではあったが、それでも、プライベートを率直に聞くほど無神経でもない。

「今度、聞いとくよ」

友人たちには、そう言っておくしかなかった。

そうこうしているうちに、〝何故この時期に〟というような素朴な疑問は薄れ、いつしか、彼女の東京でのことが話題になっていった。彼女が突然転校してきてから一週間も経たないうちに、クラスの女子の間から噂がたった。

「ねぇねぇ。安藤さんって、東京ではモデルしてたんだってよ!」

朝、登校してくるなり、ある女子が言っていた。それを聞きつけた周りの女子の反応は速かった。

「なんで知ってるの？」

「昨日、東京の大学へ行ってるお姉ちゃんが電話で言ってた！」

「言ってたって、安藤さんのこと、知ってるの？」

「知ってるっていうか、この前、写メ送ったら、似てるモデルがいるんだって」

「どんな雑誌？」

「東京で流行ってるらしいけど、わかんない」

そのような会話が二、三日続いた。彼女はといえば、その話題を真っ向から否定していた。東京で流行っている雑誌なら、この町の本屋やコンビニにも並んでいる。

噂は噂。

次に立った噂は、彼女が東京で通っていた高校の教師と恋に落ち、その高校にいられなくなったという噂。モデルの噂から、なんとも飛躍したものだ。その噂にも、彼女は笑いながら否定していた。

次が、妊娠説。噂では、予備校の講師との間で妊娠が発覚し、予備校はおろか、通っていた高校も退学になったらしい。

「普通、同級生か担任だろ」

僕は友人にそのようなことを言ってはいたが、内心では、何処かで頷けるところがなかったといえば嘘になる。やはり、自分のクラスや学校全体の女子を見ても、彼女は飛び抜けて大人っぽい。同級生なんか相手にするわけない……そのような思いが頭にあったのは事実。

いつもは苦笑しながらも対応していた彼女もこの妊娠の噂には、さすがに参ったらしい。溜め息をつきながら、僕の席の隣に戻ってきた。昼休みも終わりの頃だった。

「はぁ～～～」

彼女は大きく溜め息をつくと、両手を机の上に伸ばし、顔を伏せた。

「大丈夫？」

思わず、僕は声を掛けた。

「あんまり大丈夫じゃない」

机に顔を伏せたままの彼女は言った。

「あのさ」

「なに？」

何となくだけれど、彼女に対して変にムカついたような自分がいた。はっきりとした理由などなかったが、あれだけの噂が飛び交っているのに、きちんと釈明しない彼女の姿勢にイラついていたのかもしれない。彼女の一種、煮え切らない態度に僕がイラつく必要もなかったが、それでも何故かイラついていたことは確か。もしかしたら、自分も真実を知りたかったという気持ちが無意識に働いていたのかもしれない。彼女にとっては大きなお世話といえば、そうだったろうけれど……。

机に身体を伏せたまま、顔すら上げようとしない彼女に、ついに僕は言ってしまった。

「人が話し掛けてんだからさ、顔くらい上げろよ」

「あ……ごめん……」

そう言うと、彼女はゆっくりと身体を起こし、顔を上げた。そして、僕の方を見た。少し目が赤い？　その大きな目が赤くなっているのを見た僕は、何だか自己嫌悪に陥っていた。

「ごめん……いいよ」そう言うしかない僕がいた。

「……私こそ、ごめんね」

それほどの泣き声でもないし、鼻声でもない。その言葉を聞いて、僕は少しだけ安心した。

「……けっこう、いろんな噂が飛び交ってるからさ……」

「みたいね」

「なんていうか……ちゃんと言っちゃった方がよくない？」

そう言った僕の言葉に、彼女は暫く間をおいた。瞳は僕を見ている。僕も彼女の視線から目を逸らすことができなかった。

「そうなんだけど……」

躊躇いがちに言った彼女の言葉。その口調で、僕は、それ以上のことは何も言わない方がいいと瞬間的に感じていた。

「ごめん。いいよ。安藤さんがいいなら」

「うん……今は……」

「だから、いいよ」

「……ごめん」

僕が怒っているとでも思ったのか、彼女は声を小さく、そう言った。

「別に、怒ってるわけじゃないから」

咄嗟にフォローしていた。

「……ごめん」

それだけ言うと、彼女は、また机に顔を伏せてしまった。

「加納、安藤さん、泣かせただろ」

隣に座ってる友人が、からかうような口調で言った。

「っるせぇな！　関係ねぇだろ！」

つい、強い口調で返してしまっていた。

「そんなにムキになることねぇだろ」

単にからかい半分だっただろう友人も、少し面食らったようだった。自分でも、何故、それほどまでにムキになって答えたのかわからないほどだったのだから。

三時間目の授業のチャイムが鳴り、四時間目もそのまま過ぎて、放課後になった。様々な噂が飛び交っていたとはいえ、クラスの女子は彼女を仲間外れにしたり、無視したりというようなイジメのようなことはしていなかったようだ。普通に挨拶もしていれば、休み時間ともなれば、転校初日と変わらず楽しそうにお喋りに花も咲いていたようだった。

「安藤さん！　一緒に帰ろ！」

そのような言葉も普通に聞かれる。それを目にしたり耳にしていた僕は、少なからずホッとしていた。何故だろう……初日から隣の席で親近感のような感覚を覚えていたからと、その時は単にそう思っていた。

「あ、ごめん。今日はちょっと……」

彼女の声が聞こえた。ふと、その声の方を見ると、彼女がこっちへ歩いてきた。

「加納君」

突然、声を掛けられた。

「今日、一緒に帰れる？」

「……？」

一瞬、日本語がわからなくなったと錯覚した自分がいた。

「放課後、空いてる?」

もう一度、彼女が尋ねてきた。やはり聞き間違いでも、自分が日本語が理解できなくなったのでもないと確信できた。

「あ……ああ……うん。いいけど」

「ありがと」

彼女との会話を聞きつけた男子の視線が鋭く突き刺さっていたのも同時に感じていた。最初に情報提供してきた親友の小野は、相変わらずのニヤついた顔つきでこちらを見ている。

「な〜んだ。加納君と帰るんだ〜」

女子の間では、冷やかしめいた言葉が飛び交っている。

「加納! 明日、おぼえてろよ!」

そうは言って、男子も、ある意味「頑張れよ」的な言葉を発して、さっさと教室を出ていってしまった。

彼女が転校してきてから二週間くらい経っていた。

その間、ラッキーなことに隣の席になったとはいえ、それほど多くの会話を交わしたこともなかった。まして一緒に帰るなど、予想だにしていなかったこと。

『こんな美人と歩いてたら目立つだろうな』

昼休みに彼女とあった会話などや彼女の様子は何処へいってしまったのか、僕はそのようなことだけを考えていた。緊張……とも違う……なんだろう……この感覚。未だもって、あの時の自分の感情はわからない。あまりの突然の出来事に、たぶん、思考回路がショートしていたようだった。

「じゃ、帰る？」

彼女は、少しだけ恥ずかしそうな微笑を浮かべて言った。

「ああ」

努めて冷静を装う自分。

「ごゆっくりね～」

クラスの女子が楽しそうに手を振っている。まるで、いつかＴＶで見たことがあるような光景――そうだ！　お見合いなどでふたりきりにさせる時の仲人や親たちの姿そのもの。なんだか急に恥ずかしさが湧いてきた。

「行こうか！」

その場から逃げたくなった僕は、強引に彼女の制服の袖を引っ張っていた。

「じゃ、明日ね……」

彼女は友人たちにそう言いながらも、僕に引っ張られるまま、教室を後にした感じになっていたはず。階段を下り、下足室へ着くと「もういい？」というように、彼女は僕を見た。

まだ彼女の袖を掴んだままの自分。それもけっこうな恥ずかしい光景。

「あ、悪い！」

急いで、掴んでいた袖を離した。

隣で彼女はクスクスと笑っていた。

三、真実

靴に履き替え、校舎を出た。

校門までは、ふたり、少し距離をおいて歩いていた。暗黙の了解とでもいうのか……そんなところだ。

校門を出ると、彼女が話し掛けてきた。

「この辺に、ゆっくり話できるところない？」

「ゆっくり？」

「うん……ちょっと話したいことがあって……」

うつむき加減にそう言った彼女は、少し淋し気に映った。

「だったら……公園とかあるけど。外じゃ寒いかな」

「ううん。じゃ、そこで」

学校から歩いて十分程度のところに、ちょっとした〝憩いの場〟的な公園がある。春ともなれば桜が満開になる公園だった。しかし、その時期は葉もつけない桜の木が並んでいるだけ。とはいえそこには池や有名な作家が創ったオブジェなどがあり、その町のシンボル的な公園にもなっていた。

秋の風が少し冷たくも感じたが、もともと雪国育ちの自分にとっては、それほどの寒さでもなかった。彼女はというと……少し寒そうにはしていたものの、何となく優しい言葉をかけるキッカケを失っていた自分がいた。

公園の入り口近くにベンチがあったので、そこに座って話をすることにした。

「素敵な公園があったんだね」

「一応、ここらへんの唯一の名物？」

そう言った僕の言葉に、彼女は少しだけ笑っていたようだった。

「ごめんね、付き合わせちゃって」

「いいよ、別に」

「まだ……怒ってる？」

たぶん、昼休みに勘違いされたままだと直感した。

「最初から怒ってなんかいないけど」

「そう……？」

何となく、納得されていない雰囲気。自分の言葉遣いがブッキラボウなのかと思ったが、もはや遅い。そのまま黙ってしまった彼女に「ちょっと待ってて」と言い、自動販売機で温かい紅茶を買って渡した。それを受け取った彼女は、昼休み以降、初めて僕に向かって笑顔を見せてくれた。

「加納君って優しいんだ」

まるで、僕がいつもは怖いイメージでもあるような言い方だった。

「いつも、そんなに怖い？」

また彼女は笑った。

「ごめん。そういう意味じゃなくて……あんまり話したことないし……隣の席なのに……ね」

「ま……ね」

何となく、タドタドしい会話だったが無理もない。こうやって話すのは初めて。しかもふたりきり。急な彼女の誘いだったので、自分からの話題など考えてもいなかった。

〝プシュッ〟と渡した缶の紅茶を開け、一口飲むと「美味しい」と嬉しそうに微笑んだ彼女。その薄いピンク色をした唇に思わず目がいってしまった僕は、慌てて目を逸らしていた。

「加納君ってモテるでしょ」

ゲホッ！　思わず、むせてしまった。

「大丈夫？」と言いながら、背中をさすってくれていた。

「何、いきなり」

まだ少しむせながら聞いた。

「かっこいいから」

即答か？

「どこがだよ」

思わず男子と話しているような口調になっていた。

「背だって高いし、俳優さんみたいな顔つきだし」

「……それ、言いに誘ったの？」

少し淋し気な表情や、昼休みの赤い目をした彼女が気になっていたので、拍子抜けした感じがしていた。確かに、「モテる」とか「かっこいい」と言われて、気など悪くするはずもない。それでも、何となく意外な彼女の一面を見てしまった気がした。

「……ごめん……そうじゃないんだけど……」

「じゃ、何」

そのような心情だった自分の言葉は少しキツかったかもしれない。

「ん……あの……」

話の流れからして、一瞬、告白でもされるのかと思える雰囲気。その後の言葉が「彼女、いるの?」とかだったりしそう。ナンダカンダ思っても、かなりの期待大のシチュエーション。

カサカサと、少し残っている木の葉を揺らす風が吹いた。

「あのね!」

その風に合わせるように、彼女は口を開いた。

「私が転校してきたのはね!」

かなりリキが入っている言い方。

『告白じゃなかったのか』

今度は僕が風にほのかな期待さえも吹き飛ばされた気分。期待した自分が馬鹿だった。

「加納君?」

「あ、ごめん」

期待が見事に外れた僕は、一瞬、放心状態になっていたらしい。彼女の問い掛けに我に返った始末。

「……話して……いい?」

そのような僕を覗き込む感じで彼女は言った。

「いいよ。ごめん」

自分の勝手な思い込みで、せっかくの彼女の、かなり決心めいた言葉を遮ってしまったようで申し訳ない気もしていた。

「どこから話していいかわからなくて……加納君にもだけれど……誰にもちゃんと話したことなくて……」

「そうなの……」

「あのね、私が、この時期に転校してきたのはね……」

僕も含め、クラス中……いや、学校中が気になっていたことだ。

少し、身を乗り出した感がある自分。

「実際には大した理由じゃないの」

「実際には？」

「うん……」

彼女の妙な言い方は、何処か引っかかった。しかし、彼女が話し出すまでは、それ以上は問い詰めないことにした。

「父親が海外転勤になったのね。急な話で……」

「そうなんだ」

本当に大したことない理由。というよりかなりよくある話そのもの。ホッとしたような期待が外れたような……。

「それでね、受験とかあるでしょ？　だから私は日本に残ったの」

「一緒には行かなかったの？」

　冷静に言ったつもりの自分。

「ずっと向こうに行ってるんだったら、それもあったけど、一年か二年くらいの予定だから」

「うん……」

　僕は、当然のように彼女の母親と日本に残ったと思っていた。

「どうして、わざわざ東京から、こんな田舎に来たの？」

「親戚がこっちにいるから」

「ん？」

「東京にも親戚はいるんだけど……」

　彼女の言っている意味を全く理解することができないでいた。

　彼女も、それに気づいたようだった。

「あ……そうだよね。母親はね、私が小さい頃に父と離婚していて、親権が父だったの。だから……」

「そっか」

　何となく理解はできた。しかし、東京にも親戚がいるのにと思うと、そこは理解し難かった。ただ、彼女の様子から、そのことを敢えて聞ける雰囲気でもなかった。

　また夕方近くの冷たい風が一筋吹いた。

「あと……」

「ん？」

「もうひとつ……」

　少し時間を空けたと思うと、かなり躊躇うように口を開いた彼女だった。

　僕が買ってきた紅茶の缶を握り締めたようにも見えた。

　一瞬、強い風が、うつむき加減の彼女の顔にかかった髪の毛を揺らした。小さく深呼吸をしたような感じの彼女。僕は、その沈黙の時間、ただ彼女が口を開くのを待っていた。

「学校で……」

　彼女が小さい声で呟いた。

「……私が妊娠したとか……噂とかあるでしょ？」

　そう言うと、更に首をうなだれた。僕は、その様子を見て、噂が本当のことだったのかと感じていた。一種のショックを受けた感覚ではあったが、この小さな町だからではなく、正真正銘の美人だし、何処に行ったとしても男性は放ってはおかないはず。そのようなことがあったとしても、ある程度は頷ける話。

　ただ、その〝美人〟の中に気品のようなものを持ち合わせていた彼女。なので、〝妊娠〟

などということとは縁がないと心の何処かで思い込んでいたのは確かなことだった。例え、どのくらい多くの男性と付き合っていたとしても、〝妊娠〟――それだけは想像することは難しかった。いや！　想像したくなかった。

その時の自分に、彼女に対しての恋愛感情があったかどうかは定かではない。それでも、最初に抱いた〝彼女のイメージ〟みたいなものを崩したくなかった。そのような感覚であったことは事実。そう言った彼女に僕は何も言うことが出来ずにいた。

「相手は予備校の講師……とか……でしょ？」

彼女は、ちらっと僕の方を見た。

「あ……うん……まぁ、そんなことも……」

否定するわけにもいかず、曖昧な返事しかできない自分。

「モデルだったとか、担任と恋愛関係になったとかね……」

「……」

「そういうことだったら、笑って否定できたんだ」

『そういうことだったら？』

「でもね……予備校の講師って言われた時は……」

それきり、また彼女は黙ってしまった。ずっとうつむいたまま、顔を上げようとしない。

夕方の冷たい風が彼女に容赦なく吹きつけているようにさえ見えた。

それを言うために自分を誘った彼女がいたこともわかったし、それでも尚、躊躇っている彼女の心情を察するには余りある状況。事実を知りたいという気持ちと、〝妊娠〟という言葉はそれ以上、彼女の口からは聞きたくないという気持ちが交錯していた。それでも、そのような彼女の様子を見ていた僕は、昼休みの時のようにイラつくというより、〝楽にさせたい〟という気持ちの方が強く働いていた。

「いいから、言っちゃえよ」

そう口にしていた。

「そうだよね……ごめん……妊娠なんて……それはないから」

「……そうなんだ……」

かなりホッとした自分がいた。

とはいえ、まだ彼女の様子は苦しそうだった。

「でも……」

「でも？」

できるだけ優しく話し掛けたつもり。

「予備校の講師っていうのは……嘘……でもない……」

「どういうこと？」

彼女は、もう一度、深呼吸をするようにしてから話し始めた。ずっと、うつむき加減だった彼女は、もう薄暗くなりかけた空を見上げていた。

「東京で……予備校の講師の人でね、付き合ってたの。高二の時から」

「うん」

努めて冷静に装った。考えてみれば冷静に装う必要もなかった。しかし、何故か、彼女と付き合っていた人がいたということを直接聞いて、一瞬、動揺にも似た感覚を覚えた自分がいたため無意識にそうさせたのだと思う。

とはいえ、自分だって付き合っていた子くらいいる。モデルだったなどと噂が立つくらいの美形なら、全く不思議はない。逆に、誰とも付き合ったことがないと言われた方が、よほど不自然ということも解っていたはずだけれど……。

「でもね……いっちゃったの」

「ん？」

「あそこ」

彼女は見上げていた空を指さした。

「え？ なに？」

「いっちゃったの……あの空の向こう……上……」

『いっちゃった』の意味……二つある。

空の向こうということは、外国へ行ってしまった？

それとも……上……逝った？

聞けなかった。

「二カ月前、突然ね……いなくなっちゃった」

そう言うと、空に顔を向けたまま、彼女のその大きな目から、一筋の大粒の涙が流れ落ちた。

意味がわかった。

「……どうして……？」

「事故だった……バイクで対向車と出会いがしらに……」

このような場合の答え方などわからない。〝友人〟と呼べる間柄でも、そのような話を聞いたことさえ初めて。

それでも、自分がかなり情けなくもあった。

男として？

人として？

偶然持っていたハンカチを彼女に差し出したのが精一杯だった。

「ありがとう」そう言うと、彼女は僕の差し出したハンカチを受け取ると、その涙を拭った。

少しの沈黙。

「ちょうどね、私と待ち合わせしていた時だったんだ」

「……」

「遅刻するのはいつも私だったのに……ずっと来なくて……そしたら携帯が鳴って……」

「……うん……」

「何か、ドラマとかにあるパターンだよね」

無理して笑って見せたような彼女の目には、まだ涙が溜まっていた。

「無理して……」

その後、「笑わなくていい」と続けようとした僕の言葉を遮るように彼女は続けた。

「だからね、父の転勤を機に……こっちの親戚のところへ来たの」

僕には、その大きな目に溜まった涙を流さないようにと頑張っているようにも映っていた。

それでも、気の利いた言葉が見つからない。

「お昼休み……加納君に叱られたでしょ?」

「あ……ごめん……」

「噂が立ってるって聞いて……予備校の講師……しかも妊娠して……それで、こっちに来たって……」

「……」

「妊娠してた方が、まだよかった」

「安藤さん……？」

「だって……そうだったら、彼、生きてるってこと……」

何も言うことができない。

「もう会えないんだったら……事故現場……見るくらいなら……」

言葉になっていない彼女。

「だったら……」

それきり、彼女は下を向き、僕が渡したハンカチで顔を覆ったままだった。

ただ、すすり泣くような声が聞こえていただけだった。僕は、そのような彼女を目の前にして、相変わらず、何も言えずにいた。夕方の冷たい風が吹き、その寒さが増しているだけ。

思わず、隣で肩を震わす彼女を自分の方へ引き寄せていた。華奢に見えた彼女ではあったけれど、想像以上に細い肩をしていた。

『こんな細い身体で……そんなに辛い思いを抱えていたんだ』

彼女も僕に躊躇いもないように寄り添っていた。たぶん、亡くなった彼のことで頭がいっぱいなんだろうと思っていた。

「泣いていいよ」

僕は、それだけの言葉をかけるのが精一杯だった。

そして、まだ誰も知らないであろう彼女の真実を知ることとなった。

四．約束

その夜、僕はなかなか寝つくことができなかった。

彼女の真実を知ったということもあった。しかし、自分の腕の中で泣いていた時間を思い出すと、かなり複雑な思いがあった。恋愛感情とは、まだほど遠いことは確か。それでも、教室で毎日のように隣の席にいるのにもかかわらず、いつも遠くから眺めているような感覚だった彼女が自分の腕の中であんな風に……。

彼女自身は、未だ亡くなった彼のことで気持ちに余裕などないことはわかっている。それでも、自分だって男だ。あの公園で、ひとしきり泣いた彼女が顔を上げた時、その大きな目に光った涙に惹かれた自分がいたことは否めない。

彼女が僕の腕の中で泣き止んだのは、もう辺りが暗くなった頃だった。

冬になれば、辺り一面、雪に覆われるくらいの土地。秋とはいえ、かなり冷たく感じられる。

また、一瞬、強い風が自分たちに吹きつけた。

その風に我に返ったような彼女だった。

「あ……ごめんなさい……もう、こんなに……」

僕の腕の中から顔を上げると、辺りを少し見回したような感じだった。

「いいよ。大丈夫？」

「うん……ほんと……ごめん……」

貸したハンカチを「洗って返すから」と、彼女は自分の制服のポケットに入れた。

「いいよ、そんな……」

そう言った僕に、少しだけ微笑んで首を振った彼女がいた。

その微笑みに安心した自分もいた。

「どうして、僕に話したの？」

「どうしてかな……叱ってくれたから？　昼休み……」

「へ？」

「みんな……男子……なんだか、私を避けてるみたいだし」

「あ！　それは避けてるんじゃないから！」

僕は少し慌てた。自分も思い当たるから。

「そう？」

「そうそう。安藤さんが美人だからさ。慣れてないだけ」

彼女は笑い出した。

「だって、クラスの女の子、皆、可愛いじゃない」

「安藤さんは別格かもね」

「変なの」

「男なんて、そんなもんだし」

僕のその言葉に彼女から返答がなかった。

「ん？」

「私、女子高だったの。だから、なんとなく……頼りたかった……とか……」

一瞬、亡くなった彼氏と重ねられた気持ちにはなった。しかし、それでもいいと思っていた。それで彼女の気がすむのなら……。

もしかしたら、そう思えた自分は、既に彼女に恋をしていたのかもしれない。その時は、全く、その感情に気づくことはなかったが……。

「転校してきたのは大した理由じゃないって言ってなかったっけ？」

少し、話題を逸らした。

「実際の理由としては……大したことないでしょ？　親の転勤だから」

「それはそうだけど」

「だって……今話したこと、転校理由には書けないでしょ」

「まぁ……ね」

「だからね、『実際は』って言ったの」

そう言った彼女は、もう、いつも教室で隣に座っている彼女に戻っていた。笑顔も何もかも。目が少し赤いだけ。その日の昼休みに見せた目と同じ。

「あ……だから、昼休み、参ってた感じになってた？」

「うん……そうかも……予備校の講師だけは合ってたから……ね」

「そっか……悪かったね」

「いいの。お蔭で話せたから」

「ちょっとは、気が楽になった？」

彼女は笑って頷いていた。

「だったらよかったけど。誰にも言わないからさ」

「ありがと。加納君って……何となく、そういう人かなって思ったし」

「ん？」

「だから話せたってこともあるかも」

「どこが？」

「なんとなく……信用できそう」

「そう?」

「女の子の勘って、けっこう当たるんだよ」

僕は、その言葉を聞いて、少し笑ってしまった。

「なによ〜!」と彼女は言っていた。その言い方が、クラスの女子と同じような……遠い存在ではなくなった瞬間が嬉しかった。

「また辛くなったら話していいからね」

僕がそう言うと、彼女は、それは嬉しそうな顔で笑いかけてくれた。


次の日、教室へ行くと、ちょっとした騒ぎになっていた。

先ず、仲の良い男子数人が教室から僕を引きずり出した。

「おい!加納!お前、いつもは何でもない顔しやがって!」

ひとりがそう言ってきた。

「なんだよ」

「昨日、あそこの公園で安藤さんと抱き合ってただろ!」

「は?」

「見た奴、けっこういるんだからな。俺も見た!」

抱き合ってた……思ってみれば〝それ〟には近かったかも。

「見間違いだろ」

何気にシラをきった。

「いや！　絶対にお前と安藤さんだった」

「一緒に帰ってたよな？」

「付き合ってるなら、正直に言えよな」

友人たちの執拗な攻撃。無理もないが。

「だからさ、付き合ってもないし、抱き合ってもないって」

「そっか〜？」

「ちょっと昼休みに俺がキツイ言い方したから、謝ってたんだよ」

今度は完全に嘘をついた。彼女の真実を守るためなら、この程度の嘘は許されるはず。

「どうだかな〜？」

「抱き合ってるように見えたけど？」

まだ執拗な質問は続く。

「ったく！　何を見間違ってんだか」

更にシラをきる……というか嘘を重ねる自分。たぶん、慣れてない嘘を上手くつけたらしい。納得したような友人たち。

「ならいいけど……さ」

「いいけどってなんだよ」

「俺たちに内緒ってのはな……何となく……ナントナクだからさ」

「付き合ってるなら、お前らには言うし、かなり自慢してやるよ」

「だよな〜」

男子同士なんていうものは、案外サッパリしたものだ。正直、付き合ってはいないし。「誰にも言わない」という約束があるだけだ。たぶん、男子の誰もが、彼女に対して恋愛感情を持つ以前に、〝付き合う〟ということ自体、有り得ないと思っていたはず。〝好き〟という感情はあったとしても、自分と同じ。〝憧れ〟……そのような感覚だろう。

で、次が女子。

「ちょっと！　加納！」

なんだ？　呼び捨てか？　まだ隣の席には彼女が来ていない。僕の机を取り囲むように女子が集まった。

「あんた、夏子と何してんのよ！」

「夏子に言い寄ったりしてないでしょうね！」

本当に男扱いされていない現実。

『男だったら言い寄ったっていいじゃんか！』

前の日、彼女から「頼りにしたかった」と言われたばかりの僕は、その時の光景も思い出していた。

「……っと！　聞いてんの！」

ひとりの女子の言葉が耳をついた。

「あ？」

「だからさ。夏子よ」

「安藤さん？　……がどうかした？」

またシラをきった自分。

「昨日、公園で……」

「わかったわかった」

また男子と同じ内容の言葉がくることは容易に想像できた。僕は、その女子の言葉を遮った。

「抱き合ってたとか言いたいんだろ？」

「まぁ……そんなとこ」

図星か。

「あと！　泣かせたでしょ！」

さすが女子。男子のようにはいかない。

「違うって。昼休みに、ちょっとキツイこと言ったから謝ってたの」

男子に言ったこととツジツマを合わせた。というか、同じ言葉で返した。が！　そこで引き下がらないのが女子。

「キツイこと？　何、言ったのよ！」

ほら、来た。

「安藤さんがね、ぼ～っとしてて俺の言ったこと聞いてなかったから、ちょっとカチンってきただけ」

「それだけ？」

「ああ」

「小さい男だね～」

そう言われて良い気分はしなかったが、それも彼女のためと思うと文句も言う気にもならなかった。

「悪かったね、小さくて」

「あ！　開き直ってる！」

「何とでも言っておくれ」

そのような自分の態度に愛想を尽かしたのか、何かを察したのか、それ以上、女子は何も言ってこなかった。彼女と一番仲が良いと思われる女子が、去り際に「ちゃんと仲直りしたの？」と聞いてきたので「大丈夫だから」と答えた。

その女子は、彼女と一番仲が良いだけあって、クラスの女子の中では少しだけ浮いていた。浮いていたというと変な意味になってしまうが、〝良い意味で〟浮いていたという感じ。何処か、彼女と同じ雰囲気がする女子だった。落ち着いている……そのような感じ。

そうこうしているうちに、彼女がいつものように登校してきて、その騒動もいつの間にか落ち着いた。

日本中の学校でイジメの問題が多い中、そのように女子同士が異常に仲が良い。しかも「彼女を泣かせた」と男子に食ってかかるような光景は、一種、微笑ましい光景だったかもしれない。


あの公園で、彼女が転校してきた真実を聞いた日から、彼女との距離が近くなっていくのを感じていた。当然、日が経つにつれ、クラスの連中も男子・女子問わず、それは同じ感覚だったと思う。彼女自身も……。

ただ、何となくだが、自分だけが特別一番近い距離にいるように感じていた。

席が隣だから？

〝秘密〟を共有しているから？

自分の腕の中で泣いた彼女がいたから？

たぶん、それら全てがそう感じさせていたと思う。

あの真実を知ってしまった日以来、僕は憧れとは違う意味で彼女のことを気にしていた。しかし、彼女は自分の腕の中で大泣きした後は、いつも通りに振る舞っていた。それが故意なのか自然なものなのか、全くといってよいほどわからなかったが、友人たちと普段と変わりなく笑っている彼女の姿を見ることができていた。多少、複雑な思いがする中、そのような光景を目にすることができたことは、少なからず安心していたのは確かな感情だった。


ある日、自習になった時間があった。突然、隣で彼女が「クスクス」と笑い出した。

「なに?」

「だって、加納君、いっつもこっち見てるんだもん」

「え? そう?」

「うん。目が合うこと多くない?」

「そういえば……あ! 別に安藤さんを見てるわけじゃないから!」

僕は、かなり焦って否定発言をしていた。

「そういう意味じゃなくて。こっちの方を見てるってこと」

「そう?」

「そうだよ。そしたら、何気に目だって合っちゃうじゃない」

「まぁ……そっか」

彼女は、更にクスクスと笑い出した。

「だったら癖だな、これ」

「癖？」

「安藤さんが来る前、その席、ずっと空いててさ。自然に窓の外見る癖がついてたかも」

「授業中も？」

「まぁね」

「あらま」

また彼女は更に笑った。

「ほら……ずっとあっちにさ、ピンクの丘、見えるでしょ」

僕は、いつも目をやっていた方を指さした。僕の言葉に誘われるように、彼女も窓の外を見ていた。

「あ、ほんと！　ピンクになってる！　気づかなかった！」

「あの風景が好きでさ、何となく、そっちに目がいってるんだよね」

「そうだったんだ……何だか、ごめんね」

ちょっと声を落として彼女が言った。

「どうして？」

「だって、私が来る前は、遮るもの、何もなかったんでしょ？」

「……そう言われてみれば……そうだけど」

「ごめんね」

「安藤さんが謝ることじゃないでしょ。今まで自分だって癖って気づかなかったくらいだし」

「うん……」

そう言うと、彼女は、また窓の外へ顔を向けた。暫く窓の外を見ていた彼女が聞いてきた。

「どうしてピンクなの？」

「コスモスのピンク」

「コスモス？」

「あの丘の斜面が、コスモス畑になってるんだよね」

「そうなんだ！」

かなり嬉しそうな声を出した彼女だった。加えて、それほどまでに嬉しそうな顔を見せたのは、たぶん、転校してきてから初めてだったような気がする。

「今度、行く？」

その嬉しそうな表情と声につられて、思わず言ってしまった。思えば、自分から女子を誘ったのは初めてだったかもしれない。特に、自分に変なプライドがあったわけではない。それまで付き合った子は、全て、相手からの告白だった。ということで、デートのプランも相手の子が考えてくれていたので、それが自然になってしまっていた感じだった。

〝それ〟を言った自分に驚いていた自分がいたことは事実だったけれど、それも、彼女の天真爛漫な言葉で打ち消されたのも事実だった。

「行く行く！　いつ？」

「いつって……いつがいい？」

何だか、デートの約束でもしているようだ。デート……といえばデートか……。

一瞬、周りに聞こえているか気になった。しかし、周りも自習時間というのに、かなり賑やかに騒いでいたので、大丈夫そうだった。僕たちの会話を聞かれてマズイことなど本来はなかったが、あの公園での翌日の騒ぎを思い出すと、何となく気になってしまっていたのだった。

「じゃ、明日！」

即答の彼女。

「明日？」

「だって、授業、午前中だけでしょ？　だから！」

「いいよ」

「やった〜！」

そう言うと、彼女はいつもの自分のように、窓の外を眺めていた。その自習時間の間ずっと……。

その姿を見た時、ふと、思った。もしかしたら、あの丘の向こうを見ているのではないか……と。

普段も変わりなく笑ったりしており、その時も、それまで見たことがないほどの嬉しそうな表情を見せた彼女だった。それでも、その胸中はわかっている。背中が淋しそうに映っていた。彼女の嬉しそうな顔を見ることができるならと、できるだけ彼女の意に添いたいと思っている自分がいた。

そろそろ自習時間も終わろうとしていた時、彼女に話し掛けた。

「明日、晴れるといいね」

こちらを振り向いた彼女の目……赤くはなかった。ただ、その大きな目にきらっと光るものが見えた。それが涙だったのか、外の光が反射しただけだったのか、その時の自分には理解できるはずもなかったが……。

「うん！」

楽しそうに、嬉しそうに笑った彼女の笑顔だけが印象に残っている。

五．コスモスの丘

彼女とコスモスの咲く丘へ行こうと約束した次の朝は、夜も不思議と緊張もなく眠ることができ、普段通りに目が覚めた。

例の朝の恒例行事。〝占いコーナー〟のあるワイドショーを観るためにテレビをつけた。いつもと少し違ったことは、天気予報が気になったこと。「晴れるといいね」と言った僕の言葉に、満面の笑みを浮かべた彼女の顔がやけに強く目に焼きついていたから。

〝占いコーナー〟では、僕の星座の運勢は第四位。可もなく不可もなく……といったところだろうか。全体運はまずまずといったところだったが、恋愛運はかなり良かったことを覚えている。

そう！　絶好調！

彼女が転校してきた日とは真逆だった。本当なら、あの日が〝絶好調〟でよかったはずなのに。そう思えば、僕がハマってしまったテレビの占いコーナーは自分的には疑問符がつきそうな感もあったけれど、しかし、その日だけは信じたい……というか信じていた自分がいた。

彼女が転校してきた理由も聞いてはいた。それでも、ふたりであの丘へ行くということは、その当時の僕の年頃なら、何かしら期待もしてしまっている自分もいたし、天気予報は、午後から小雨。恋愛が絶好調で天候は不調……これには、かなり複雑な自分もいた。

教室へ入ると、既に彼女は登校していて、クラスの女子たちと話をしている姿が目に入った。

友人たちとは、いつもの挨拶らしき言葉を軽く交わし、自分の席へ向かった。席に座って、これも、いつもの癖で窓から外をぼ～っと見ていると、後ろから声を掛けられた。

「おはよう」

彼女の声。

それから、僕の視界に彼女の姿が入ってきた。

「今日、午後から雨だって？」

少し、声を落として言った彼女。

「そうみたいだね。天気予報見たの？」

「だって、気になるじゃない」

「そうだよな」

「今は、よく晴れてるのに……ほんとに雨なんか降るのかしらね」

そう言うと、彼女は、僕と同じ方向に顔を向けた。窓の外。その横顔に、窓から入ってきていた朝の太陽の光があたり、彼女は少し眩しそうに目を細めていた。

その日の午前中、自分も授業中でもいつもの癖で、つい窓の外へ目をやると、同じように窓の方を向いている彼女が目に入った。

授業中は、いつもは真面目にノートを取っている彼女にしては、少し意外な感じだった。それでも、あのピンク色をした丘を見ているのだろうと想像すると、嬉しくもあった。同時に彼女の転校理由の真相を知ってしまっている僕にとっては、もっと遠くを眺《み》てるのではないかということも頭を過る。やはり少しだけ複雑な気持ちにもなっていた。

僕の視線が気になったのか、彼女が自分の方を向くこともしばしばで、妙に目が合う日でもあった。彼女は、そんな自分に少しだけ笑みを浮かべた。その様子は、何となく淋しい気にも映りながらも、あの、はしゃいでいた彼女を思い出すと、嬉しそうにも映る。

微妙な感覚。

僕は、彼女の笑みに対して、少しの笑いを浮かべてコンタクトめいたものはとっていたが、それでも心中は複雑ではあった。

休み時間は、相変わらず、彼女は女子たちと話などはしていたけれど、自分の席につくと、また、窓の外を見つめている。その背中が無性に切なくも感じられていた。

その日の午後。天は僕たちに味方をしてくれた。

窓の外を見つめている彼女の背中を切なく感じたり、午前中の授業がいやに長く感じたり……ある意味、〝放課後のデート〟を控えていた自分は、いつもの自分でなかった感がある。自分で言うのも可笑しいが、かなり人間味がある。いつもは、「おまえ、冷めてんな～」と言われていたくらいだから。

帰りのホームルームが終わり、担任が教室から出ていった。

僕は彼女に何と声を掛けてよいか迷っていた。これも、当時の自分にしては有り得ないこと。〝女慣れしている〟とまでは言わないまでも、女子に声を掛けるくらいで躊躇《ためら》うほどのこともなかった。『じゃ、行く？』たぶん、このような感じでよかったと思うが、その簡単な言葉が見つからない。やはり緊張していた自分……がいた？

「……君！」

先に声を掛けてきたのは彼女の方からだった。少し強い口調で、そう聞こえた。

「もう！　さっきから呼んでるのに！」

「あ？　ああ……ごめん」

僕の変な答えに彼女は笑っていた。

「何、ぼっとしてたの？」

「いや……ちょっと考え事」

いやに真実味のない咄嗟の嘘。

「大丈夫？」

「何が？」

「気乗り……しない？」

『そんな風に見られてたか……やばい！』

「まさか！」

かなり気合い入れたような自分の言い方。

「じゃ、行く？」

本来なら、自分が言うはずだった言葉を彼女に言われてしまった。そこにも、かなり情けない自分がいた。それは、まさに彼女が転校してきた日と同じ状況。またしても、情けない奴になってしまっていた。秘密を共有したとはいえ、やはり、彼女の存在は何処となく別格。そのような僕の心中など知るはずもない彼女は、かなり弾んだ声で言った。

「天気予報、大ハズレでよかったね！」

ふたりで一緒に教室を出ると、階段を下りて下足室へ行く間に、何人かの友人とすれ違った。「またかよ〜！」というような、ひやかしめいた言葉を掛けてきた。もちろん、これからコスモスの丘へ行くなどとは言えない状況。何気に、そのような言葉を掛けてくる友人たちをかわしながら校舎を後にした。

校門を出てしまえば、こっちのもの！　多くの生徒が使っている校門前のバス停とは反対側へ向かう僕らだったから。僕の隣で、本当に嬉しそうな表情を浮かべながら歩いている彼女。一瞬、妄想が過った。

『もし付き合っていたら、手とか繋いで歩いているんだろうな』

急いで、その妄想は打ち消したが……。

「晴れてよかったよね！」

そのような僕の心情など知る由もない彼女は、隣で空を見ながら言った。

天真爛漫といった感じ？

「そうだね」

「だって、大雨みたいなこと言ってたのに、雲ひとつない快晴だよ」

「だよな」

僕も、つられて空を見上げた。

「ん？」

「こういうのって、けっこう有り得ないよね」

「だって、天気予報が外れることはあっても、ここまで見事に外れるなんて」

有り得ないのは、この彼女との状況だ。

「ラッキーってことよね？」

相変わらず、空を見上げながら彼女は言っていた。

僕はというと……気の利いた言葉がなかった。町中で噂になるくらいの東京からの美少女。その美少女とこの僕が一緒に肩を並べて歩いている！　このこと自体が、やはり、どう考えても有り得ない。しかも、あの〝コスモスの丘〟へ！「ラッキー」とも言った彼女。しかしこの状況こそ、男であったら誰にとってもラッキーなはず。

実は〝コスモスの丘〟は、当時、地元ではけっこう有名なデートスポットだった。〝デートスポット〟とは、何となく彼女には言わないでいた。

『言えないよな……そんなこと……』

ボソッと独り言を言った僕を、「なに？」と言うように見上げた彼女だったが、その視線にわざと気づかない振りをしていた。彼女の前では、いつも自分のキャラが変わってしまっていたことを、かなり実感させられた瞬間でもあった。

歩道を二十分ほど歩いてから、車道の向こう側へ渡ると、コスモスの丘へ上る細い道がある。

少し、息が切れているような彼女が目に入った。

「疲れた？」

「ううん、大丈夫。普段、あまり歩かないから、ちょっと息が切れちゃった」

「ここ、上るんだけど……少し、休む？」

「平気平気！　早く、見たいし！」

「そう？　じゃ、ゆっくり行こうか」

「ありがと」

彼女の笑い顔に安心した僕は、そのまま丘への道を上がっていった。後ろからついてくる彼女に手を差し出したい衝動にかられたが、どうしてもその行動が起こせなかった僕は、彼女のカバンだけ持った。

「加納君って優しいね」

「普通だよ」

「そっかな……」

「うん。普通」

「優しいよ」

実は、そんな行動をとっている〝自分自身〟は〝普通〟ではない。特に冷たい人間ではないと思うけれど、……安藤夏子だから……か？

本当は、ずっと手を差し伸べたかった。手を繋ぎたい……みたいな感じだった。

『これは、男にとっては〝普通〟だよな！』

かなり強く自分に言い聞かせていた。やはり、思考回路がかなりオカシクなっている自分を実感させられていた。

そうこうしているうちに、視界に入る景色の色がピンク一色に変わっていた。

「わ！」

彼女が高い声を上げた。

「すっご～い！　ほんとにピンク！」

そう言いながら、コスモスで半ば覆われて見えなくなっている小道の奥へと走っていった。

「加納く～ん！」

少し離れたところで手招きしている彼女。コスモスの中に埋もれて、コスモスと戯れているように見える彼女の姿があった。

僕は、コスモスを掻き分けながら、その小道の奥へと歩いていった。僕を呼んだくせに、彼女はどんどん奥へ奥へと走っていく。なかなか彼女のところへ辿り着くことができない。まるで、何故かそのまま、永遠に彼女に触れることができない感覚にとらわれていた。

飛んでいってしまう……いや……コスモスの中に溶けてしまう……そのような感覚だった。

「待てよ！」

つい、大声でそう言っていた自分がいた。本当に、消えてしまいそうだったから……。

「あ、ごめん、ごめん」

そう言って振り向いた彼女は、「ここ、ここ」というような仕草をして、楽しそうに笑っていた。

「なに？」

「ここ、小さいベンチみたいのがある！」

「そうなの？」

「ここ、ここ！」

少し距離があったふたりの間では、けっこう大きな声で叫んでいるような会話。

僕が、彼女のもとへ辿り着くと、そこには、小道の脇に古ぼけた木でできた、ちょうどふたりがけくらいのベンチがあった。これもコスモスに覆われて、たぶん誰も気づく人はいないといった感じだった。

「よく、見つけたね」

「うん。何となく目に入っちゃった」

「座る？」

「うん！」

ベンチに座った僕たちにコスモスが覆いかぶさったようになっていた。暫く、何も話さないままで座っていたが、突然、彼女が聞いてきた。

「ねぇ。私、加納君のフルネーム、知らないんだ」

僕にとってはかなり突拍子もない質問に思えたが、考えてみると、きちんと自己紹介したのは、転校初日にクラスの皆の前で彼女がフルネームを言っただけで、彼女からは「加納君」としか呼ばれていないことに今更ながら気づいた。

「そうだよね、ごめん」

「いいんだけど……何ていうお名前？」

「〝かのうひであき〟と申します」

僕がわざと丁寧な言い方をすると、彼女はクスクス笑っていた。

「どんな漢字？」

「秀才の秀に明るいと書きます」

「秀才ね……」

また、彼女は笑い出した。

「自分で言うかなぁ」

「はは」

そのような会話をしていると、秋の風に吹かれて、コスモスの花びらが頭上からハラハラと落ちてきた。

「もう、コスモスの季節も終わっちゃうんだね」

少し淋しそうな表情を浮かべた彼女がいた。

「うん……でもさ、まだ、ちゃんと咲いてるしさ。来れてよかったよね」

その表情に反応してしまった僕は、思わず慌てた口調で返していた。

「そうだよね。連れてきてくれて、ほんと、ありがとね」

そう言って、僕を見た彼女の表情からは、淋しさは消え、ついさっきまでの明るい表情に戻っていた。

「東京にもね、コスモスで有名な公園があるんだよ」

少し遠くを見るような感じで、彼女が言った。

「……そうなんだ」

もとの明るい表情に戻ったとはいえ、見えない何処か遠くを見つめているような彼女の目。僕は、そう言うことしかできなかった。

「ここと同じような斜面とかがあってね、そこが全部ピンクになってたり……黄色とかね、いろんな色の丘があるんだよ。もちろん、コスモス……」

そう言うと、彼女は黙って下を向いてしまった。その時、僕は瞬間、悟った。きっと、そのコスモスを亡くなった彼と一緒に見たんだろうなと。そう思うと、僕と此処に来ることをあんなに嬉しそうにしていたのが不思議な気はしていたが、敢えてそのことには触れずにいた。彼女が話してくるまで待とうと思いが強かった。

秋も終わりの風が、周りのコスモスたちを揺らしているサワサワという音しか聞こえない静寂の時間。

それほど刺激のない毎日を過ごしていた田舎育ちの自分。彼女自身の存在は、大きなものではあった。しかし、それ以上に、自分と同い年ながらも、彼女が東京で経験したことなどを含め、自分には想像もつかないほどの未知の世界に触れたような気になっていたことは事実。自分のすぐ隣で過去に思いを馳せている彼女をただ黙って見守っている自分自身が、大人への扉をひとつ開いたかのような感覚を覚えさせていたことも確かだった。

「ごめんね。加納君を巻きこんじゃったね」

「いや……」

「本当はひとりでも来れたんだ。でもね……やっぱり、ひとりじゃ……ね」

「いいよ。気にしないで」

「加納君にわかっちゃったよね」

「さっき気づいただけだよ」

「……ほんと、ごめんね」

そう言って、彼女はベンチから立ち上がると、青い空に向かって大きく手を広げながら大きく深呼吸をした。

「ありがとね」

空に顔を向けたままで彼女は言った。

「ん?」

「ここへ連れてきてくれて」

「……大したことじゃないよ」

気の利かない言葉。

「もう、大丈夫だから」

何も言い返すことができない自分。彼女の言いたいことはわかっていたから。

「うん！　もう大丈夫！」

彼女は、彼女自身に言い聞かすような口調でもう一度同じ言葉を言った。そして、僕の方に顔を向けて、にっこりと微笑んだ。目が合った瞬間、思わず、彼女の目に釘付けになった自分がいた。あまりに輝いて見えたから。

輝く……いつも見ていた涙の反射ではなく、心の輝きに感じられた。

そのような彼女をベンチに座って見ていた僕は、彼女を何処か愛おしく感じていた。男女の愛とか恋とかという感覚ではなく、その〝いじらしさ〟や〝強さ〟に。

「このコスモスが咲き終わったら、今度は雪がここを覆うの？」

「だね。まだまだだけどさ」

「そしたら、今度は〝白の丘〟？」

「命名？」

「そう！」

「じゃ、今度は〝白の丘〟に来ようね」

また自分からの誘いの言葉。その言葉といい、自分らしからぬ自分がまたもやそこにいた。彼女の前では自然に、そのような自分が出てしまっていたのだった。

「うん！　約束！」

彼女は、コスモスの丘へ来る約束をした時と同じような嬉しそうな笑顔を僕に向けてくれた。

そうだ。

この素直な笑顔が見たかったんだ！

「何処にも行くなよ……」

この丘へ来た時、彼女がコスモスの中に消えてしまいそうな感覚を覚えた僕は無意識にそう呟いていた。

そして、一陣の強い風が吹き、コスモスの花びらを空に舞わせていた。

第二章　木枯らしの中で

彼女と出逢ったこと
そのことが僕自身の中に
新しい何かを芽生えさせていた
初めて覚える感覚だった

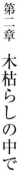

一．進路

教室の窓から見える景色の色が変わっていた。

あの、ピンクで覆われていた〝コスモスの丘〟は、すっかり〝その〟色を失くしていた。コスモスの葉の緑色に移り変わったかと思うと、目に映るその姿はすぐに茶色になっていた。あと少ししたら、あの斜面も白に変わる。あの時、彼女が命名した〝白の丘〟になる。

そのような時期だった。

十一月の中旬。放課後のホームルームでプリントが配られた。

「ついに来たか～！」教室の連中が騒いでいた。

そのプリントの内容は、進路を決める三者面談についてのものだった。

自分の通っていた高校は大学の附属校。特に進学に力を入れている高校ではなかったため、たぶん、他の進学校から比べたら三者面談の時期もかなり遅い方だったと思う。地元の進学校に進んだ友人からは、もう夏休み前から、当然のように大学への進路のことや面談なども行っていると聞いていた。

とはいえ、附属の大学に進学する生徒は半分以下くらいで、半分は東京や北海道の函館、札幌、近県の地方都市へと出ていっていた。就職であれ専門学校であれ、または他大学であれ、やはり都会に憧れている生徒がほとんどだった。

そのため、学校側が何も言わなくても、都会へと進路を希望する生徒は自主的には、それなりの準備もしていた。なにせ、大学入学共通テストの申込みは夏休み明けにはしないといけなかったわけであるし。

自分はというと……附属の大学への進学を希望していた。正直、勉強は好きではなかったし、親も長男の自分が地元に残ることを希望していたことは知っていた。一応は附属大学への推薦枠の評定平均値には達していたので、悠長に構えていたのだった。念のために、共通テストの申込みだけはしておいたが……。

「加納君って、やっぱり附属に行くの？」

隣の席で熱心そうに配られたプリントに目をやっていた彼女が、不意に尋ねてきた。

「うん。安藤さんは？」

「……受験する……しかないでしょ？　今の時期だったら。附属への推薦枠、出席日数でも無理だし」

何だか、とても言いにくそうな感じに聞こえた。

「そっか……そうだよね」

「うん……あの……！」

「ん？」

「あ……いい」

そのまま、彼女は、またプリントに目をやっていた。僕は、ふと〝三者面談〟ということが頭に浮かんだ。

「もしかして、お父さんが帰ってこれないの？」

ちょっと聞いてみた。

「うん……それは、いいんだけどね。電話とかで話してるし、先生もわかってくれてるから」

「あ、そっか」

彼女が「それは」と言った言葉が妙に引っかかった。彼女が季節外れのあの時期に転校してきた理由は知っていた。コスモスの丘に行った後は、彼女の本来の明るさに戻っていたように、僕の眼には映ってもいた。

よく考えてみれば、〝本来の彼女〟がどのような女性であったのかさえわかってはいなかったのに……一度、コスモスの丘へ行ったからといって、亡くなった彼のことを一瞬のうちに吹っ切れてしまうというほど単純ではないことくらいは容易に想像はついてもいたが、それでも、本来の彼女を取り戻してくれたと思い込んでしまっていた自分もいたのだった。

それほどの哀しみが、そう簡単に癒えないことくらいはわかっていたはずなのに……。

たぶん、その時の僕は、心の何処かで彼女の中にいる〝彼〟を否定したかったのかもしれない。悔しいことだが、まだ、まるごと彼女を受け止めることができるほどの男ではなかった。今思えば本当に悔しいことだが。

それから数日後、三者面談の日程が配られた。

僕は、隣で、日程の書かれたプリントに目もやらずに窓の方へ顔を向けている彼女が気になった。

「安藤さん」

「え？ なに？」

少し、慌てたような感じで彼女は僕の方を振り向いた。

「大丈夫？」

「何が？」

「ん……さっきから、ずっと外の方を見てたからさ」

「あ……ごめんね」

「いや、謝ることじゃないけどさ」

僕の方が慌ててしまった。

「うん……父もこっちにいないしね……三者面談っていっても、私ひとりだから、あまり気になってなかった」

「そっか。いつ？」

「来週の月曜日だって」

そう言うと、彼女はチラッとプリントに目をやっていた。

「大学、決めてるの？」

僕は、その時、一番気になっていたことを聞いてみた。冷静を装ってはいたが、彼女の口からどのような答えが返ってくるのか、実は内心はドキドキしていた。最初に三者面談についてのプリントが配られた時、彼女から、直接「受験する」と聞いていたから。

大学の数も、周辺地域を全校合わせても、やはり東京には敵わない。しかも、もともと彼女は東京からの転校生なのだから。転校してきた理由も理由。はっきりと気づいていたわけではなくとも、心の何処かで、僅かに感じていた彼女への〝恋心〟を思えば、内心は穏やかではいられないのが普通⁉

「ん……共通の会場は東京なんだけどね……」

「……だけど？」

妙に、彼女の言葉尻に神経質になっている自分がいた。

「一応ね、東京のJ大学とかK大学とかね……出した……」

「はい？」

「ん？」

「あ……ごめん。偏差値がさ、凄い高いから、びっくりしただけ」

「一応だよ……ちゃんと滑り止めだってあるし」

「安藤さんなら受かっちゃいそうだな」

「受からない方がいいみたいな言い方だね」

彼女は、クスッと笑っていた。自分も彼女にそう言われて、初めて自分の発した言葉が、ある意味、大胆と気づいた次第。合格しないで、この町にいてくれたらいいとは思っていたことは否めないけれど……。

「い、いや！　そういう意味じゃなくて！」

慌てて否定した自分だったが、既に遅かった。

「加納君なら、附属の推薦枠に十分でしょ」

「今のところは……ね」

「皆に比べて、焦りみたいなものがないもんね」

そう言って、またクスクスと笑っていた。

「加納君……！」

急に彼女が真剣な表情になった。

「あのね……えっと……」かなり言葉に詰まっている様子の彼女。僕は、何と声を掛けてよいか迷っていた。

「えっとね……進路、変える気ない……よね？　例えば……その……来年とか……」

「え？」

意外……というか、あまりに突拍子のない彼女の言葉。

「やっぱり附属へ行くんだよね……」

何となく元気がない言い方。

「いや……えっと……だね」

今度は、自分が言葉に詰まった。

「ごめんね。変なこと言って」

「いいんだけど……」

「気にしないで」

「……うん」

その時は、そのような言葉しか出てこず、そのまま話は終わってしまった。そして、彼女は、いつものように窓の外へ顔を向けてしまった。

また何処か遠くを……少し淋しげな眼で窓の外……遠くを見つめている彼女。

彼女が突然口にしたこの会話の前まではまだ、ぼんやりと明確に意識した気持ちではなかったが、その時、自分の彼女への〝好き〟という気持ちにはっきりと気づいた瞬間でもあった。彼女の「進路を変える気ない？」という言葉は、僕が彼女に言いたかった言葉に他ならなかった。

そして、無意識に彼女の肩に手をかけていた僕がいた。教室内のざわめきや物音は耳に入っていなかった。そのような僕の行動に、彼女は驚いた表情で自分の方へ振り向いた。

咄嗟に僕は彼女の肩から手をどけた。

「あ……ごめん」

自分に驚いた僕がいた。

「どうしたの？」

「……あのさ……」

「なに？」

さっきと立場が逆になったようだった。

「進路を変える気がないかって言ってたでしょ？」

「うん……いいの、忘れてね」

かなり爽やかな笑顔で返されてしまった。

「いや……どうしてかなって思って」

「……」

そのまま黙ってしまった彼女。そして、また少しだけ窓の外の方へ顔を向けると、小さく呟いた。

「一緒の大学に行けたらな……って」

「え？」

一瞬、心臓が止まりそうになった。ほんの少し前までの自分は、高校を卒業したら彼女と離れ離れになると信じて疑っていなかったくらいだ。彼女の口から彼女の進路を聞くことさえ躊躇われたほどだったから。しかも、僕が思っていることと同じこと！

彼女が、少しだけはにかんだような上目使いで僕を見た。

「変なこと言って……ごめん」

「あ……いや……いいんだけどさ」

僕も、どう答えてよいかわからなくなってしまっていた。

「忘れて。ごめんね」

それだけ言うと、彼女はまた窓の方へ顔を向けてしまった。

「忘れて」と言われても、僕にとっては衝撃的な言葉だった。

無理だ！

当然、彼女は僕が彼女に対して抱いている微かな〝恋〟の感情など知る由もない。たぶん、何となく言った言葉かもしれない。それでも、彼女と離れたくないと思ってしまっていた僕には、彼女からの、その嬉しすぎる言葉を忘れることなどできなかった。

「安藤さん！」

夢中で……というより、必死に近かった。

彼女に声を掛けていた。

「安藤さん、東京の大学に行くんだよね」

「……うん」

「だったら、僕も来年そっち受験するよ」

思わず口をついて出た言葉だった。

「え？ 今、何て言った？」

当然だ。

彼女は自分の耳を疑ったような感じで返してきた。

「東京の大学、受験する」

「加納君、正気？」

「うん」

「だって、さっきまで附属に行くって……」

「今、決めた」

「ちょ、ちょっと！」

かなり慌てた様子の彼女。

「ごめん……私が変なこと言ったから」

「いや。自分が……」

そう言いかけて、その後の言葉は控えた。その余裕はあった。

「離れたくないから」そう言えたら楽だったかもしれない。あの時、そう言ってしまえば、もっと違っていたかもしれない。

「ん？」

「あ……その……ほら、東京へ出てもいいかなってさ」

何という安易な答え。そう言った自分が、急に恥ずかしくなった。

彼女の表情が少し緩んだような気がした。

「ごめんね。何だか、悪いこと言っちゃった」

「悪いことなんて、全然ないよ」

「加納君、私が転校してきた時から、ずっと隣の席で、あのこと……も聞いてくれたし」

「ああ……まぁ」

「コスモスも見に連れていってくれたりね……」

「うん」

「だから、あと少しで離れ離れになっちゃうのかなって思ったら、変なこと言っちゃった。ごめんね」

そう言って見せた笑顔の中に、何処となしか暗い表情もうかがえていた。

僕は、家に帰って両親と話した。当然、進学のことだ。これも当然の如く返ってきた両親からの反応。

「あんた正気なの？」

「うん」

「一浪して、東京のどこの大学いくつもりなの？」

「Ｊ大……かＫ大」

僕は、彼女から聞いた大学の名前を即答していた。

「何て言った？」

口を揃えて、それだけ言うと、呆気にとられたような目の前の両親。リビングの方でＤＶＤを観ていたはずの妹がクスクスと笑い出した。

「お兄ちゃんさ……好きな彼女さんが東京の大学、受験するんでしょ」

そう言うと、座っていたソファの背もたれから身を乗り出して、かなり興味津津といった感じで、変な笑いを浮かべていた。ちょうど、親友の小野が、彼女のことになると、僕に向けて見せる笑いそっくりだった。

「いや……そういうことではなくてだな……」

何だか、妙な汗が出ている自分に気づいていた。

「いいよいいよ、隠さなくてさ」

「何がだよ」

「へへぇ～」

そう言いながら、両親と自分たちの会話に割り込んできた妹だった。

「だってさ、けっこう有名だよ」

「だから、何がだよ」

「学校で」

「学校？」

「お兄ちゃんと、東京から来たきれ～いなお姉さんが仲良いってさ」

「おい！」

僕は妹のその言葉を聞いて、慌てて前に座っている両親を横目で見た。

父は、何やら穏やかな表情。やっぱり男の気持ちがわかるのか？

母は……少し不機嫌そう。まぁ、息子が女を追って東京へ行くと聞いた母親なら当然だろう。

「いいじゃん。彼女と別れるの、お兄ちゃんだって哀しいでしょ？ あ～んなに綺麗な人なんだしさ」

また、妹の余計な一言二言。

「理由はどうにしても、お前、今からそんなに高い偏差値の大学、受かる自信あるのか？」

父が、少しの助け舟を出してくれたようだった。

「まぁ……学校の成績はそんなに悪くはないから……」

「今まで、予備校にも行ってなかったしな……有り得ないんじゃないか？」

「有り得ないってなんだよ！」

「こんな田舎の高校からだぞ。東京の高校へ行ってたら、まだしもな」

「田舎とそんなに学力の差があるのかよ！」

僕は、かなりムキになって反論めいた答え方をしていた。

「お兄ちゃん、そんなに彼女さんと離れたくないんだ～」

テーブルの上にあったクッキーを頬張りながら、そう言い残して妹は、またリビングの方へ歩いていってしまった。

『ったく余計なことを……』

僕は独り言を言っていた。

「そりゃ、J大やK大へ行けるものなら俺は反対はしないけどな」

「ほんとに？」

「ああ。まぁ、三者面談まで、自分の偏差値と相談して、よく考えておくんだな」

父は、まるでクラスの担任のような口調でそう言うと、風呂場の方へ行ってしまった。

「あんたさ、一浪して落ちたら二浪する気？　せっかく地元で附属があるんだし、そこなら今のところストレートで確実なんだから……」

母は父がテーブルを離れると、こっそりと言った。僕の家では、ほぼ父親が実権を握っていたので、母も父がその場からいなくなった時に言うしかなかったのだろう。

「わかってるよ。まだ決めたわけじゃないから」

「だったらいいんだけどね」

「突然言い出したから……悪かったね」

「お父さんも言ってたけど、自分の実力を冷静に考えなさいよ」

実権は父が握っているとはいえ、的確な判断を下すのは母だった。その時、母が言ったことがもっともなことは、自分自身が一番よくわかっていた。……が、それを受け止める感情を持ち合わせていなかった自分がいたことも確かだった。

妹に言われて気がついた。

安藤夏子とは付き合ってもいなければ、告白をしたわけでもない。妹が〝彼女さん〟と言っていたのは、僕が校内や帰り道で安藤夏子と一緒にいることが多かっただけ。狭い土地柄、校内で自然に噂のようになっていただけだった。

とはいえ、妹に言われるまでは、僕の耳には彼女との噂など入ってきたこともなかったし、クラスの連中の中でさえ、そのような話も出ていなかった。彼女が「一緒の大学へ……」と言ってきたことで、僕自身でさえ、初めて自分の気持ちにはっきり気づいたくらいだ。

母親が冷静に考えろと言ったことは、確かに正しかった。一時の感情で、自分の将来まで変えてしまうことにもなり得ることだった。

一年延ばしても受けるだけの価値はある。しかし、もし、附属の推薦枠を外れて来年共通テストを受けることがあれば、当然、附属の大学も再度一般受験するという立場になるわけだ。それだけの受験準備や覚悟など最初からしていない自分。ましてや、東京のJ大学やK大学。偏差値もハンパじゃない。今のままじゃ合格のボーダーラインに乗れるはずもなく……既に決まっている大学があるのに親にだって心配かけるだけだ。

その夜は、なかなか寝つけずに、初めてといってよいくらいに、自分の進路について考え込んでいた。どうにも答えが出せずにいた自分は、思い切って彼女に直接、彼女がそう言った真意を聞こうと思うことで、その夜は自己完結したのだった。

次の日の朝、教室へ入るとすぐ、僕は彼女の元へ向かった。

といっても、隣の席の彼女のところへ行くということは、自分の席に向かったと同じ意味ではあるけれど、僕の気持ちとしては、〝彼女の元へ向かった〟という気持ちだった。

「安藤さん！」

「おはよう」の挨拶もなしに、すかさず声を掛けた。

「あ……おはよう……」

僕の突発的な呼び掛けに、彼女は一瞬、驚いたような表情で振り向き、そう言った。

「あのさ、一緒の大学にって言ってたよね」

「うん……まぁ……言ったけど……」

「どういう意味?」

「え?」

朝の挨拶もなく、まして朝一での何の前置きもない僕からの唐突な質問に、彼女はまた驚いたような表情をしていた。彼女にしてみれば、その話は「忘れて」と言った彼女自身の言葉で、その前の日で終わっていたと思う。僕も一晩かけて考えた結果の行動。いつものように曖昧な感じでは済まなかった。

自分の気持ちにも気づいてしまったこともある。それより何より、自分自身の将来にも関わることだ。

「一緒の大学にって言った安藤さんの気持ちだよ。どういう気持ちで言ったの?」

僕にしてみたら、たぶん、初めてといってよいくらいの積極的な言動だった。いつもは、「ま、いっか」というような感じが多い自分だと思っていたから。そのような僕の様子に彼女も気づいたようで、僕の方に身体をきちんと向け直した。

「ん……はっきり言っちゃうとね……ひとりで東京へは帰りたくなかった」

「まだ、彼のことを考えると、痛む?」

僕は、彼女の胸のあたりを指差して言った。

「痛む……とは違う。確かに、東京へ帰ったら、今より鮮明に思い出しちゃうかもっては思うけど……それより……」

「ん？」

彼女は、少し大きく息を吸った。そして小さく呟いた。前にも聞いたような声と口調。

「一緒の大学へ……」と最初に彼女が言い出した時と同じ感じの口調だった。

「……離れたく……ないから」

「え？」

それ以上の言葉を彼女の口から聞くことはできなかったが、そう言うと、一瞬、大粒の涙が彼女の頬を伝ったのを僕は見逃さなかった。

彼女は、急いでその涙を拭ったようだった。

しかし、そのまま窓の外に顔を向けたまま、一時間目の授業が始まるまで、僕の方へ顔を向けることはなかった。僕も、彼女が流した涙をクラスの連中に見られてはいけないと無意識に思い、無理に彼女に話し掛けることはしなかった。

昼休みに、携帯にメールが入った。学校にいる時にメールが入ることなど滅多になかったので、スルーしてしまおうかとも思ったが、何となく気になって見てみた。

送信元は……安藤さん⁉

以前、コスモスの丘へ行った時に、電話番号とメルアドを交換していたことを思い出した。交換したとはいえ、あれから電話はもちろん、彼女とはメールさえしたことがなかったから。そのくらいの関係のはずだった。

〈今朝はごめんね。ちょっと放課後話せる？〉

そのような内容だった。

教室を見渡したが、いつも女子たちといる彼女の姿はなかった。何処からメールを送信しているのかさえわからない。それでも、すかさず返信した。

〈いいよ。一緒に帰る？〉

すぐに、また返信メール。

〈急にごめんね。ホームルーム終わったらバス停で待ってる〉

〈わかった〉

〈ありがとね〉

このようなやりとりが終わると、何処からともなく彼女の姿が現れ、いつもの昼休みの光景になっていた。何事もなかったように女子たちと話している彼女がいた。

その日ほど、午後の時間が過ぎるのを長く感じたことはなかった。あの〝コスモスの丘〟へ彼女とふたりきりで行った時でさえ、それほどまで長くは感じてはいなかった。

担任は、いつものことながら淡々と話を進め、かなり短い時間でホームルームをやり過ごす。いつも以上に担任に感謝した。

僕にとっての長い午後もようやく終わり、帰り仕度をしていると、先に席を立った彼女は僕に視線を落とし、軽く頷くような仕草をすると、ひとりで先に教室を出ていった。

「加納」

僕が席を立とうとすると、斜め前の席にいる小野が声を掛けてきた。

「安藤と、何、視線を絡ませてるんだよ」

「あ?」

「見たぞ」

「だから、何だよ」

「いやいや」

そう言うと、小野は両親と進路の話をしていた時に、彼女と僕のことをからかった妹と同じような表情をしていた。

「ま、上手くやれよ。時間もあんまりないしな」

「何の時間だよ」

「卒業までだよ。受験が終わったらすぐだろ」

「ああ……だよな」

頭ではわかっていたことではあったが、小野に言われて、何故か強く実感が湧いた自分。

「卒業か……」

つい、独り言を呟いていた。

教室を出ようとすると、小野は「頑張れよ」と、いつものように親指を立てていた。

校門を出てすぐ左手にあるバス停に、教室を先に出ていった彼女が立っていた。いつもなら、すぐに声を掛けることができたはず。それなのに、その時の自分は、何故か少しの躊躇いを覚えていた。

何故だかわからない。何か漠然とした思いが僕を支配していた。彼女を好きだと気づいてしまったのかもしれない。その彼女と、これから離れ離れになるかもしれない可能性と、それに伴って進路を寸前で変えようとしている自分がいる。

僕は、少し歩調を緩め、バス停の看板の横に立っている彼女の方へ歩いていった。

自分の気配を感じたのか、彼女が不意にこちらを向いた。

少しの微笑み。

いつも見てるはずの、その微笑みが、何処か遠くに感じた。これも理由は見つからない。ただ、遠くに感じていた。

「……ごめんね」

そう言うと、彼女の方から自分の方へ歩み寄ってきた。

「いや……」

そのような言葉しか返すことができない。それも普段の自分とは何処か違う感覚で、理由もわからなかった。僕の様子に気づいたのか、その日は彼女の方が主導権を握るように話し掛けてきた。

「ちょっと歩かない？」

「うん」

「前に行った公園……私が転校してきて……ほら、その理由とかを話した……そこ、行かない？」

「ああ……いいよ」

「寒いけど、ごめんね」

いつもは、三歩下がって歩いているような彼女であった。しかし、その日は自分の前を歩き、あの時の公園の方へ向かって歩いていた。

公園までは、あまり言葉を交わすこともなく、ただ街路樹の葉が風に吹かれて散っている音だけが聞こえていた。

「もう、こんな季節か……」

僕が独り言を言うと、彼女が振り向き、少し申し訳なさそうな表情をした。

「あ、深い意味ないから」

咄嗟にそのようなことを言っていた自分。

彼女は、いつもの微笑みを返してくれていた。

二、分かれ道

彼女が転校してきた時。

季節外れに東京から転校してきたとびぬけた美しい彼女に対して、様々な噂が飛び交っていた。

その本当の理由を彼女の口から初めて聞いた場所。僕たちにとっては、あの〝コスモスの丘〟とともに、一種、思い出の場所である公園だった。

あの頃の公園の木々には、まだ葉も残っており、緑色から少しだけ赤く色を変えていた程度の季節だった。時折、強く吹く風に、その葉が二～三枚散る程度。何となく、ずっと前のような気がしていた。まだ二カ月ほどしか経っていなかったのにもかかわらず……。

そんな風に感じたのは、たぶん、男子のほとんどが近寄りがたいと思っていた美しすぎる転校生の彼女がいて、その彼女と席が隣同士になり、彼女が抱える過去の辛い思いを、唯一、僕だけが知ったことで急接近し、小さな町のデートスポットとされるコスモスの丘へふたりで行ったり、そして、何よりも……ちょっとした会話などを通し、彼女の様々な〝顔〟を知るにつれ、僕がいつの間にか、彼女への真剣な恋心を覚えていたことに気づいたことなど、いつもは平凡すぎるくらいの毎日を過ごしていた自分に、その短期間に、一度に起こったせいだったかもしれない。

「あの……ね」

あの時と同じ場所のベンチに座ると、彼女が呟くように言った。

「ん？　なに？」

そう答えた僕に、彼女は「うん……」と言ったきり黙ってしまった。

いつもの自分だったら、たぶん、「はっきり言えよ」みたいな感情が湧いていたか、もしくは、そう言っていたかもしれない。ただ、その時は、そのような気持ちにもならずに、彼女が次に口を開くのを黙って待っていた。

彼女が好きだから優しくしたとかではない。これからの進路や、それに伴う自分たちの未来のことを考えると、彼女の口から出てくる言葉を聞くことが少し怖かっただけだ。勿論、彼女が何を言おうとしているのかなどは知る由もなかった。それでも、それまで、今後の進路についての彼女の口から出たことを考えると、やはり、何処か聞きたくないという気持ちが働いていたことは否定できなかった。

暫く、無言の時間が過ぎた。

僕は、ただ空を見上げていた。

「……あの……」

やっと彼女が口を開いた。

「なに？」

彼女にしてみれば、その後に続く言葉があったのかもしれなかった。しかし、その言葉を遮るように、咄嗟にそう言っていた自分がいた。何故だかわからなかったが……。

「あ、あの……」

僕のその言葉に戸惑ってしまったような彼女。

「ああ……ごめん」

そう言うしかなかった。

「え……とね……」

「うん」

今度は冷静に答えることが出来た。

「大学のこともあるんだけどね……」

やっと彼女の口から〝文章〟的な言葉が出た。

「ん？」

「あの……今朝、私が言ったこと、覚えてる？」

「あ、うん……まぁ……」

「ごめんね。途中でやめちゃって」

「いいけど……」

「教室だったし……言ってもいいのかなって……」

「言ってもいい……って？」

「うん……」

そのタドタドしいくらいの自分たちの会話は、傍から見たら、たぶん、中学生くらいの男女が初めてデートというようなものをしているように映ったかもしれない。

「加納君、私の過去のこと、知ってるでしょ？　だから……いいのかなって……」

意味不明な彼女の言葉だった。

「……好きって言っていいのかなって」

「へ？」

「私が、ここへ転校してきた理由とあわせて……というか……そういう過去があるのに、告白なんてしていいのかなって」

「はい？」

彼女はベンチから立ち上がると、僕の前へ立った。

そして、真っすぐに僕の目を見つめた。

「加納君が好きです」

一瞬、目の前が真っ白……というか、目眩いがした感覚だった。

よく聞く〝心臓が止まるかと思った〟という言葉は、この瞬間のためにあるのかと思うくらい。「ドキッとした」などという言葉では言い表せない。

実際、され慣れ過ぎてしまったくらい、告白は何度もされていた高校時代だった。しかし、それは、いつも、ほとんど話したこともない程度の同級生や下級生の女子から。時には、下校途中に他校の知らない女子だったりと、自分から好きになった相手ではなかった。人生最初に告白された時は流石に人並みにドキッともした。しかし、それ以降は、どちらかというと「またか」などと、かなり高飛車な自分がいた。

そのような自分が、その時は、「好きです」の告白に目眩いを覚えるほどの瞬間だったのだ。

その時、ようやく、その日の朝の「離れたくない」という彼女の言葉の真意を理解することができた僕だった。

「あ、ああ……えっと……」

またもや不甲斐ない自分がいた。

「ごめん…突然、こんなこと……」

彼女は、僕の答えを聞いて、目を背けてしまった。

少しの沈黙。

彼女は僕の前に立ったまま、目線は僕を通り越して、その後ろの方へやっていたようだった。

本来なら、男が言うべき言葉だったのかもしれない。しかも、自分も既に彼女への気持ちに気づいていたのだから……かなり情けなかった。

既にほぼ進路が決定していた僕を東京の大学へと誘ったり、今、思えば簡単なことだったのに……

わかってあげることができなかった。

「安藤さん」

僕の言葉に彼女は黙ったままで、僕の目を見た。

「僕も好きだよ」

「え……？」

自分から告白してきた彼女ではあったが、僕の言葉に意外な表情をしていた。

「進路をさ……安藤さんが一緒に東京へって言ってくれた時だったかな……自分の気持ちに気づいた」

「ん……ごめんね……変なこと言っちゃったよね」

「嬉しかったよ。で、よく考えてね。そしたら、君と離れたくないって思ってた自分がいた…… みたいな感じで、安藤さんが好きだってはっきり気づいた次第」

「……」

「たぶん、ずっと好きだったんだと思うよ」

「……」

「でもさ、転校の理由とか聞いたし、何処かで自分の気持ちを封印してたと思う」

やけに饒舌な自分がいた。

「……ありがと」

彼女は、少し照れたような表情を浮かべて、小さな声で言った。

「座りなよ」というように、僕は、それまで彼女が座っていたベンチの空いた場所をトントンと叩いた。

彼女はそのままベンチに座り、下を向いていた。その後の言葉を僕は見つけることもできずにいたけれど、何故か心は温かく、安堵感のようなもので満たされていたような気もしていた。時折吹く風は冷たかったが、それも〝冷たい〟とは感じなかった。

「えっとね……それで、大学のことなんだけどね」

突然、彼女はポツリと呟いた。

「ああ」

当然、僕は、「一緒の大学を受験しよう」と言われると信じて疑ってはいなかった。

「私は、やっぱり東京の大学へ行くね」

私は？

あれ？

「加納君は……附属へ行って」

「え？」

「これから、来年の受験準備って大変でしょ？　それに、せっかく推薦枠の基準を余裕でクリアしてるんだし」

「まぁ……それはそうだけど……さ」

『俺たちって両想いだよな……安藤さんから告白してきたんだし』

自問自答している自分がいた。

「あのさ……この時期になってさ、俺のこと、好きって言ったのは、どういう意味？」

彼女の言動を理解することができないでいた自分は、少しムッとした感じになってしまっていたようだった。かなり大人げない自分。それでも、その時は高校生の幼い自分もいたことも事実。特に、自分から初めて好きになった相手との恋愛となったら、更に冷静でいることなどできない。もっとも、それはいくつになっても同じような感情を抱くと思うが……。

「……かなり迷ったんだよ……これでも」

僕の少し強い口調に、更に声を落として彼女が言った。

「あのね」

「うん」

「加納君と離れたくないっていう気持ちは、いつでも同じだけどね……一緒に東京の大学へって言った時から」

「……うん」

「自分でも浅はかなこと、言っちゃったって後悔してたんだ」

「浅はか？　どうして？」

「だって……」

彼女の〝浅はか〟という言葉に異常に反応してしまった自分は、かなり強い口調になっていた。人が進路に悩んでいる時に「浅はかに言った」なんて、その時の僕にとってはあまりに信じ難い言葉。

「まだ、加納君のこと、好きって言ってないうちに、東京へなんて行っちゃったら……まだ合格するって決まったわけじゃないけど……」

「行っちゃったら？　なに？」

やっぱりきつい口調の自分。彼女の言葉までさえぎってしまった感じ。止めることができない。

「加納君が私のこと、どう思ってるかなんてわからないうちに……その……」

しっかりと話している割には、彼女が泣き声になっているのに気づいた。

「あ……ごめん……そうだよな。そういう意味だよね」

彼女に対して、一瞬でも疑う……というか腹が立った自分が情けなくもなっていた。

隣に座っている彼女が、少し大きく息を吸ったのを感じた。

「今ね、加納君のことを好きって告白したのはね、これから受験勉強とかで、あまり話す機会もなくなるだろうし、離れる前に自分の気持ちを言っておきたかったのと……」

「ん？」

「それから……」

また、彼女は大きく息を吸った。

「加納君の気持ち、聞いておきたかったから」

「気持ちって……安藤さんのこと？」

「……うん」

「大好きだよ」

今度は自分でも、びっくりするくらい即答していた。ついさっき、同じ言葉を言ったばかりなのに……自分が一番、驚いた。

「……ありがと」

「……」

「もしね、卒業後もずっと好きでいてくれるなら……私と付き合ってください」

「へ？」

またもや、意外な言葉が彼女の口から出た。

お互いがお互いを好きということは、その日にわかったこと。しかし、まさか「付き合ってください」などという言葉が彼女の口から出るとは思わなかった。まして、大学は別々……住む場所さえ離れてしまうわけだから。一瞬、返す言葉が見つからなかった。

「ダメ？」というような表情で自分を見つめた彼女。

まだ、言葉が見つからない。

嫌なわけがない！

ただ……卒業までしか一緒に……という漠然とした思いだけが頭の中を巡っていた。

「え……と……」

「なに……？」

不安そうな彼女の声が隣から耳に入った。

「それって、どういう意味？」

「意味？」

「付き合うって……卒業まで？」

「違うよ……卒業後も好きでいてくれたら……って言ったつもりだけど……」

「え？」

一瞬、わけがわからなくなった。またもや不甲斐ない自分。よく考えなくてもわかることなのに。

「もしね、遠距離が嫌じゃなかったら……卒業しても……その……」

「やっぱり、安藤さんは東京で、僕はこっちの附属って思ってるんだよね」

「だって……いきなり進路を変えるなんて無謀すぎるし」

「それはそうだけどさ」

「まして、この時期に……もちろん、私が、変なこと言い出したのがいけなかったんだけど」

「確かにね。安藤さんが、あんなこと言わなかったら迷わなかったよ」

わざと少し意地悪っぽい言い方をした。

「ごめん……」

彼女の「ごめん」と言った姿がヤケに可愛らしく映った。僕は、つい笑ってしまった。考えるまでもなく、彼女が「一緒に東京へ」と言った時、あれほどに悩んで迷った自分がいたということは、既に、自分も彼女が好きだったということ。妹に言われて初めて、強く意識したわけだが。彼女が告白してくれなかったら、遅かれ早かれ、自分から告白していたはず。遠距離だってなんだって構わない。


僕は安藤夏子が好きだ！

「全然、構わないよ」

「え？」

「たった四年だしな」

「え？」

「海外でもないし」

「え？」

「飛行機なら一時間くらいか」

「え？」

「遠距離恋愛しよっか」

「加納君……」

彼女は彼女自身がしていた薄手のマフラーで顔を覆い、泣き出してしまった。

「……ごめんね」

マフラーで顔を覆ったままの彼女が呟いた。

「どうして？」

「いろいろ……」

僕は、また笑ってしまった。どうしようもなく、彼女が可愛く映っていた。

「僕がちゃんと受験準備してたらよかったんだよ」

「そんなこと……きちんと枠、取っていたんだから」

「それでもさ……」

「私が、変な時期に転校してきて、加納君を好きになったのがいけないの」

「僕を好きになったらいけないの？」

「あ……そういう意味じゃなくて！」

マフラーから顔を離した彼女の顔……鼻のあたまと目が赤かった。僕は、そんな彼女の姿を目の前にして、思わず彼女を抱きしめていた。

「離れても、気持ちは変わらないから」

僕は彼女の温もりを感じながら、そう呟いていた。

「……ありがと……」

そう言った彼女は僕の胸から目線を上げた。そして、そのまま、自然に唇が触れていた。初めて心から好きだと思えた人との熱いキスだった。

このまま離したくない。

僕は、彼女を思いっきり抱きしめた。彼女は何も言わず、ただ、僕の胸の中に微かに震えながら顔をうずめていた。

この世界にたったふたりだけ……あの、コスモスの丘で感じた感覚とはまた別の〝ふたりの世界〟を感じていた時間だった。

僕の腕の中にいる彼女は普段、教室の中などで見せているような凛としたイメージからは想像がつかないほど、か弱い普通の女の子になっていた。たぶん、このような彼女の姿を見たのは、逝った彼と僕くらいだと思い、かつて彼女が愛した彼の分まで彼女を守らなければと思った瞬間でもあった。初めての〝男〟としての感覚。自分が男であるということ。男としてやらなければならないこと。男だからできることを意識した。

そして、それを強く彼女への想いへと変えた。


その日を境に、僕たちの高校卒業後の進路は別々のものとして進み始めた。しかし、それは、永遠の分かれ道ではなく、ふたりして〝これから〟を作っていく〝分かれ道〟を決断した日でもあった。

もう、公園の木々には葉は残っておらず、その木々の間からは、すっぽりと夕焼けの空が見えていた。

秋も終わりの、何処までも高い空だった。

三．受　験

彼女の想いを知り、僕の気持ちも伝えた。

確かに僕としては、最初は彼女の外見に一瞬で惹かれたことは否めない。

しかし、彼女の過去のことや、たぶん、クラス中の誰もが知らない彼女の様々な表情を知ったこともあわせ、ずっと隣の席で彼女を見守っていたような自分がいたことは事実であり、そのような中、彼女へのはっきりとした恋愛感情が芽生えていたことを再確認した感じだった。

彼女の抱えている大き過ぎるともいえる過去のことを知った上で、彼女を守っていこうと決心した自分の思いは、この先、どのようなことがあっても揺らぐことがないと確信さえできていた。

彼女から、僕への感情の移行の過程を聞いたわけではなかったが、彼女が発した言葉の数々から、たぶん、僕と同じような感情の流れがあったのだろうと勝手ながら思えていた。

〝何が〟というひとつの具体的なきっかけがあったわけではなく、徐々にという言葉が適当であろうと。

亡くなった彼への思いも、そう簡単に捨てることはできないはずで、それも自分では納得していたところだった。それでも尚、自分を好きだと言ってくれた彼女の気持ちに嘘はないことは手に取るように感じていたし、「頼りたかった」と言った彼女の言葉が強く印象にもあった。

頼りたいという彼女の思い。

守りたいという自分の思い。

そのような、それぞれの思いが重なった結果なのだろうと感じていた。

〝想いの結晶〟という言葉が、文学的ではないはずの自分の脳裏をかすめていた。

お互いがお互いの気持ちを確かめ合ってから、数日後。例の三者面談があった。

父は、何となく一年遅れても東京の有名大学へ行ってほしいような言い方もしていたが、それまでの希望通り、附属の大学へ進学することに決定し、僕はその旨を面談でも伝えた。

「このまま、この数字を保っておくように」

これが、担任から伝えられた言葉だった。

幸い、それまで推薦枠の基準に達していた成績も落ちてはいなかった。一時ではあったが、あれほどに悩んで決めた進路が、たった五分くらいの短い間でほぼ決定してしまった。

自分の面談があった次の日が、彼女の面談の日だった。

「終わるまで待ってて」

少しだけ淋しげな表情を浮かべていた。

彼女が身を寄せているという町の親戚というのは、かなり遠い親戚だそう。とはいえ、海外赴任中の父親を呼び付けるほどの面談でもなかったので、結局は、彼女ひとりでの面談となったわけである。

「俺が親代わりになってやろうか」

そう冗談を言うと、彼女の顔が笑顔に変わり、「ばか」と僕の頭をコツンと叩くと、軽く手を振りながら、ひとりで教室に入っていった。

待つこと三〇分。自分の時とは大違いだ。

「ま、仕方ないか……転校してきたばかりだしな……」

そのようなことを呟きながら、誰もいない教室の前の廊下に立っていると、「加納!」と小野の声がした。

「やべ……」

思わず口にしていた。

「何やってんだよ」

相変わらず、意味深な笑いを浮かべながら近づいてきた。

「いや……お前こそ、何やってんだよ」

何気に余裕ない返しになっていたようだ。

「俺、今日、面談だからね。お前、昨日じゃなかったっけか?」

「まあな」

これまた、これ以上の言葉が返せない。

「ふ〜ん」というと、小野は身体を擦り寄せるように、自分に貼りついてきた。

「なんだよ。気持ち悪りぃな」

「お前さ、安藤と上手くいったのか?」

「何がだよ」

「わかるんだよね〜」

「だから、何がだよ」

「隠すことないって」

やけにニヤニヤしている。いつも以上だ。というか、クラスの女子みたいだ!

「お前が安藤とくっつくのは当然だしな。よかったよかった」

かなり満足気な言い方の小野。公園へ行く前に「頑張れよ」と言っていたのだから、そういう言い方をされても仕方はないが……。

とは言え、突拍子もないといえば、突拍子もない言葉だ。それまで、彼女のことでは、いつも冷やかされもしていた。しかし、自分からは彼女のことが好きだなどとは誰にも言ったこともない。ずっと、そのような自分の気持ちにすら気づかなかったくらいだった。ましてや、彼女がクラスの連中に、自分たちのことを言うはずもない。

「まぁまぁ、落ち着いて」

小野は、自分から離れて、まるで子供をなだめるような仕草で肩を叩いた。

「そりゃ、お前たちを見てたらわかるし」

「そっか?」

「いっつも、どっちかがどっちかを見てるしな〜」

「あ？」

「別に観察していたわけじゃないけどさ。誰が見たって気づくよ」

「そうかな……」

「いつ加納たちがくっつくかって噂してたの、お前、気づかなかった？」

「知るかよ」

「そのくらい有名だったわけよ」

小野はまた自分の肩を「まぁまぁ」という感じで叩いた。

「付き合ってんだろ？」

それまでの好奇心めいた物言いとは少し感じの違う言い方をした。

もう、隠しておく必要もないと思ってしまった。

「まぁ……そんな感じかな」

「なんだよ、その曖昧表現は」

「つい、この前、告白されたばかりだしな」

「安藤からか？」

これには小野はかなり驚いたような様子だった。

そして急に真面目な面持ちと口調で言った。

「今までさ、お前の付き合ってきたのを見てたけどさ……今度は、もうちょっと真剣になれよ」

「浮気なんかしたことねぇよ」

「そういう意味じゃなくてさ。何て言うかな……軽い付き合い方っていうか、そんな意味」

「そんなに軽く見えたか？」

「お前から告ったことなんて聞いたこともないしさ」

「まぁ、ない……といえばないか」

「何となく嫌いじゃないから付き合ってるみたいに見えたんだよな」

図星だ。

情報通と異名を取るだけあって洞察力も鋭いが、さすが、中学からの親友。

「たぶんさ、お前が俺に言わなかったのも、彼女から告られたなんて言いたくなかったんだろ？」

親友といえども、そこまで見抜いていたとは恐れ入った。

それも図星。

彼女に恥をかかせたくない……そのような意識からだったかもしれない。決して告白すること自体が恥という意味ではなく、相手が〝安藤夏子〟だったから。

それまでは、小野が言ったように、女子から告白されて当たり前の自分がいた。それほどまでに彼女のことを……人の気持ちを思うことのできる自分がいたことに、長いこと親友である小野の言葉から改めて実感させられ、少し戸惑ってもいた。

親友の小野に対しても、自分が情けなく思えていた。

「お前、附属行くんだよな？」

「ああ」

「安藤は？」

「東京」

小野は、ますます真剣な面持ちになった。

「だったらさ、卒業まで、ちゃんとしておくんだぞ」

「卒業まで？」

「そう。それまで受験があったり、なんだかんだで慌ただしくなるんだから、しっかり捕まえておけって言ってるの」

小野は、真剣ながらも呆れ顔にもなっていた。自分がかなり鈍感な奴に映っていたのかもしれない。

「卒業したら遠恋になるんだろ？」

「まぁ」

「だったら、その前に、もっと安藤と仲良くしておけってことだよ」

「ああ……そういうことね」

「……ったく。モテるくせに、そういうところがウトいんだよな。少しは、慣れろよ」

「わかった、わかった」

僕は、小野の言葉に適当に相槌を打ったように見せかけたが、実は内心は焦っていた。

あの日、彼女には「離れていても……」と自分で言ったにもかかわらず、卒業までの期間が短いことは考えていなかったのが事実だ。

実は親友の小野は、自分よりもモテる奴だった。モテるといっても、自分のようなモテ方ではなく、その時の彼女とは、もう二年付き合っていた。

軽いノリでモテていた自分に対して、小野は硬派なモテ方。

「あの一途さがたまらない〜」「彼女さんが羨ましい！」などと下級生の女子から人気があったものだった。

恋愛に関しては、小野の方が上手《うわて》だ。

小野は自分の返事を聞いて何かを悟ったのか、その後は何も言わずに、いつものように「頑張れよ」とだけ言い残し、その場を去っていった。

再び教室の廊下にひとりになった自分は、小野に言われたことを思い、考え込んでいた。

卒業まで、どうしろっていうんだ？

実際、卒業までは、もう四カ月もない。その間に遠距離恋愛になっても続けられるほどの関係が築けるのか？　よく考えたら、かなり深刻な問題だった。「なるようにしかならないしな」そう思っていたら、いつもの自分。しかし、彼女の時は違っていた。その時は「どうにかなる」などとは無縁の世界にいた自分。小野に言われるまでもなく、それまでの自分にとっては初めて心から真剣に女子を好きになったことも意味していた。とはいえ、そう簡単に具体的な方法を見つけることが出来るわけもなく、ただ、ぼっとしながらも、あれこれと思いに耽っていた。

暫くすると、教室のドアの開く音が聞こえ、彼女が出てきた。時計を見ると、彼女がひとりで教室に入っていってから四十分くらい経っていた。

「ごめんね～。随分、待たせちゃったね」

何処となく、ウンザリといった言い方の彼女。

「いいよ。小野と話してたし」

「小野君って親友なんだよね……いいよね～」

一瞬、彼女の言っている意味が理解できなかったけれど、その表情ですぐに理解できた。クラスの女子とは仲は良いけれど、そういった込み入った話ができる〝親友〟みたいな存在は彼女には、まだいなかったはず。まだ、転校してきて数カ月。無理もないけれど。

その時、僕が彼女を守らなくてはと、あの日よりも何処かで強く思っているのを感じていた。たぶん、彼女にとって、心を見せることができるのは自分しかいないはず。転校してきた理由を知っているのも自分だけ。それも、彼女から話してくれたこと。

恋愛感情を抜きにしても、やはり自分しかいないと思っていた。

「相談だったら、いつでものるから」

彼女に対して、それだけしか言うことができなかった自分だったけれど、彼女は嬉しそうな顔をして「ありがとね」と言っていた。

「帰ろっか！」

そう言うと、彼女は、僕の袖口を引っ張った。

「あとで、ジュースおごるからね」

袖口を引っ張られたままの僕を振り返った彼女は、何だか輝いて見えた。

何故だかわからなかったけれど……。

笑顔が綺麗だったから……かもしれない。

これから遠距離になるというのに。

胸中複雑ではあったが、やはり安藤夏子のことが大好きな自分がいたことに変わりない。

そう……彼女を守りたいと思えるほどに……。

面談日程も全て終わり、クラスのほぼ全員の進路が決定していた。

この年。自分が卒業する年は、例年に比べ、附属の大学への進学希望者は少なかったようだ。自分のクラスに限っては、クラスの四分の一くらい。毎年の統計によれば、半数とは言わないまでも三分の一強くらいは附属希望者のはず。

また、進学にしろ就職にしろ、東京へと希望するよりも、近隣の地方都市へと希望する生徒が多かったのが例年の統計。しかし、この年の進学組に限っては、やけに東京への希望者が多かった。

東京の大学へ進学を希望した何人かの友人に理由を聞いてみた。

男子も女子も、ほとんど同じ理由だった。

以前、安藤夏子がモデルで出ているという噂があった時に、女子が持ってきていた雑誌。その雑誌に掲載されていた青山や渋谷などに憧れたから……らしい。特に女子は、推しに逢えるとか、同じ大学にするとか。何処その有名カリスマ美容師のいる店を行きつけにして、夏子みたいになってくるとか……?! 実際のところ、女子には女子なりの将来の仕事や様々な理由があったとは思うが、その中に彼女の名前まで出てきたのは、さすがに驚いたが。

男子は男子で、漠然と〝東京〟という場所に憧れている奴が多かったのはいつものこと。自分も例外ではなかったので、男の気持ちはわかる。

雑誌などの影響もあるにはあったが、それ以上に上場企業の本社が東京に多いなど、将来の自分の仕事関係を見据えてということだ。

しかし、その年に限っては他の理由があった。やはり、安藤夏子だ。彼女が東京の大学へ進学するということを聞きつけた途端、希望者が急増したらしい。

結局は〝安藤夏子〟という存在が大きく影響していたようだ。

まぁ、自分にとっては、それが何気に自慢でもあったり。何といっても、彼女と付き合っているのは自分。知っている連中は、まだ、ほんの一握り?!

……とはいえ、男子にしろ女子にしろ、彼女が東京からやってきたというだけで、進路まで変えてしまう生徒が急増という現象。驚きや自慢の他に、多少の不安もあったことは事実だった。

夏子と付き合っている当の自分は地元へ残るわけだ。彼女とは、もちろん離れ離れ。他の連中は、合格すれば同じ東京に住むことになるわけで、ともすれば同じ大学。

「俺の彼女に手を出すな」と、その時期に、わざわざ言えるはずもなく、黙って聞いているしかなかった。

附属高校ゆえ、進学校とはいわれてはいなかったが、それなりの偏差値はある高校だ。もともと受験組であった奴らが東京へ行先を変えただけ。合格圏内には入るはず。

そう考えると、更に複雑になってきた。

「くそ～！」

ひとり頭を抱えていた。

四．決意

「安藤さ〜ん！」

冬休みが近くなった頃の昼休み。クラスの女子が夏子のことを呼んでいた。普段は夏子と特別仲の良いグループではない女子だった。

「安藤さん、東京の大学の受験、いつ？」

「一月中旬から二月初めくらいかな……一発で合格したらだけどね」

「そうなんだ！　安藤さんが希望出している大学のひとつ、私も受けるんだよ！」

「そうなの？」

夏子も、かなり嬉しそうな表情をしていた。

「私も一月中旬から東京の親戚のところへ行くから一緒に行けるかもね！」

「そうだね！　だったらいいね！」

「東京って全然詳しくないから、安藤さんが一緒だったらいいな〜」

「日程が合ったら一緒に行こうか」

女子同士の、ごく普通の仲良さそうな会話だったけれど、僕は内心、面白くなかった。

「はぁ……」

女子にヤキモチをやいても仕方ないのに、無意識に溜息が出た。

「本当なら自分が……」

　ボソッと言った独り言を夏子に聞かれていたみたいだ。

「どうしたの？」

　不意に、夏子が僕の顔を覗き込んだ。

「あ？　……いや……」

　何ともタイミングが悪い。

「そう？」

　何処か腑に落ちない感じの夏子だったが、それ以上は何も言わなかった。聞いてほしかったような、ホッとしたような変な感覚。

「本当なら自分が夏子に付き添って行くつもりだ！」なんてことは、今は言えるはずもない。受験組は受験一色になっていたクラスの中で、これから受験する夏子には、浮ついたような言葉はかけたくなかったし。

　それからも、何かにつけ、夏子のところには人だかりができていた。それまで彼女とは親しいとは言い難いくらいのクラスの連中も多かった。それこそ、男女問わず……といった感じ。「一緒に東京へ行こう！」というような誘いが多かったようだ。隣の席の自分には、ツツヌケ状態の会話。

「東京へ行ったら、案内して～！」

「渋谷とか行きたいんだ！」

「高いビルとかあるんだよね？」

「人が、すっごい多いんだよね！」

そのような言葉が飛び交っている。

『自分でさえ時期が時期だけに、あまり浮ついた話は避けていたのに！』

やっぱり面白くない。

『夏子も夏子だ！ そんな質問にニコニコ顔で答えてるし！』

更に面白くない。

「あ～あ！」

僕は大きく伸びのようなことをして、夏子の方を見た。たぶん、かなり不機嫌な顔をしていたと思う。

夏子と目が合った。

そのような僕の気持ちなど、彼女にはわかるわけはないが、自分の方を見て、またまたニコッと笑った夏子に更に腹が立った。この時は、かなり怒った顔つきになっていたと思う。

その日の昼休み、夏子が声を掛けてきた。

「加納く～ん！」

「あ？」

まだ何となく機嫌の直っていなかった僕は、かなり素っ気ない返事をしていたに違いない。思えば、自分が勝手に気を遣って、勝手に機嫌が悪かっただけで、夏子に怒ることではなかったが。

「どうしたの？」

「なにが？」

「ん……何となく怒ってるみたいだから」

「別に」

相変わらず、無愛想な自分。

「別に」とだけ答えた言葉だけでも十分、不機嫌さは伝わっているはず……!?

「そうかな～……今日、ずっと話し掛けてくれないし……」

「そうだっけか？」

「なんか、怖い顔で睨んでいたみたいだし……」

やはり、そのような態度になっていたかと、改めて実感した。

「私、何か、悪いことしちゃった？」

「いや」

夏子が悪いことしたわけではないし。そう言うしかなかった。

「だって……」

「だからさ！」

僕は、何かイラついていた。夏子の執拗な物言いにか？　クラスの連中にか？　自分でもわからなかったが、僕の少し強い口調に夏子は黙ってしまっていた。

「あのさ。夏子、僕の気持ちってわかってる？　ってか、人の気持ち、考えてる？」

「え？」

「東京へ行く連中と、よく平気な顔して楽しそうにしてられるよな！」

何言ってるんだ？　自分！

「できたらさ、僕のいないところでしてくれない？」

「……ごめん」

夏子は泣きそうな顔になった。彼女は、ただ話し掛けられているだけで、自分からというわけではない。夏子だって、話し掛けられたら無愛想にしたり無視はできないだろう。わかり切ってはいたけれど、どうも腹の虫がおさまらない。

「泣くくらいだったらさ、少しは考えろよ。隣にいるんだから、嫌でも聞こえるんだよな！」

もう止まらない。更に泣かせてどうするんだ！

「ちょっと来て！」

目は赤かったものの、強引に僕の腕を掴んだ。

「お、おい！」

そう言った僕のことなど無視して、僕の腕を掴んだまま、彼女は階段を上った。

その間、夏子は何も言わなかった。彼女に引っ張られるまま階段を上ると、気づけば屋上まできていた。

「夏子、ここ立ち入り禁止だぞ」

それでも夏子は、《立ち入り禁止》と書かれた紙が下がっているロープを外すと、そのまま僕を引っ張って屋上に出た。

北風が強く吹きつけてきた。

黙ったままの夏子は屋上の中央まで僕を引っ張っていくと、不意に、こちらを振り向いた。顔はかなり哀しそう。まだ目は赤かった。

夏子は、そのまま何も言わずに、僕の肩に手をまわした。

「……え」

そして、そのままキスをしてきた。

それは激しいというか……なんというか……よく観る外国映画に出てくるキスのようだった。

「ちょっ……」

正直、夏子からキスをされて嬉しくないわけはない。しかも、あまりに激しくて何も言えない状況。今まで経験したことのないキス……僕だって男だ。そんなキスをされたら、拒むことは困難。僕の首に手をまわした夏子の力が強くなっていく。それと比例するように、僕も夏子の腰に手をまわして、強く抱きしめていた。

たぶん、屋上に出た時と同じくらい……それ以上の北風が強く僕たちに吹きつけていたはず。それでも、寒いというより、むしろ熱かった。

それから、どのくらいの時間が経ったのかもわからない。随分、長くキスをしていたような……。気がつけば、夏子は僕の胸に顔をうずめていた。

「……だけなんだから……」

夏子が僕の胸で、そう言ったのが微かに聞こえた。そして、彼女は顔を上げると、僕を見上げた。

「……こんな……こんなキスしたの、加納君だけなんだから……」

「夏子？」

「これからだって……加納君とだけしか……」

そういうと、夏子の唇が、また僕の唇に触れた。今度は軽かったが。

僕は彼女を強く抱きしめた。自分もこんなに激しいキスは初めてだった以前に、こんなに強く人を抱きしめたことはなかった。これ以上、力を入れたら折れてしまいそうなくらい。

「東京へ行ったってなんだって、加納君しかいないんだから！」

夏子は僕の唇から自分の唇を離すと、少し強い口調でそう言った。

「あ、ああ……」

「だから……」

「ん？」

「私がクラスの人たちと東京の話をしていても、怒ったりしないで」

今度は少し小さな声で、うつむき加減でそう言った夏子。

夏子の言葉を聞いて、僕は無性に恥ずかしくなっていた。頭でわかっていながら、夏子に〝アタル〟しかできなかった自分がいたことに。

「ごめん……ただ……」

「……」

夏子は黙ったままで、相変わらず僕の腕の中で自分を見上げていた。僕は、それ以上は言えなかった。

「加納君の気持ち、わかるから……私も気をつけるから」

「いいよ……こっちこそ、ごめん」

今度は、僕から夏子の唇に自分の唇をあてた。そう……〝あてた〟というより、激しくキスをした。そして強く抱きしめていた。

——キンコ～ン♪

午後の授業のチャイムが聞こえた。

「行こうか」

そう言った僕に、彼女は何となく気乗りしない表情をして頷いた。

「じゃ……サボっちゃう？」

僕の、その言葉に夏子は、一瞬、嬉しそうな顔をした。

「せっかくふたりきりになれたんだしね」

「……うん……」

夏子は、何処となく恥じらい交じりの返事をした。

三時間目をサボった僕たちは、その間ずっと、屋上にあったコンクリートが段差になっているところに座っていた。いきなり夏子が引っ張ってきたので、秋も終わりのその時期に、コートもマフラーもない。

「寒く……ない？」

「大丈夫」

そう言って、夏子は僕の肩に寄り添ってきた。僕は、そんな夏子の肩を抱いていた。そして、もう片方の手で、北風で少し乱れた彼女の髪を撫でていた。

言葉はほとんど交わさなかったが、それでも、彼女の想いは十分に伝わってきていた。

いつの間にか、あの、嫉妬にも似た怒りの気持ちは消えていた。

もともとは夏子への怒りでも何でもなかった。自分勝手な嫉妬だけ。そのようなことだけで、夏子を泣かせてしまった自分を愚かだと、つくづく感じていた。


「加納君」

僕の腕の中で夏子が言った。

「離れても、ずっと一緒だからね」

「わかってるよ」

「大学を卒業したら、また一緒にいられるように……考えるから」

「夏子？」

「何年か先のことかもしれないけど、ちゃんと考えるから」

僕は、それほどまでに自分を思ってくれている夏子がいたと改めて感じていた。本来なら、そういうことは、男の自分が考えるべきだったのかもしれない。自分自身の将来のことでさえ、何処か漠然とした思いでいた自分がいたことは否めない。

その時、僕は初めて、〝将来〟というものを〝自覚〟として意識した。

同時に、夏子に惚れ直した瞬間だった。

こんなに中途半端な自分を好きになってくれ、気持ちの変化まで起こさせてくれた彼女。

ずっとずっと彼女を離さないと、誓った瞬間でもあった。

そして、自分を〝大人〟にしてくれた彼女を、一生、守っていこうと誓った瞬間でもあった。

彼女と一緒に東京へ行く連中を羨ましいとは思った。それでも、僕たちには、大学の四年間より、もっと先の長い将来が待っている。その頃は、まだ〝結婚〟という二文字は、はっきりとは頭にはなかったが、永遠に彼女と歩いていく人生の構図は意識していた。

秋も終わりの木枯らしの中で、夏子へ誓った僕自身の決意だった。

第三章　卒業の時

卒業
それは彼女と離れ離れになることを意味している
それでも、永遠というものを信じていた
彼女とふたりでつくる未来という永遠を

一・雪道

十二月に入ってすぐの頃。

僕の朝の恒例行事となっていた朝のワイドショーを観ようとテレビをつけると、ちょうど、天気予報のコーナーの途中だった。

「今日の○○地方は、一足早い雪模様になっています」

え？　雪？

雪は、僕の育った土地では全くといってよいほど珍しいことではなかった。けれど、十二月に入ってすぐというのは例年より少し早い。

リビングの窓を開けると、ス～ッと冷たい空気が入ってきた。庭を見ると、植木にうっすらと雪が積もっている。まだ、銀世界というほどではなかったものの、〝雪景色〟とは呼べるくらい。

「ちょっと！　お兄ちゃん！」

後ろで妹の声がした。

「なに？」

「寒いんだけど！」

「ああ……ごめん」

妹にとっても、雪は珍しくないのも当然だ。僕は窓を閉めて、部屋に戻った。ファンヒーターのホワァンとした暖かさを感じた。

「夜中に降ったのかなぁ」

雪など珍しくない地方でも、朝起きていきなり雪……みたいな状況であれば、いつ降ったのかくらいは気になる。「寒いんだけど！」と文句を言っていた妹も、それは気になるみたいだ。

「やだな～。昨日まで晴れていたのに！　また靴下、持っていかなくちゃ」

妹は、朝ごはんを頬張りながら、不機嫌そうに言っていた。

『雪が降って嬉しいのは、雪が降るのが珍しい土地だけか……』などと独り言。

『夏子、学校まで来れるかな』

東京から来た夏子と出逢って初めての冬。その年の初雪に、僕は不意にそんなことを思っていた。

地元で育った以前の彼女たちには決して思わないようなことまで思っていた自分がいた。地元とかどうとかは関係なく、夏子の彼氏として心配だったのかもしれない。それほど、夏子を好きだという自分がいたことも、改めて感じた朝だった。

例年より早い初雪とはいえ、雪は雪。夜中に降り始めたらしく、登校時間にはほとんどやんでいて、道は少し凍った感じがしていた。通い慣れた道でも、凍っているとなると、少しは気は遣うもの。

「夏子、転んでないかな」

またもや、彼女のことを気にかけている自分。やはり、その頃は、既に夏子は自分の中に住みついていた存在になっていた。

教室へ入ると、これまた、いつもの冬に聞かれる会話が耳に入ってきた。

「もう！　靴下、汚れちゃった！」

この声が女子の間では一番多い。

一応、女子だし。それは気にはなるだろうな……妹も雪が降る度に同じことを言っているし。

男子といえば……。

「これじゃ、雪合戦できねぇな」

「お前、小学生かよ」

「いいじゃんか。今の時期、そんなことでもしないと、ストレス発散できないからさ」

そんな感じ。

そう言えば、もう受験の時期も迫っている。受験組は、かなりストレスは溜まっているに違いない。

特に男子。自分のクラスの受験組の男子は、何気に将来の就職を思っての学部決めが多かった。確かに、夏子の影響で、進路を東京へ変えた奴も少なくない。それでも、学部や学科は、かなり真剣に考えていたようだ。

「クリスマスにも雪、降らないかな……」

いつもなら、周りからは絶対と言ってよいほど聞いたことのない言葉が耳に入ってきた。

夏子の声だ。

「ねぇ。この辺って、クリスマスの頃って、もう雪、降ってるの？」

夏子が聞いてきた。

「うん。毎年ってわけじゃないけど、ほとんどの年は降るかな」

「いいな～♪」

「東京は降らないんだっけ？」

「降らないよ。ホワイトクリスマスなんてほぼ奇跡」

夏子は溜め息交じりに、そう言っていた。

「たま～には降る年もあるけど、それも一瞬かな」

「そうなんだ」

「それも、フワフワって舞って終わり……って感じ」

「それも儚いね～」

「だよね」

そう言うと、夏子は窓の外を見ていた。あの〝コスモスの丘〟の方。

「白の丘になったね」

思わず彼女にそう言っていた。

「ほんと！ 見れてよかった！」

「もうちょっとしたら、もっと真っ白になるから、そしたら行ってみようか」

「うん！」

初めて、ふたりで〝コスモスの丘〟へ行った時と同じような嬉しそうな表情を見せた彼女。いつもは雪にウンザリしてた自分だったけれど、その時は大雪が降ってくれることを祈っていた。

「クリスマスにも降るといいね」

ここでも、なんとも自分らしくない言葉をかけていた。

「うんうん！ そしたら、すっごくロマンティック！」

夏子は、まるで子供のように、はしゃいでいた。

十二月中旬の雪など、僕にとっては普通のこと。僕の隣ではしゃぐ彼女を見ていると、東京という場所が思っている以上に遠く感じた。不意に、言い知れぬ不安みたいなものが脳裏を過った。しかし、あの木枯らしの中で夏子と交わしたキスと、僕の腕の中で言った彼女の言葉が、その不安を拭い去っていた。

「ずっと一緒だから」

　放課後、校門を出ると、歩道は更に凍っていた。いくら少ない雪だったとはいえ、所謂、雪深い土地。少ないといっても、たぶん東京にしたら、大雪に近いくらいかもしれない。

　僕は、夏子の手を取った。今にも滑りそうで、危なっかしい歩き方をしていたから。

「ありがと……」そう言いながら、夏子は、かなり足元を気にしているようだった。僕と手を繋ぎながらも、下を向きっ放しだった。

「大丈夫だって」

　僕は、そのような彼女の歩き方が可愛らしくて、思わず笑ってしまった。

「だって！　めっちゃくちゃ怖いんだよ！」

「ほら。カバン、持ってやるから」

「ありがと～」

　そのような自分たちを見ながら、通り過ぎて行くクラスの連中も笑っていた。

　その頃になると、自然と僕たちの仲はクラス公認になっていたようで、手を繋いでいても、それが当たり前の感じで見ている連中。もっとも、コソコソと付き合っているよりは楽で嬉しかったけれど。

　それより何より！　夏子の影響で東京の大学へ進学を決めた男子からも夏子を守れる

……などと思っていた。かなり可愛い一面の自分。

「クリスマスか……」

思わず、空を見上げて呟いていた自分もいた。

「なに？」

足元に夢中の夏子が、相変わらず下を向いたまま聞いてきた。

「なんでもない」

今まで、クリスマスだのバレンタインだの、普通は彼氏彼女が楽しみにしているような行事に興味がなかった自分は、気恥ずかしさからか、わざとトボケた。

「……そう？」

変わらず、凍った歩道に気を取られているような感じの夏子。自分としては、そのような独り言を彼女に聞かれなくてホッとしていたのが事実だ。

夏子の手を取り、彼女を気遣いながら歩いていた凍った歩道が、永遠に続いてくれればいいと思っていた。

雪道が、これほどまでに〝幸せな道〟と思えたのは初めてだった。

二・プレゼント大作戦

「暫く、晴れの日が続いていましたが、クリスマスの頃には雪模様になるでしょう」

毎朝恒例のワイドショーのお天気お姉さんが言っていた。

クリスマスに近くなればなるほど、占いコーナーより、お天気コーナーがやけに気になっていた。〝ワイドショーのお天気コーナーを観ること〟が〝朝のささやかな楽しみ〟？ いや、ちがう。言い換えて、〝朝のハラハラの時間〟といった感じになっていた。

妹は、相変わらず、何の興味も示していない。それは、去年の自分を見ているのと同じだったと思う。

「もう！ せっかくお洒落して行こうと思ったのに、髪がくずれちゃうよ！」

クリスマスには彼氏とデートの約束をしているらしい妹は、そんなことを愚痴っていた。

僕はというと……あのピンクに染まった〝コスモスの丘〟が、銀色に染まった〝白の丘〟を想像していた。

「夏子、喜ぶだろうな」

何となく、独り言。

「お兄ちゃん……何、ニヤついてるのかな～？」

さっきまで愚痴っていた妹が急に隣に来て、話し掛けてきた。

「別に」

「ふ〜ん。また安藤さんのこと考えてるのかと思った」

またまた図星だ。厳密に言うと、〝白の丘〟＝〝夏子〟だけれど。さすが、我が妹。

「まぁ、お兄ちゃんみたいな不器用というか、気の利かない男は、かな〜り考えた方がいいかもよ〜」

これも、さすが我が妹。過去全て、自分の不器用さとか気の利かなさで、元彼女たちとは別れてきたわけだから。

「プレゼントなら、私が選んであげよっか？」

「あ？」

「これだよ。クリスマスプレゼント！　安藤さんにあげるんでしょ？」

「そっか……だよな！」

「ったく！　今度は、あんなに綺麗で優しい彼女、離しちゃダメだよ！」

妹にしては、珍しくマトモな物言い。

プレゼントとか、いつもは普通に、そこら辺のデパートで適当に選んでいた自分だった。

それも、親友の小野に付き合って、ついでに……みたいな感じで。手袋とかマフラーとか
……思ってみたら、冬の間しか使えないものばっかりだ。

取り敢えず、妹にすがってみた。

「彼氏からもらって嬉しいのはリングだね」

「リング?」

「……か、ちょっと譲ってネックレスとかさ」

「譲って?」

「うん」

何気に〝当たり前〟という感じの言い方だった。

「譲ってネックレスってさ……リングだってアクセじゃんか」

「それが違うんだよね~」

「あ?」

「愛されてる~って思うんだよね~」

「お前な~」

「それが女心ってものよん」

そういえば、クラスの女子も彼氏からリングをもらったと、かなり自慢していた。親友の小野も、長いこと付き合っている彼女に最初にプレゼントしたのがリングだと言っていたことを思い出した。

「本気で好きなら、やっぱりリングなのか……」

ボソッと呟いたことが妹に聞こえていたみたいだ。

「……お兄ちゃんの〝本気〟って、初めて聞いたよ」

いつになく、真剣な顔つきの妹だった。

アクセサリーといったら、かなり高そうだ。とはいえ、そう聞いたからには、夏子には、リングをプレゼントしたい。

早速、相場をネットで調べてみた。予想通り、数十万するような高価なものもあったが、自分でも手が出せそうなくらいのものまである！

これならイケるぞ！ ブランドだし！

というわけで、TI〇FANYのシルバーリングにすることにした。地元のデパートには、TI〇FANYを扱う店は入っていなかったので、ネット通販でデザインを選んでいた。バイトに専念すればどうにか手が届くくらいではあるけれど、リングとなると、けっこう高い。

先ずは値段のみ重視して、検索していた。

「あれ～！ TI〇FANYだ！」

後ろから妹が覗き込んできた。

「やっぱりリングにするの～？」

やけにニヤつきながら言っている。またもや、あの、クラスの情報通で親友の小野と同じ感じだ。

「まぁな。お前が言ってたからさ」

「……お兄ちゃん、やっぱり今回は本気なんだ」

「今回はって何だよ」

「今までの彼女に、そんな風にしてるとこって見たことないからさ」

「……そっか……？」

妹よ！　オソルベシ！

「リングだったらさ……」

妹が僕のパソコンを覗きながら言った。

「安藤さんのサイズって知ってるの？」

「サイズ？」

「出た！」

「な、なんだよ！」

「リングでしょ？　指のサイズだよ」

「あ……そっか」

「ったく……どうするのよ！」

妹が保護者に見えた。母親より母親っぽい。

「聞いたら、バレるよな」

「当たり前じゃないよ」

「クラスの女子は？」

「そんなことしたら、すぐに噂になっちゃうよ！」

まったくもって、その通り！

「どうしようか……」

いつもは、妹とはろくに口もきかないくらいなのに、その時は、自分が妹にすがっていた。〝頼る〟というより、〝すがる〟が、かなり近かった。

「う～ん」

暫く、僕のベッドの上に座り込んで考えてくれていた妹が突然、飛び跳ねるようにして立ち上がった。

「じゃさ！　私が聞いてあげるよ！」

「はい？」

「それじゃ、誰が聞いても同じじゃんか」

「任せなさいって！」

やけに自信満々の妹。

『こんなに頼りになる奴だったっけか？』

「取り敢えず、お兄ちゃんは値段と相談して、デザイン、決めておいてね～」

そう言うと、妹はさっさと僕の部屋から出ていってしまった。いつもは僕のことなど、全く興味ないような妹が珍しく協力的だ。それに、かなり楽しそう……というか嬉しそう。そのような妹をある意味不自然に思った。しかし、その時の自分にとってはかなり助かったので、余計なことは抜きにして、とにかく妹の言うことに素直に従っていた。同性の方がわかると思うことなどは、かなりあったわけだし。

その夜は、遅くまで、リングのデザインを選んでいた自分。

ほぼ徹夜状態。

このような自分がいたことも、やはり初めて知った。彼女のために一生懸命になることなど当たり前のことなのに、やっぱり初めての経験。それまでの自分に頭を抱えたくなった。別れたとはいえ、元彼女たちには、随分、寂しい思いをさせていたのだろうなと。同時に妹に感謝していた。

それから数日後、妹から携帯にメールが入った。しかも、授業中。同じ高校なのだから、当然、妹も授業中のはずなのだが……。

〈安藤さんのサイズ・七号！ 左の薬指サイズ！〉

〈ネット注文するなら、このＵＲＬ。時間ないから、携帯から注文した方がいいよ！ 今！〉

二通、続けて妹からのメール受信。返信する暇もないくらいだった。

見ると、その文章の下に、少し長めのＵＲＬが貼り付けてあった。言われてみたら、クリスマスまでにネット注文してぎりぎりくらい……時期からして、売り切れということもあるかもしれない。

これまた、やけに親切すぎる妹だ。

授業中というよりも、隣の席の夏子に気づかれないように、机の下でこっそりとそのURLを開いてみると、確かに、女子が好みそうな洋服とかアクセサリーや小物が載っているサイトだった。注文対象年齢は十八歳以上。高校生だが、一応、自分の誕生日は過ぎていたので、年齢は余裕でクリア。早速、決めていたTI〇FANYのデザインを検索していた。

と、また妹からの受信。

〈みつかった? 私、〇〇のピアス希望!〉

〇〇とは、当時、クラスの女子の間でも流行っていた、東京に本店があるブランドだ。

希望というピアスのスクショまで貼ってある。

『マジ!』

僕は、授業中にもかかわらず、叫びそうになった。そうだった……あの抜け目ない妹だ。

何の見返りもなく、自分に協力してくれるわけがない。

「やられた……」

ちょっと大きめの独り言を言った僕を夏子が見ていたけれど、愛想笑いでごまかした。

とはいえ、夏子のことでは妹には世話になっている事実はある。妹がいなかったら、危うく、夏子にも気の利かない冷たい男になっていたところだったから。

妹が希望するピアスは、夏子へ贈ろうと思っていたリングより、かなり安かった。ここは夏子のためと、妹の分まで注文した。

注文内容を携帯で打っている間、自分が自分でない気分までしてきた。妹にまで、クリスマスプレゼント！　これまた、更に有り得ない現象だ！　しかも、妹の〝おねだり〟に、あっさり従っている自分がいる。夏子が、クラスの男子に進路を変えさせてしまうくらいの影響力があると更に実感。もっとも、自分は夏子の彼氏なのだから、その影響は一番受けて当然だけれど。

一週間くらいすると、携帯から注文した商品が届いていた。代引きにしておいたので、母親が受け取ってくれていた。何か言われたら、妹の名前を出せばいいと思っていたが、母親からは何も言われなかったのでホッとしていた。これも、妹が手をまわしてくれていたらしい。

「お兄ちゃん宛てに通販が届くけど、代わりに注文してもらったから」とかなんとか。

ここまでされたら、妹にもプレゼントを買ってやって良かったとさえ思えた。

今更言うまでもないが、やはり、夏子は僕にとっては、かなりの特別な存在だったわけだ。

夏子に、〝それ〟を渡す自分。

そして、隣には夏子の笑顔があった。

三、聖なる白の丘

あと三日で、クリスマス・イヴ。

受験組の連中は、それどころではないようで、教室はいつもと違うザワッキがあった。いつもはファッション雑誌のことを大声で騒いでいる女子も英単語の話をしたりしていた。ファッション雑誌の代わりに参考書を開いている女子が目立っている。

男子は日頃から大声ということはなかったが、それでも聞こえてくる話題といえば、模擬試験の偏差値や数字系の話題が多い。

クリスマスと浮かれているのは、附属に行く連中と、すでに推薦などで進学先や就職先が決まっている連中くらい。

あとは、例外が夏子。

もともと成績がよかった夏子は余裕なのか、クリスマスに降る雪のことばかり気にしていたようだった。もしかしたら、受験組でない自分に気を遣っていてくれたのかもしれない……とも思ったが……。

恒例の朝のワイドショーでは、クリスマス時期が、ちょうど雪であると放送されていた。

例年なら、その〝雪情報〟や〝積雪情報〟を聞くとウンザリしていた。かなり長い間、雪の季節が続く土地。誰も、雪と聞いて喜ぶ大人はいないくらい。どちらかといえば、積雪情報では雪かきの心配をしていたほど。

しかし、その年の自分は違っていた。

あの、〝白の丘〟が思い出されていた。

「ねぇねぇ！　加納君！」

夏子が嬉しそうに話し掛けてきた。

「朝のニュース観た？」

ニュース……自分はワイドショーだ。それは絶対に言えない！　まして、占いが目的で観始めたただなんて！　相手が夏子なら尚更だ！

「観てないけど」

「なんだ……」

少し、がっかりしている様子の夏子。

「どうかした？」

「だって！　クリスマス、雪って言ってたよ！」

「ああ……天気予報か」

「そうそう！」

「それなら、違う番組で観たよ。よかったね」

「うん！」

夏子は満面の笑みを浮かべた。そうだ。僕は、彼女のこの笑顔をクリスマスに見たいんだ！　改めて、そう思えていた。

「天気予報、当たるといいね」

ここでも、いつもなら決して思わないことを口にしていた。雪が降る予報が当たればいいなんて、子供の頃に思っただけだ。

「だよね～♪」

そう嬉しそうに言うと、夏子は、秋にはピンク色に染まる丘の方を窓越しに見ていた。


「加納！」

昼休みに小野から呼び出された。

「お前、安藤に何、買った？」

その時は、妹のお蔭で、すぐにクリスマス・プレゼントのこととわかった。

「指輪」

「は？」

「指輪だよ」

小野は暫く放心状態に陥っていたようだった。無理もない。毎年の自分のことを見ていたら、誰でも放心状態になる僕の答えだったから。

「びっくりした〜！」

「はは」

自分で自分のことが、ようやくわかってきていた僕は笑ってしまった。

「どんな？」

「TI○FANY」

「へ？」

小野は更に放心状態になっていた。僕は、そのような小野を目の前にして、どういうわけか、かなり得意になっていた。

「ま、普通だろ」

そんなことまで言っていた。

「普通じゃないし！　まして、加納だぞ！　ブランドだぞ！」

小野の、その言い方にも笑ってしまっていた。

「そっかそっか！　やっと目覚めたか！」

小野は、それは嬉しそうな顔つきで僕の肩を叩いた。

「本気で安藤に惚れてんだ」

「ああ」

「素直すぎて気味悪いんだけど」

「否定しても仕方ないじゃん」

「そうだけどさ……加納がね～」

「まぁね」

「今度こそ、ちゃんと付き合えよ」

妹と同じようなことを言われた。

高校へ入学してからも、ずっと親友の小野だ。あの三者面談の日に、廊下で夏子を待っていた時にも言われたが、自分の元彼女たちとの付き合い方がいかに悪かったかを、再度、実感させられた。

かといって、その彼女たちと付き合っていた時も、それほど冷たくした覚えもないし浅はかだった記憶もない。自分なりには頑張ってはいたつもりだった。

それでも第三者から見たら、たぶん、かなり適当に付き合っているように見えていたんだということも、再三、小野や妹には言われてきてはいたが、その時、更に改めて自分を知った気分だった。

クリスマス・イヴの前夜。

ニュースの天気予報で、雪と報じられていた。僕は、かなり安心していた。夏子には、「ほとんどの年のクリスマスは雪」と言ってしまった。それを聞いた夏子は、相当、期待していたようだったので、がっかりさせたくなかった。

その年のクリスマス・イヴは土曜日だった。

更にラッキー！

朝からデートの約束を入れることができた。場所は……あの、〝コスモスの丘〟ならぬ〝白の丘〟。ただ、昼間に、その丘へ行くつもりはなかった。昼間の方が、かなり暖かいことはわかっていた。この地方独特の寒暖差というやつ。けれど、イヴの夜に夏子と〝白の丘〟へ行きたかった。

そのことを夏子に話すと「嬉しい！」と手放しに喜んでくれた。そう言ってはしゃぐ夏子を思わず抱きしめたくなった。けれど、一応、人通りのある場所だったので、自分に制御をかけた。

昼間は、普通のカップルがするようなデート。

ランチは軽くファーストフードで済ませ、それからショッピング。といっても、ウインドーショッピングだったけれど。夏子が「あれ、可愛い！」という度に、僕は夏子に買ったリングが気になっていた。

「あれが欲しい？」

　そのようなことも聞いていた。

「欲しかった？」と過去形にしなかったのは、こっそり持っていた夏子へのプレゼントを悟られたくなかったから。ここでも、やっぱり、可愛らしい自分。

　予報通り、昼間も雪は降っていた。それはフワリフワリと、以前、夏子が東京でクリスマス頃に降る雪のことを言っていたことがあった。まさに、そんな感じ。

「ホワイト・クリスマスにはならないかな……」

　そう呟いた僕に、夏子は優しい顔で笑いかけてくれた。

「雪が降ってるだけで十分だよ」

　救われた気分だった。

「夜になったら、もうちょっと降るかも……だからさ。寒いけど」

「そっか！もっと楽しみ～♪」

　夏子といたせいか、雪が降ってくれたせいか……僕は、たぶん、それまで経験したことのないくらいの幸せ気分に浸っていた。夏子もそうだったら……ふと、思っていた。

　その時、亡くなった夏子の彼だった人のことを思い出していたがはっきりとした感覚のヤキモチとかではなかったけれど、東京で過ごした夏子のクリスマスを思うと、どうしても、そのことが頭に浮かんでしまうのだった。急いで打ち消そうと努力はしたけれどやっぱり頭には過ってはいた。

「どうかした？」

そのようなことを考えてしまっていた自分の様子が変だったのだろう。夏子が心配そうに、僕の顔を覗き込んだ。

「いやいや。もっと雪が降らないかなってね」

「加納君、優しいね」

どうにか取り繕った。夏子も、それは勘づいていないようだった。

それとは別に、あの〝白の丘〟が、僕たちが行く頃には銀世界に染まっていてくれないかと強く願っていたことも事実だった。

駅前広場にある時計台が午後五時の時報を鳴らした。クリスマスシーズンは、その音が〝ベルの音〟になる。地元では、けっこう自慢行事のひとつだった。

「わ！　ジングルベルみたい！」

隣で夏子が叫んでいた。

事前に話そうとも思ったが、その日まで内緒にしておこうと思っていた。唯一とも呼べるくらいの、地元のロマンティック行事だったから。思ってみたら、東京は、もっと凄いイベントとかあるはずなのに……後から考えたら、いつもとは比較にならないくらいの、かなり恥ずかしすぎる可愛らしい自分がいた。

それでも、夏子は、本当に嬉しそうにしていてくれていた。

願いが通じたのか、夕方近くになると、雪が強くなっていた。本来なら、屋内へ行くべきほどの雪だったが、僕たちは予定通り〝白の丘〟へ向かった。

「〝白の丘〟って、私たちが名づけ親なんだよね」

丘へ向かう途中、夏子が言った。

「だね。〝白の丘〟って言っても、地元の人には通じないよな」

「うんうん！」

「そのうち、地図に載ったりして」

「え～！　それはイヤ」

「どうして？」

「だって……」

「ん？」

「加納君とふたりだけ……がいいかも」

「ふたりだけ……か」

「うん！　ずっと」

そのような夏子を、また抱きしめたくなった。

遠くに見えてきた〝白の丘〟は、白というより銀色に染まって見えた。もう薄暗くなっていた闇の向こうに、何かのライトに反射して、そう見えたようだ。

白味を帯びた銀色。

上品な丘の風景。

それは、まさに夏子そのもの。

いつも、自分が思っている〝白の丘＝夏子〟。本当に、その想像以上だった。

あの秋、初めて、夏子とコスモスの丘へ行った時、僕の早足のせいか息を切らしていた彼女のことが不意に思い出された。その時は、まだ付き合うとか、そのような関係でもなく、ただ彼女を見守るしかなかった。しかし、この白に染まった丘では、夏子の手を引いた。雪が激しくなっていたこともあったりで、足元がかなり危ない。それにも増して、もう薄暗い。

僕の手をしっかり握った夏子の手が冷たかった。

「あれ？ 手袋、してないの？」

「加納君だって」

「そうだけどさ……僕は慣れてるから」

「そっか……私はね……」

そう言って、ちょっと躊躇った感じの夏子がいた。

「なに？」

「こうやってね……手、繋ぐから……はずしちゃった」

「夏子……」

その日、夏子の表情や言葉を聞いて、何度も彼女を抱きしめたいと思っていた自分がいた。

もう、あたり一面、銀世界といった感じの丘の中腹に来ていた。

僕は、繋いでいた夏子の手を自分の方へ引き寄せ、きつく彼女を抱きしめた。夏子も、そのまま、僕の胸に顔をうずめた。

「夏子……大好きだよ」

さしていた傘が手から擦り抜けていくのを感じながらも、そのまま夏子を抱きしめていた。

降りしきる雪の中。夏子の長い髪に白い雪が落ちては解けていた。僕は、その雪をはらうように彼女の髪を撫でていた。

「私も……好き……」

僕の胸に顔をうずめながら、そう言った夏子。

そして、僕を見上げた。

彼女の顔に雪が舞い落ちている。

その雪を指で拭った僕は、そっと夏子にキスをした。

彼女の唇に触れたまま、僕はポケットからリングの入った箱を出した。

「……Merry Christmas……」

少し、夏子の唇から自分の唇を離した。

うるんだ瞳が僕を見つめている。

暗くても、彼女の輝く大きな瞳は、はっきりわかる。

そして、箱のリボンをほどき、中からリングを出した。

「手、出して」

いきなり言った僕の言葉に、夏子は一瞬、戸惑うような驚いたような表情をした。そのような夏子の左手を取った僕は、その白く細い指にリングをはめた。

左手の薬指。

そして、もう一度、僕は夏子にキスをした。夏子は、僕のキスを受け入れると、そのまま黙ったままだった。そして、僕が贈ったリングを見つめて、雪が舞う空間に手をかざした。

キラリ、一瞬光ったシルバーのリング。

夏子の目から大粒の涙が溢れていた。

言葉なんかなくてもいい。

このまま、ずっと一緒にいることができるのなら……。

その年のクリスマスは、コスモスの丘は、ピンク色の丘から白の丘に変わり……そして……聖なる夜に〝聖なる丘〟に変わっていた。

ただ、静かに舞い落ちる雪だけが、僕たちを見ていた。

四．過ぎ去りし日々

特別な言葉を交わすこともなかった、あのクリスマス・イヴ。

それでも、僕たちの間には、お互いの気持ちが本当の意味で触れ合えた瞬間があった。

僕が贈ったリングは、学校には着けてこれないからと、夏子の胸に、細いチェーンに通され、揺れていた。

僕が夏子からもらったプレゼントは、彼女の手編みのマフラー。それを僕に渡す彼女は、やけに恥ずかしそうだった。

「今時、手編み……なんてって思ったんだけど……ここ、寒い季節が長いから……」

そのようなことを言っていた。夏子が受験勉強の合間に編んでくれたであろう、そのマフラーは暖かった。少し目がそろってないところもあったり……それが、また、僕を癒やしてくれていた。

週が明けて教室へ行くと、それはクラスの連中の注目の的になっていた感じ。夏子の手編みのマフラーと、かなり騒がれた。僕は、毎朝、その暖かい〝ぬくもり〟を全身に感じながら登校していたものだった。

週末のクリスマスというイベント。

その週末が明けると、クラスの半数以上が、本気の受験態勢に入っていた。夏子も例外ではない。僕も、自分の〝彼女〟が受験組ということで、自分自身が受験する気分にさえなっていた。

なんだか落ち着かない日々。年が明けたら、夏子たち受験組は、ほとんど学校へは来なくなるだろう。そして、一時期ではあるけれど、東京へと行ってしまう。合格したら……四年間は離れ離れ。夏子の合格を祈りながらも、気持ちの大半はそのようなことも思って、落ち着かない感もあった。決まっていたことではあるが、いざ、〝その時〟が近づくにつれ、僕の心は複雑になっていた。

「合格しなかったら……」急いで打ち消したが、最後にはそんな思いさえしていた。

こんな自分でも、それなりに高校生活には思い出はある。

入学式に、いきなり上級生から呼び出しをくらった。何といっても、まだ中学を卒業したばかりだ。ビクつきながら呼び出された場所へ行くと、いきなり告白された。年上だ！自分の高校生活の恋愛話は、既にそこから始まっていたようなもの。

それから、バスケ部に入ったためか、急速に身長が伸びた。

〝第一期モテ期〟が早々とやってきた感じだった。それが、高校に入学してからずっと続いた。

自慢するわけではないが、上の学年から同級生、後輩と、かなりの頻度で告白されていた。嫌いなタイプでなかったら、それなりの付き合いもした。そのことが、親友の小野や妹から見ると、軽いノリだったらしい。

〝彼女〟と呼べる存在には不自由はしなかったのは事実。

唯一、自分を〝男〟として扱わなかったのが、高三になってからのクラスの女子。まぁ、ある意味、見る目があったといえばあったのかもしれない。外見だけで判断しないクラスの女子だったようだ。

バスケの試合や試験、修学旅行、学祭ｅｔｃ．

本当に、思い出は数々ある。

特に体育祭は、背も高かったせいか、応援団長など押しつけられ、それがモトで、また告白頻度が上がった。

成績は、いつも評定平均値を一定にキープしていた。四・二くらい。けっこう良い線いっていた。というのも、成績がどうのと、いちいち呼び出されるのも面倒だったから。それなら、いっそのこと、その数字をキープさえしていれば何の問題もないし、そのくらいあれば、附属の大学推薦も楽勝だったから。そこら辺は、かなりいい加減な考えからだったが、担任からは何気に楽な生徒だったみたいだ。

　勉強に関しても、恋愛に関しても、それなりに無難に過ごしたはず。

　それがだ。高三の秋になって、突然、自分の中の〝視界〟が変わったのだから、それは自分でも面食らった。

　それが、夏子の存在。

　もし、僕の席の隣が空いていなかったら、夏子とは、ただのクラスメートで終わっていたと思う。たとえ、夏子が隣の席に来たとしても、彼女が自分に彼女の東京での出来事を話さなかったら、関係も全く違ったはず。僕も、その話を聞いたからと同情的に夏子を好きになったわけではなかった。しかし、それでも、やはり、何かが違っていたと思う。

「守りたい！」

　女性に対して、初めて芽生えた感情の存在。それが、自分の高校生活の終盤を大きく変えたことは事実だった。

　夏子と付き合い出してからの自分のキャラも、自分でも気づくくらいに変わった。本気で人を好きになると、こうなるものかと思えた。高校時代に、それに気づいた自分は早熟なのかとも思えたほど。

　十八歳の晩秋に、ひとつ大人になった自分がいたことは事実だ。

夏子が東京の大学を受験するということは、附属に決まっていた自分とは、当然、遠距離恋愛になる。わかり切っていたことであったし、きちんと心にケジメもつけたはずだった。

それでも、いざ、夏子の受験の日が近づいてくると、無性に不安になる自分がいた。これも、たぶん、自分のキャラ自体が変わった証拠。いつも、何事に対しても、何処か冷めた感じの自分がいたことは、自他共に認めるくらいの否めない事実だから。


年が明けると、すぐに受験が始まった。

受験戦争。

早い連中は、始業式から数日間登校してきただけで、休み態勢に入っていた。

地方の大学を受験する組も、早々にそれぞれの土地へと向かっていた。特に、受験する大学がある土地に親戚がいるとか、知り合いがいるとか、そういう連中は早かった。夏子はというと、東京に親戚もいたと思うが、ぎりぎりまで、登校していた。

「夏子、勉強、いいの？」

「してるよ」

「そうだけどさ。皆、休んでるし……」

「うん。いいの！」

やけに明るい答え方。

「だったらいいんだけどさ……やっぱり……辛い？」

僕は、亡くなった彼のことを言ったつもりだった。東京へ行けば、嫌でも思い出されるだろうから。

「それは辛いよ！」

即答された。

僕は、かなり複雑にはなっていた。自分から振った話題だったにもかかわらず……だけれど。

「そうだよね……うん……！　わかるよ！」

今度は、自分が、やけにハイテンションな言い方。

「加納君、どうかした？」

「なにが？」

「変だから」

「なんだよ」

夏子は、くすくす笑い出した。

「だって……変なんだもん」

「そっかな」

「変だよ。辛いって言ってるのに、やけに元気なんだもん」

笑いながらも、ちょっとスネたような夏子。

「あれ？」

「加納君、辛くないの？」

「えっ？」

「あれ？」

この会話自体が変だ。

「え……とですね……東京へ行くとだな……その……」

「ぁ……」

夏子は、僕が亡くなった彼のことを言っていたことが理解できたようだった。

「ごめん……」夏子は小声で言っていた。

「謝らなくていいけどさ」

「うん……」

「大丈夫かなってね」

僕としては、精一杯の気持ちだった。

「私はね、加納君と離れるのが辛いって言ったんだよ」

「え？」

「東京へ行ったら、三週間以上は帰れないから。落ちたりしたら、三月とか！　あり得ないから！」

かなりリキの入った夏子の言い方だった。

「そっか……僕こそ、ごめんね」

「いいんだけどね」

また、ちょっとスネた感じの彼女。

「思い出させちゃった？」

「大丈夫だよ」

「そう？」

「もうね……過去形になって思い出になってるから」

「うん……」

「冷たいって思う？」

夏子は、そう聞いてきた。

「いや」

何と答えたらいいかわからなかった。

「忘れることはね……ないけど、辛いとか、そういうことじゃないから」

「そっか。もう言わないから」

「心配してくれたんだし……今を大切にしなくちゃってね。そう思えたから」

「うん」

「加納君と会えたからだよ。そう思えたの」

彼女は、いつもの笑い顔に戻って、「直ぐに帰ってくるから、待っててね」と言っていた。

帰って来ても、合格したら、また直ぐに戻ってしまう。何度、気持ちを整理しても、いつも何かしら思っては不安になっていた。

夏子にとっての過ぎ去りし日々は、その瞬間からの輝く未来へと繋がっていると感じている……それなのに、僕が止まっていては何もならない。

夏子が過去のことを、ある意味、吹っ切れたのは、彼女が持っている〝強い〟一面があったからだとも思っていた。優しさと強さ。両面を持っていた彼女だったから。あまり目立つ行動をしなくても、周りを惹きつけるオーラ。それは、そういうところから来ているのだと気づいたのも、その頃だった。

僕にとっての過ぎ去りし日々は、四年後の未来へ向けて輝かせようと思っていた。

自分たちが大学を卒業するまでの四年間。高校時代に〝何となく〟が多かった自分の意識を変えようと思っていたのだった。半端な男では夏子を幸せになどできないと。

そう、自分に言い聞かせていた高三の冬だった。

五．卒業式

夏子は、第一志望の大学に一発合格した。

これは、僕も予想通り。

実は、何を心配していたかというと、夏子が合格した時にかける言葉。それに加えて、自分の態度。〝満面の笑み〟で「おめでとう」と言ってあげることができるだろうか……そのようなこと。実際、夏子が合格したら、それはそれで嬉しい。しかし、その後のことを考えると、なかなか難しかった。何とも女々しい自分だったが、どうにもならない感情に支配されていたことは確かなこと。考えてみたら、夏子だって同じ気持ちだったと思う。夏子が東京へ受験しに行く前に、僕が、亡くなった彼のことを言ったつもりの時にも、「辛いに決まってる！」と即答していたがそれは、亡くなった彼のことではなく、自分に向けられた言葉。

いくら、もともとの土地へ戻るみたいな状況の夏子であっても、数カ月はここで過ごしたわけだ。しかも、あまり頼れる親戚もいそうもないし、自分が笑って送り出してやらないと夏子も変な思い出を残して、ここを離れることになる。

散々、自分に言い聞かせた結果、夏子が東京から戻ってきたら、できるだけ普通に振る舞い、笑っていてあげようと思えるようになっていた。

二月の中旬になると、クラスの連中のほとんどの進路は決まっていた。半数以上は地方の大学へ進学が決まっていた。そのまた半数が東京の大学ということ。けっこう第一志望の大学に合格していた奴が多かった。夏子の影響で、いきなり東京へ進路を変えた奴も少なくなかったので、これには驚いた。

結局は、クラスのほぼ全員が大学進学。附属の大学があるにはあっても、進学率という面では近隣の高校でも有数の高校だったから不思議もなかったが。

家が事業や商売をしているという数名が、その稼業を継ぐという意味で就職になっていた。

夏子が東京から戻ってきたのが、ちょうど二月の中旬頃だった。急な引っ越しだったので、大学入学前に東京に残してきた用事を済ませてくると電話があった。

ふと、『亡くなった彼の墓前にも報告に行ったんだろうな』ということも頭を過ったが、ヤキモチとかは妬けなかった。

「いつか僕も一緒に行きたい」そんな思いさえしていた。それは少し不思議な感覚だった。

夏子が東京から受験を終えて帰ってきた日、駅まで迎えにいった。

電車から降りて来た夏子は、何処も変わりがなく、「ただいま〜」と明るく言っていた。

僕も、決心していた通り、「おめでとう！　頑張ったね」と、夏子の頭を撫でてあげていた。

もちろん笑顔で。

夏子が東京から戻ってきた時は、まだ雪が積もっていて、辺り一面が雪化粧に覆われていた。電車から降りてきた彼女の口からの白い息が、何故かやけに印象的だった。


それから、二週間ちょっと。

とうとう卒業式の日を迎えた。

まだ、辺りには雪が残っている。よくテレビドラマなどで観る、〝桜の花びら舞う中で〟とは無縁の世界。ここで暮らす自分たちにとっては、その桜の光景は憧れだった。

夏子といえば雪に、はしゃいでいる。育った土地が遠くて、あまりにも違うことを改めて実感した。

そのような夏子も、式の途中からは、クラスの女子と大泣きしていた。

東京から来た季節外れの転校生だった彼女。クラスの皆の視線を釘付けにした彼女。例外でなかった自分。それでも、今は、クラスの女子と抱き合ったり大泣きしている夏子とは、既にお互いが将来まで考えるほどの存在となっており、決して揺るぎない存在同士となっていた。

自分だけが知っている夏子もいる。過去のことを含め……。これからも、色々な〝顔〟の夏子を知ることになるのだろうなと、漠然と思っていた。

僕には、卒業式が終わったら夏子に言おうとしていた計画があった。これから離れ離れになる自分たちだから。

校内にいる間は、さすがに慌ただしくて言えずにいた。

夏子は夏子で、やっぱりクラスの女子と離れ難いというように、いつまでも話していた。

僕はというと、これまた下級生からの追走！　たぶん、学ランなら、第二ボタンとかの位置なるもの目当て。ブレザーの制服だったので、ネクタイが欲しいと追いかけられていた。それを見ていたクラスの男子も大笑いしていたほどだった。

結局、ドサクサに紛れて、いつのまにか、ネクタイがなくなっていた。誰が持っていったのかさえわからない。

「安藤にじゃないのかよ」

クラスの男子が口をそろえて言ってきた。

「へへぇ～」余裕の自分。

「何、不敵な笑いしてるんだよ」

「そっか？」

「気味悪いんだけど」

僕は、ポケットから、もう一本のネクタイを出した。

「ここにあります～」

マジシャンみたいに友達に見せた。

「なんだよ。想定内のことだったわけか」

「まぁな」

「良い身分だよな」

「だよな。俺だって、いつの間にかなくなってました〜って言ってみたかったもんだ！」

「へへぇ〜」

「大体、加納みたいな奴が、最後には安藤みたいな女子とくっつくなんて、許せない事実なんだからな！」

「もっともだ！」

「何だよ」

「安藤を大切にしろよ」

「……ああ」

友人たちは、自分のことをからかいながらも、そっと見守ってくれているような感じに映った。たぶん、夏子と自分が付き合っているとクラスの皆の公認になってから、ずっとそうであったに違いない。数ある思い出の中に、この卒業式で感じた友人たちの〝思い〟も加わった。ありがたかった。

ネクタイのことについては、実は、それは、親友の小野からの知恵だった。たぶん、下級生の女子に追いかけられるから、当日は、新しいのをしてくるようにと指令があったのだ。

ということで、僕が、高校三年間していたネクタイは、無事に夏子へ渡すことができた。

小野に感謝。

「わ〜！ 感激！ 感動！」

僕のネクタイを受け取った夏子は、そう言って、もの凄く喜んでくれた。

「そんなに嬉しい？」

「嬉しいよ〜！ だって、女子高だったし、こういうこと、ドラマとかでしか観たことなかったし！」

「そっか……色々と……まぁ……夏子が知らない思い出みたいなのは詰まってるけど……」

過去の彼女のことも含めた思い出もあった。

「当然だよ〜！ それがいいの！」

「そっか……」

少し複雑な気持ちがあったことは否めなかったが、それでも夏子の嬉しそうな顔を見ることができたのは、自分にとっても嬉しいことだった。

「で！ 共学に転校してきたとはいっても、まさか、加納君みたいな人が……その……彼氏になんて……ね」

そう言うと、夏子は上目使いで僕を見た。そして、僕のネクタイを両手でしっかり握りしめると、突然、そのまま顔を覆った。

「もうすぐ……お別……れ……だね」

泣いているのか、ほとんど言葉になっていない。

「後で、電話するから」

僕は、目の前で泣いている彼女に、そのような言葉しかかけてあげることができなかった。自分も泣きそうだったから。

「一緒に帰らないの？」

まだ、涙で目を腫らした夏子が不思議そうに聞いてきた。帰りは、当然、クラスの女子と帰ると思っていたので、そう言っただけだった。

「クラスの女子と帰らなくていいの？」

「大丈夫だよ」

「じゃ、一緒に帰ろうか」

「よかった」

周りを見ると、クラスの女子も彼氏と帰っていたみたいだった。

附属とはいえ、大学は別の場所。沢山の思い出の詰まった学校を後にした。

「じゃあな」心の中で呟いていた。


帰り路、夏子に、ずっと考えていた計画を話した。

「夏子、いつ東京へ行くの？」

「四月に入ってからかな」

「そんなに遅くていいの？」

「もう、住むところも決めてきたし……あと……」

「ん？」

「少しでも、こっちにいたいから」

夏子の言葉が無性に嬉しかった。

「夏子が都合良い時でいいんだけどさ」

「なに？」

「その……どっか行く？」

「え？」

いきなりの僕の誘いに、一瞬、驚いた表情を見せた夏子だった。

「卒業旅行みたいな……かな？」

「え？」

たぶん〝旅行〟と言った自分の言葉に反応したのだろう。更に驚いた表情になった。

そう。僕が計画していたのは、夏子と離れる前に、卒業旅行と称して、彼女と旅行へ行くことだった。

「夏子をさ……連れていきたいところがあるんだよね」

「連れていきたいところ？」

「離れる前にさ……」

そう口にした自分だったけれど、一瞬、〝離れる〟という言葉で涙が出そうになった。

言葉に詰まった。

夏子は、僕の方を見て微笑んだ。

「加納君が連れていってくれるなら、何処でも行く」

「泊り……だけど……」

「……いいよ」

少し、小さな声でそう言った彼女は、僕の腕に手をまわした。

「加納君と一緒なら……」

僕に寄り添いながら、更に小さな声で、そう言った夏子がいた。

それから、言葉を交わすことなく、ただ、いつも通い慣れている道を歩いた。

遠くに、初めて夏子が僕に心を開いてくれた時の公園が見えた。

亡くなった彼のことを話してくれた時。

夏子から告白された時。

初めてキスをした時。

あの時、まだ茶色い枝が見えていた公園の木は白い雪に覆われていた。

あの雪が解ける頃には……そのような思いだけが僕の心を締めつけていた。

六．雪解け

夏子との初めての旅行。

普通なら、たぶん、自分だって男だし色々な想像や思いを巡らせていただろう。しかし、その時の僕は、夏子と一緒に……しかもふたりきりでいることが出来る〝時間〟への思いが優先していた。夏子が「加納君と一緒なら」と言った言葉、そのまま。……不思議な感覚。

夏子と行ったのは、近場だったけれど、まだ雪が深く残っている場所だった。夏子は雪が好きだったということも、そこを選んだ理由のひとつ。もっと、大きな理由はあったけれど。

三月の中旬、二泊三日で予定を入れた。

実は、そこは、自分の家の別荘。父親が土地が安かったと言って買ったものだった。豪華とは言い難いが、何気に風情はあったと思う。

「別荘?」

夏子は、それはそれは驚いていた。

「そんなに驚くこと?」

「あったり前だよ! 東京で別荘持ってるって言ったら、お金持ちの代名詞みたいなものだし!」

「そうなんだ」

「加納君って……もしかして、おぼっちゃま? 御曹司サマ?」

「そう見える?」

「見えない」

「即答かよ」

そのようなことを言って笑い合った。

「うちの親父が、趣味みたいな感覚で買ったらしいよ。この辺は、土地が安いからさ」

「そう言ってもね～」

これから離れ離れになる時期にもかかわらず、それまでで一番ふたりで笑っている時間がそこにあったかもしれない。

地元の駅からローカル線に乗って、一時間くらいで、自分の家の別荘がある場所に着いた。

電車の中では、見慣れない土地の風景に騒いでいる夏子がいた。山や田んぼとか、一面、雪の白だけの景色だったけれど、都会から来た夏子にとっては、ずっと向こうまで何も障害物なく広がっている大地に感動したらしい。

一年に二、三回、家族が使うだけの別荘。暫く振りに開くドアは、少し鈍い音をたてて開いた。中の空気は、すこしカビ臭い気がした。

「何だか、あまり綺麗じゃないね」

そう言った僕に、夏子は「平気、平気」と言って、嬉しそうにしてくれていた。

別荘とはいえ、一軒家。夏子とふたりでドアを開けて中に入る時、何気に緊張していた。

「わ！　おっきな暖炉！」

リビングにある暖炉を見て、夏子が叫んだ。うちの別荘で、唯一、洒落たものといったら、その暖炉だった。

「これも、親父の趣味」

「そうなんだ～。ステキなお父様なんだね」

「普通のオヤジだけど」

「そうかな～」

夏子は、相変わらず部屋の中を見まわしながら言っていた。

「ちょっと暗い感じだよね」

「アンティークでステキ！」

ログハウス風に造ってあったので、むき出しになっている柱や濃い茶色の壁が室内を暗く見せていた。

「こんなところだけどさ、近くに知ってるレストランがあるから、食事とかはそこでしょうね」

突然、夏子が僕を睨んだ。

「もしかして！ 私が、お料理とかできないと思った？」

「違う違う！」

僕は慌てて否定した。

「せっかく旅行にまで来て、夏子につくらせるのも何だと思って」

「そう？」

「ほんとだって」

「ま、これから、嫌ってほど、作ってあげるから、今回はいいか……」

独り言のように、そう言った夏子の言葉にドキッとした。

『これから嫌ってほど……』

未来の絵図が描けた瞬間。

「期待してるよ」

そう答えただけだったが、彼女は、今度は嬉しそうに笑っていた。

一瞬、すきま風のような冷たいものを感じた。何処から入ってきた風かわからなかったけれど、夏子を見ると、口元を覆うように両手を当てていた。

「ごめん！　寒かったよね！」

「大丈夫……じゃないか」

彼女は冗談ぽく言うと、暖炉の方を見た。

「火、入れようか」

「感動！」

子供の頃から別荘の暖炉の係だった僕は、夏子からは、けっこう手際よく見えたようだった。

「加納君、外国人さんみたい！」

そのようなことを言って、夏子はまた、はしゃいでいた。

あの高校時代に、クラスの皆に与えていたオーラは一体、何処へ？　子供みたいだった。

時折、無邪気な顔も持つ夏子だった。あの木枯らしの中で激しくキスをしてきた彼女とは別の顔……そんな夏子に、ますます惹かれている自分がいた。

暖炉の中で、パチパチという音とともに、だんだん火が強くなっていった。薪を足しながら後ろを向くと、夏子は窓際で遠くを見ていた。あの、コスモスの丘で遠くを見ていた夏子がいた。何処かへ飛んでいってしまいそうな……。

「暖まるまで時間がかかるけど……」

僕は、思わず彼女に声を掛けてしまっていた。

「大丈夫だよ」

笑いながら、僕の方を見た夏子は、いつもの夏子に戻っていた。

僕は暖炉の前にしゃがんで、中の炭火を調節しながら呟いていた。

「……戻ってこいよ……」


荷物を置いたまま、暖炉に火を入れてしまったので、夏子に別荘の中を案内していなかったことに気づいた。一通り、暖炉の火が回るのを待って、まだ、窓際に立って外を見ている夏子の隣へ立った。

「夏子」

「なに？」

「別荘の……」そう言いかけた自分だったが、振り向いた夏子の目に涙が光っているのに気づいた。思わず、後ろから彼女を抱きしめていた。

「どうした？」

「何でもない……」

「そっか」

それ以上は特に何も言わずに、ただそのまま夏子を抱きしめていた。

「……こうやってね」

不意に夏子が、窓の外を見たままで言った。

「加納君とふたりでいられるのがね……何だか嬉しくて」

「それで泣いてたの？」

「うん……何だか、涙出てきちゃった」

僕は、更に強く夏子を抱きしめていた。

僕の中には、彼女の東京での出来事を知った時から、いつも、亡くなった夏子の彼の存在があった。女々しいと思いながらも夏子の少しの表情や仕草の変化から、その彼と夏子を結びつけてしまっていた。変な嫉妬とは違ってはいたが、やはり、何処かで嫉妬に似た気持ちがあったのかもしれない。そのような時は、いつも僕の思いとは裏腹に、夏子が自分を想ってくれている言葉が数々あった。

嫉妬にも似たそんな思いは自分の勝手な想像に過ぎず、彼女は僕と付き合い出してからは、いつも自分だけを見つめて考えてくれていたことを改めて確信した時でもあった。それは、自分が夏子を想う気持ちと、寸分も変わらないと。

何も音がない空間。後ろで、暖炉から聞こえてくるパチパチという音だけが聞こえていた。

僕たちが別荘に着いたのは昼過ぎだった。まだ、外は明るいはずなのに、インテリアや壁の色のせいもあって、薄暗い感じの部屋になっていたが、窓辺だけが明るい。夏子の白い横顔が、やけに綺麗に見えた。今まで以上に。

「こっち、おいで」

別荘の中を案内しようと思っていたが、彼女の手を引いて、暖炉の前のソファへ座らせた。

「あったかいね」

夏子は、それだけ言った。

暫く、ふたり掛けのソファに座って寄り添っていた。僕は夏子の肩に手をまわして、暖炉の中の火を見ていた。

「ここさ……連れてきたのって夏子が初めて」

「そうなの？　お友達とかは？」

「ないよ」

「そうなんだ……連れていきたいところって……」

「ここ」

「ここ?」

「そう。この別荘はね、僕に何かの節目があった時とかに来てたんだ」

「節目……?」

「子供の頃だったら、誕生日とか、入学とか。親と一緒だったけど」

「うん」

「中学くらいになってからは、ひとりで来てたんだ」

「ひとりで?」

夏子は、少し意外そうな感じだった。

「まぁ、その頃は大きな節目だったけどね。今、思うと大したことないこと」

「どんな?」

「バスケのレギュラーに選ばれたとか。試合に勝ったとか。高校に合格したとか」

「そうなんだ」

夏子は、微笑ましそうに言った。

「高校になってからも、そんなに変わらなかったけどね」

「あは」

「でも……」

これから夏子に言おうとしていることに、言葉が詰まった。夏子は、言葉を詰まらせた僕の次の言葉を待つように、何も言わなかった。

「でも、今回は違う」

「……」

「僕の……本当の節目だから」

「本当の……？」

僕は、夏子の肩から手をはずして、彼女と向かい合わせになるように座りなおした。夏子も僕の方に身体の向きを変え、目は僕を見つめていた。

「夏子に、もう二度と哀しい思いはさせないって」

「え……？」

「夏子は、いろんな哀しい思いをしてきたよね？」

「……うん……それは……」

「だから、これからは、僕が夏子を幸せにするって決めた」

「加納君……」

「僕のことで泣かせたりしない」

「……」

「信じていていいから」

そこまで言うと、夏子は下を向いてしまった。そして、大粒の涙の雫が一粒、彼女の手を握っていた僕の手に落ちた。

「離れても……何処にも行くなよ」

夏子は、ただ黙って何度も、頷いていた。

「だから、夏子を初めて僕の節目の場所……ここへ連れてきた」

「……」

「いつもは自分だけのことだったから、ひとりだったけど、今度は夏子がいるから」

「ありがと……ほんと……ありがと……必ず戻ってくるから」

そう言うと、夏子は僕の胸に顔をうずめてきた。そして、また強く彼女を抱きしめた。まだ、コートを着たままの自分たちだったけれど、それでも、夏子の鼓動が僕の全身に伝わってきていた。

そして、彼女の頬に手を当て、そっと、ピンク色をした唇にキスをした。

寒さなど忘れていた時間だった。


その夜、初めて、夏子とひとつになった。

暖炉の前だった。

いつも抱きしめていた夏子だったけれど、一糸まとわない夏子の身体は、思っていたより、ずっと華奢だった。

暖炉のオレンジ色の炎が揺れる中、その白い肌はやけに白く映っている。

激しくキスをし、激しく抱きしめた。夏子が折れてしまうと思うくらい、僕は力一杯に抱きしめていた。

夏子も、そのような自分に身を任せるように、いつになく、激しく強く僕の背中に手をまわしていた。

彼女の首にかかった髪の毛を、そっとどかすと、白い首を覗かせた。

その、白く長い首筋にそって、そっとキスを……。

そして、暖炉の火に、ほんのりオレンジに染まった白い胸に唇を当てた。

「加納君……」

夏子のかすれた声。

「綺麗だよ」

そう言った僕に「恥ずかしい……」と、少し身体を横に向けた夏子。

それから、もう一度、彼女の唇に僕の唇を合わせた。

「愛してるよ」

夏子が僕の背中に更に強くまわした腕の感触が、やけに心地よかった。

そして、夏子の全身にキスをした。

「ぁ……」

夏子の声を聞き、少しゆがんだ表情を見た。

「初めて……だった?」

夏子は黙ったまま、微かにうなずいた。

「……ごめん……」

「いいの」

「だって……」

「加納君だから……だから、いいの」

そう言うと、僕の背中にまわしていた彼女の腕に力が入った感じがした。

「だから……ひとつになって……」

それから、僕は夢中で彼女を抱き、キスをし、精一杯……優しく愛した。

これほどまでに、相手を思い、愛おしいと思いながら女性を抱いたのは、この時が初めてだった。

ふたりがひとつになった後、同じ毛布にくるまりながら、暖炉の前に座っていた。

夏子は何も言わない。

僕も言葉がない。

ただ、少し思ったこと……亡くなった夏子の彼だった人のこと。彼女が高校生だったたから、きっと待っていたんだろうと。漠然とした思いだったが、既に亡くなっている人に対して、男としての何かを感じていた。

ライバル……違う。責任感に似た想い。

強く思っていたことは、夏子を守るということ。この気持ちが、夏子を別荘に連れてきた一番の理由と想い。

心も身体も夏子とひとつになれた夜。一生、忘れることはないと思っていた。

「夏子……」

いつの間にか、僕の腕の中で眠っていた彼女の名前を呼んだ。微かに動いた身体の感触が僕の全身に伝わってくる。

「ずっと一緒だから」

そう言った僕の言葉を聞いていたのか、そうでないのかわからなかったけれど、夏子の目から涙が伝っていた。そっと、その涙を拭った自分。彼女の重みが僕の身体に伝わってきていた。

僕の胸にのせられた夏子の左手の薬指には、あのクリスマス・イヴの日、僕が〝白の丘〟でプレゼントした指輪が光っていた。

僕はそのまま、夏子を抱きしめながら夜を明かした。朝、目覚めると、昨夜と同じ状態で暖炉の前にいた。もう、暖炉の火も消えかかっていた。少し寒い気はしたが、僕の腕の中で眠る彼女の温かさで、そんなことは何でもないことだった。

少しずれていた毛布を直そうとすると、夏子が「う……ん」と言って、目を開けた。目が合うと、「おはよ」と軽くキスをしてきた。初めての夜を過ごし、恥ずかしそうにしながらも、それが彼女の精一杯の愛情表現と感じていた。

「おはよう」

僕も、キスで返した。

僕たちは表に出た。白い雪に太陽が反射して眩しい。辺りの木々の枝が、所々、茶色の枝を覗かせていた。

「もうすぐ、雪解けだね」

隣で夏子が言った。

「そうだね。もうすぐ四月だもんね」

「……うん」

「大丈夫だって。何時だって、夏子の傍にいるから」

「私も、いつでも傍にいるから」

〝心〟という言葉はお互いに使わなかったけれど、そういう意味とわかっていた。

『心はいつでも傍にいるから』

雪解け間近の季節。夏子とひとつになり、夏子と離れる。

それでも、誓った言葉には、ひとつの偽りもなく、いつか、夏子と一緒に歩いて行けると。ふたり信じていた。


四月になり、夏子が東京へ向かう日が来た。

駅のホームにいると、フワリと舞ってきた雪。雪深い土地であっても、季節外れの雪だった。

「初雪みたいだね」

そう言うと、夏子が、その雪を手のひらに受け止めた。

「手の中に染み込ませちゃった」

屈託のない笑顔で笑っていた。

ホームに入ってきた電車に乗り込んだ夏子。

その日、僕は午後から進学先の大学で行事があり、空港までは見送りに行くことはできなかった。そんな行事より、少しでも夏子と同じ時間にいたかったのに……。

僕もすかさず一緒に乗り込んで、思いっきりキスをした。

「愛してるよ」

出発の寸前に降りて、走り出す電車を見送っていた。

最後まで涙を見せなかった夏子だったけれど、ドアが閉まる寸前に見た。夏子の目から沢山の涙があふれ、頬を伝っていたのを。

「これからは泣かせないから」

僕はひとり、そう呟いていた。

ホームにひとり残された僕に、フワリとした季節外れの雪が舞ってきていた。


初めて夏子と出逢ってから半年。

その時間の流れの中には、いつも夏子がいて、彼女の笑顔があった。

高校時代の最後。夏子に出逢わなかったら、僕の男としての人生も変わっていたかもしれない。

今でも、最高の思い出として、あの半年間は、僕の心に住み着いている。

色褪せない思い出として。


「いつでも一緒だよ」

第四章　それぞれの時間

それぞれの時間
それぞれの道
それがあったから僕たちは出逢えた
それぞれの時間が重なった時
君が見えた

一．押し花

夏子が大学進学のために東京へ旅立った。

僕にも新しい生活が用意されていた。

大学生活。高校と違って自由な学生生活。もう少し早く夏子に出逢っていたら、今、大学のキャンパスを歩く僕の横には夏子の笑顔があったはず。それだけが、僕の新しい生活の始まりに、少し暗い影を落としていた。

遅い桜も開花し、キャンパスにはピンクの花びらが風に舞っている。あの、コスモスの丘のピンク色が思い出された。同じ色なのに、春と秋。傍にいた夏子もいない。

桜の花びらに囲まれて、周りの学生ははしゃいでいても、僕は、到底そのような気持ちにはなれなかった。淋しさは、想像以上だった。

「東京は、もう散っちゃってるんだろうな」

そのようなことを呟きながら、舞い降りてくる桜の花びらを手のひらに受け止めた。

「そっか……これ、夏子に送ってやるか」

その花びらを、持っていた真新しいノートへ挟んでいた自分がいた。

僕は、花びらを押し花風にして、夏子へ送ろうと思っていたのだった。

『なんだ？ 自分は〝乙女〟になったんか！』と心の中で叫びながらも、同時に、それを受け取った時の夏子の笑顔も思い描いていた。

「喜んでくれるかな」

また、何気に独り言。

「加納！」

聞き覚えのある声の主。親友の小野だった。

「何、ニヤついてるんだよ」

「そっか？」

「また、安藤のことでも考えて、変な妄想してたんだろ」

「まさか」

「いや！お前のことだからな」

「小野に言われたくないわ」

親友の小野も受験しようか附属にしようか悩んでいた時期があったが、結局は附属にしたのだった。俺がいるからなどと言ってはいたが、本音は受験勉強が嫌だったらしい。「受験勉強している時間があったら彼女とイチャイチャしてたい！」なんても言っていたくらいだからやっぱり長年の親友たる由縁⁉

「お前、もう、誰かに告白とかされた？」

「あ？」

小野の、突拍子もない言葉。

「いやいや。もうされたかと思ってさ」

「なんでさ」

「高校時代のことがあるからな」

小野は、やけに可笑しそうに笑っていた。

「あの時はまいったよな」

「だよな。いきなり先輩だもんな。笑顔が可愛いとかナントカで」

「はは」

「ま、今のお前は告白されても眼中にないよな」

「そういうこと」

「これまた、はっきりと即答してくるねぇ」

高校時代のことを笑って語れる小野がいてくれて助かった。でなければ、僕は何かにつけ、夏子を思い出しては暗くなっていたかもしれなかったから。

「そういや、安藤から連絡とか来る？」

「まぁね」

「へぇ」

何となく、何か言いた気な小野。

「なに？」

「東京っていったらさ、かなりイケメンさんが多いみたいだしさ」

「だから？」

「いや」

それ以上のことは小野は何も言わなかったが、言いたいことは薄々わかっていた。

「なるようにしかならないしな」

僕は精一杯の虚勢を張っていた。実は、それが一番心配だったのに、夏子は夏子で、自分のことを心配してくれていたようだった。

「加納君、モテるからね……心配！」

よく、電話でそんなことを言っていた。ある意味、夏子と僕は同じ心配をしている〝同士〟だ。

想像したら可笑しくなってしまった。付き合っているのに……〝同士〟かと。

「たまには東京へ行けよ」

そう言うと、小野は僕の心中がわかっているかのような感じの面持ちで、以前からと変わらず僕の肩をポンポンと叩いた。

その後、僕は、大学のキャンパスで手のひらに落ちてきた桜の花びら四枚を、そのままノートに挟んでおいた。二週間くらいして、ノートを開いてみると、挟んだ花びらが半透明になり、綺麗な感じで、きちんとした感じの〝押し花〟になっていた。

「五枚あったら、桜の花になったのにな……」

また〝乙女〟になっている自分がいる。自分の過去、最大の〝乙女心〟だ！

せっかく作ったものだから、夏子へ送った。ノートのまま。まぁ、ここは、〝乙女〟がすることではないので、自分で自分の意識を安心した。

夏子からは、四月の中旬あたりからは、毎日、頻繁にメールが入るようになっていた。それまでは、夏子も慌ただしかったらしく、朝と夜だけ……みたいな時もあった。

ちょうど、僕が送った〝押し花ノート〟が夏子のところへ届いた頃、夜も遅くなってから、彼女から電話が入った。

「ありがと～！」

久し振りに聞く夏子の声だった。緊張気味の自分？

「加納君から桜の押し花が送られてくるなんて、すっごい感動！」

「そう？ よかったよ」

「うんうん」

かなり嬉しそうにしてくれていた。

「大学を歩いていたらさ、ちょうど手のひらに落ちてきたからさ」

「で、押し花にしてくれたの？」

「そんなところ」

「やだ～！　めっちゃ嬉しい！」

電話口の夏子は、かなりはしゃいでいたが、ちょっとだけ、自分の傍にいた夏子でないような気がした。どこがというわけではなかったけれど……話し方？

「私、何にも送ってないのに……」

急に沈んだ声になった。

「そんなこと、全然、気にしないでいいよ」

「だって……女の私が気づかないって……あ～もう！」

「東京は、もう桜はないでしょ？　だから、ふと思っただけだから」

「うん……もう緑一色って感じ」

「じゃ、その緑を送ってよ」

あれ？　これじゃ、立場が逆？　やっぱり〝乙女〟だ！　自分！

「そっか！　そうする！」

僕が、そのようなことを深く考える間もなく、夏子は、また急に元気になった。

「そしたら、お互いの大学のもの、交換だね！」

そう言うと、夏子は電話の向こうでまた嬉しそうに笑っていた。

僕の知っている夏子だった。少しだけ様子が違って思えたのが僕の気のせいと思えて安心した。

十日ほどすると、夏子から、新緑だったと思われる葉っぱが送られてきた。

これは、さすが女の子。きちんと加工されており、〝しおり〟のようになっていた。葉脈が綺麗に出ており、ちょっとした作品だった。添えてあった手紙には、『大学の正門近くの桜の葉っぱだよ』と書かれていた。

僕は、東京が緑に覆われている場面を想像していた。同時に夏子が遠くにいることを実感させられた。この時期、この土地はすでに満開とはいえないが、まだ所々に桜の花が残っている。同じ国内でもこんなに違うものかと、これも改めて実感。

ニュースなどで観る東京の景色が、すぐ傍にあるような遠すぎるような妙な感覚だった。

お互いの大学の、同じ時期にあったものを交換したというカタチ。夏子は、ノートのまで送った僕からの桜の花びらを、やはり加工したそうだ。僕に送ってくれた新緑の葉と同じように〝しおり〟みたいにしたと喜んでいた。

それから、その〝しおり〟は、僕たちの思い出となった。

その〝しおり〟を見ると、いつの時も、あの大学一年の春の〝匂い〟がしていた。

離れていても共有したもの。

そのような小さな幸せが、そこには存在していた。

「離れても、ずっと傍にいるよ」

そう約束したことが、その〝しおり〟で繋がれている気がしていた。

二．二度目のクリスマス

大学一年生の一年間というものは、かなり早く過ぎた気がする。

附属とはいえ、やはり慣れない環境。一般教養だの専門科目だの、選択科目に必修科目。自分で単位計算までしなくてはならない。高校時代にもそれなりに選択科目などもあったが、学校が用意してくれた、ごく少ない教科からの選択。大学に比べたら、かなり楽だった。

それに加え、サークルや合コン。誘われたら自分も行ったが、他の女の子にはまったくと言ってよい程目がいかなかった。たぶん、高校時代とはまた別の意味で、すごく冷たいとか無口な男に映っただろう。

そのようなわけで、高校時代ほど、モテることはなかった。高校の時のように「クールなところが素敵！」などという女子学生はほとんどいなかった。それなりの大人の感覚で僕を見ていたようだった。強いて言えば、同じサークルの子とか学科の合同授業で一緒になった子から……くらいだけ。夏子が心配などする必要がないくらいだった。

夏子も慣れない大学生活や授業で、四苦八苦しているようだった。毎日のメールの半分くらいは、何かと愚痴みたいなことが書いてあった。

春が過ぎ、GWが過ぎ、夏休みまでは、あっという間だった。

セミがうるさいくらいに鳴く頃には、夏子もこの土地へ戻ってきた。東京は蒸し暑いと言って、避暑もしたかったみたいだ。地方の大学へ行った連中も帰ってきていたので、同窓会と称した、ちょっとした旅行があった。夏子も僕も参加したが、相変わらず仲が良いと、随分と冷やかされたものだ。

一度、僕の家に泊ったことがある。

両親は夏子の存在は知ってはいたが、彼女とは会ってはいなかった。夏子の、あの〝オーラ〟に、うちの両親もやられたみたいだ。息子の彼女……というより、何だか、VIPを扱うような雰囲気。夏子に対する口調さえ変わっていたほど。夏子が転校して来た時に、自分を含め、クラス中が、夏子をVIP的存在で見ていたことを思い出していた。

そのような両親を見て可笑しかったが、高校時代を思い出すと、ちょっと笑えなかった。

それから、秋になり、お互いの大学も試験や学祭などがあり、行き来は出来ずにいた。

秋が過ぎ、風の向きも変わり、冬の気配を感じた頃、夏子から電話があった。この土地の冬の気配だから、東京は、まだ秋真っ只中の気候が良い時だったと思う。いきなり聞こえた夏子の声は、泣いていていた。

「どうした?」

久し振りの電話で、いきなり泣いている夏子だったので、焦った。

「加納君……ごめんね」

泣きながら夏子が言った。

「え？ なに？」

僕は一瞬、別れ話か何かかと思い、これまた焦りを通り越していた。

「あのね……クリスマス……なんだけどね……」

泣いていて、あまり聞き取れないくらい。

「行けなく……なっちゃった」

「そうなの？」

「うん……父のね……いるところ……アメリカへ行くの」

「そうなんだ」

僕は、別れ話ではないことにホッとして、何故か冷静な感じで答えてしまっていた。

「加納君……平気……なの？」

たぶん、僕の答え方で、そんな風に感じさせてしまったのだろう。更に泣き声になった。

電話口で鼻をすする音までしている。

「違う違う！」

「そう……？」

「いきなり、『ごめん』なんていうから、違う変な話かと思っちゃって焦ったからさ」

「別れ話……とか？」

「まぁ……そんなとこ」

「ずっと一緒って約束したはずでしょ」

「そうだけどさ……ごめんね」

「うん……私こそ、いきなりでごめんね」

そう言った夏子は、まだ鼻をすすっていたようだった。

「雪も見たかったのに」

「夏子、雪、好きだもんな」

「初雪だったら、もっとよかったな」

「いつでも見られるよ。帰ってきたら」

「そう……だよね」

少し、含みのある夏子の言葉だった。

「どうかした？」

「ううん。いつか、初雪、絶対に一緒に見ようね！」

「そうだね」

そのような会話をしていると、突然、また夏子は泣き出した。

「加納君に会いたかったよ」

「僕だって同じだしさ」

「ごめんね……ほんと」

「お父さんは僕より会えないんだから、行ってあげなよ」

僕は、カッコつけた。

「ありがとね」

「また、すぐ、会えるからさ」

頑張って笑った。僕の気持ちを察したのか、夏子も、無理して泣きやんだようだった。

「そうだよね。加納君とはいつでも会えるよね」

何だか、自分に言い聞かせているようにも聞こえた。

「プレゼントはさ、送るから。それ、アメリカへ持っていきな」

「え？ プレゼント？ また、くれるの？」

「また……ってね」

「だって！ あの時、すっごい高価なリング、くれたし！」

「それはそれでしょ」

「そうだけど……」

「あれ？ 夏子はないの？ 僕へのプレゼント」

「ある！」

「同じじゃん」

そのような、少し〝ヌケた〟夏子を知っているのも僕だけと、少しだけ気持ちが温くなった。クリスマスは会えないというのに。

クリスマスなど、夏子と会うまでは特に意識したことがなかった。

高校時代は、ちょうどその時期に彼女がいたら、その彼女が騒いでいたりして、クリスマスイベントに付き合っていた程度。クリスマスまでにと、彼氏や彼女をつくることに必死になっている友人も少なくなかった。しかし、自分には無縁の世界だった気もする。そんな風だったので、小野も心配するくらい、冷たいというような印象があったのかもしれない。

現に、夏子との最初のクリスマスの時でさえ、夏子へのプレゼントも、あの生意気な妹へすがっていたくらい。しかも、その妹の分まで、プレゼントを買わされるハメに……。今、思い出すと、当時の自分としては、かなり焦ったクリスマス前の数週間だったが〝それ〟を楽しんでいた気もするし笑える出来事だった。

夏子に出逢ってから、本来の自分というものが出てきたようだ。クラスの友人と同じ感覚を持った自分がいたことが判明。どうして高校時代に〝それ〟が出なかったのか不思議なくらいだった。

そのようなことを考えていた大学一年のクリスマス時期だった。

僕は、夏子がアメリカへ出発するという二週間前の十二月初めにプレゼントを送った。高校の時のように〝ギリギリの準備〟という事態を回避しようと、こんな自分でも学習して、早目に夏子へのプレゼントを選び始めていた。

悩みに悩んだが、またも妹サマ頼み！

高校時代は、リングは目立つからとチェーンに通して首にかけていた夏子がいた。そのことを知っている妹が、例のブランドのチェーンが載っているパンフレットを手に入れてきてくれた。新作があるらしい。

「お兄ちゃん！ まさか、値段と相談してるんじゃないでしょうね！」

図星だ。新作だけあって高過ぎ！

「大学生になってまでケチるんじゃないわよ！」

相変わらず、生意気な妹。

「まして、家から通ってるんだからね！」

「わかったよ。その代わり、今回はお前のはないぞ」

「いいも～ん」

「そうかそうか」

「彼氏に買ってもらうから」

「彼氏？　いつできたんだよ」

「クリスマスまでには、つくらないとね」

やっぱり妹も例外ではなかった。確か、夏を過ぎたあたり、彼氏と別れたと、かなり凹んでいた妹がいたはず。立ち直りが早いというか、妹ながら、自分の高校時代の〝上〟をいっていた。というか、そんなに早く彼氏ができるくらいモテる奴だったのかと、かなり意外。まぁ、僕としては、その前の年のように、協力料として妹にまでプレゼントを買ってやるはめにならずに済んで、一安心だった。

「お前、無償で、こんなことしてんの？」

「まぁね。夏子さんが、お姉さんになったら素敵だし」

「あ？」

「将来ね。だから、応援するからさ！」

結婚とか思ってるのか？　この妹は！

「なるほど～」

否定する気持ちも全くなく、何気に、そのようなことを口にしていた自分だった。

夏子は、それはそれは喜んでくれていた。大学に入学したばかりの頃、桜の花びらを押し花にして送った時と同じくらい……それ以上!?

僕としても、妹に感謝しながら、かなり嬉しかった。

「加納君がふたり、私についてくれてるみたい！」

電話でそう言っていた。そのような夏子の一言一言が妙に嬉しく、突然、無性に夏子の顔が見たくなっていた。

本来なら、夏子がアメリカへ発つ時、空港まで見送りに行きたかったが、また叶わなかったのだった。

夏子が東京へと旅立つ時と同じ状況。僕の大学は冬休み前に試験が半分あり、そのほとんどがレポート提出。夏子のためだったら、単位のひとつやふたつ、落としてもいいくらいの感はあった。が、どれも必修。どうしても、一年のうちに単位を取っておかなければならないものばかりだった。

「大丈夫！　気にしないで！」

夏子は、かなり本気で言っていた。

「でもさ……本当なら行けたのにさ」

「ダメだよ！　ちゃんと単位取って、ちゃんと卒業してもらわないと！」

「ん？」

「私が……その……そっちへ帰った時……その……加納君が、まだ学生だったら……ね。それはそれで困る……」

いきなり、たどたどしい口調になった夏子が言いたいことはわかっていた。

まだ、大学一年では言いにくいだろうと、僕も、それ以上は聞かずにいた。僕だって、夏子に胸を張れるような社会人になって彼女を迎えたかったから。

「わかった。きちんと卒業できるように、勉強だけは頑張るよ」

「あは……勉強だけね」

「そうそう！　学生、勉学あるのみ！」

何言ってんだ、自分。それを聞いた夏子も笑いが止まらないようだった。なんたって、高校時代の自分を一番知っている彼女だから。


そんなこんなで、夏子は、十二月十日、アメリカへ飛んだ。

その日、頭上に飛行機が飛んでいるのを見た。

夏子を乗せた飛行機とは限らなかったが、その飛行機を見送っていた。空港へ行けなかった分、その飛行機が見えなくなるまで、ずっと……。

夏子と付き合いだしてからの二度目のクリスマス。僕は夏子が前の年に編んでくれたマフラーと、その年に送ってくれた手編みのセーターを着て、町を歩いていた。

不意に白いものが舞った。

この土地では遅い初雪だった。

僕は、その雪を手のひらにのせた。あの桜の花びらと同じように。僕の手のひらに落ちた雪は、軽くて、すぐに解けた。

夏子が東京へ行く時に、駅のホームで季節外れの雪が降った。その雪を手で受け止めた夏子が思い出された。

「手に染み込ませたの」

そう言って、哀しそうに微笑んだ彼女。

僕も、夏子が見たいと言っていた初雪を、手のひらに染み込ませるように、その雪が解けてなくなるまで、見つめていた。

「クリスマスに初雪が降ったなんて言ったら、夏子、悔しがるだろうな」

そう思うと自分でも笑ってしまったが、夏子の悔しそうな顔や声と、あの微笑みが、少し哀しい思いとなって、僕の胸を締めつけていた。


「来年のクリスマスは一緒に」

三．東京

アメリカでクリスマスと年末年始を過ごした夏子は、一月初めに帰国した。

一月八日。仕事始めも過ぎた会社も多いが、日本はまだ正月気分が抜けていない頃。後期試験の半分が残っていた僕は、またも、空港まで迎えに行くことはできなかった。

暫く、夏子の顔も見ていない。携帯に送られてくる写真の中の夏子が笑っているだけ。一抹の淋しさはあったが、離れていても夏子との関係は変わることはないと信じていた。

夏子は、アメリカからも毎日のようにメールをくれては、『加納君に会いたい』と書いてきてくれていた。

遠距離恋愛。

かなり不安な時期もあったが、離れていればいるほど、何処か、それまで以上の愛情を感じていく自分がいたことは否めなかった。

ある日のメールで、夏子が聞いてきた。

『試験っていつまで？』

『一月十四日が最終日』

そう返信すると、送信が終わった途端くらいの間隔で夏子から電話があった。

「お勉強中だった？」

「大丈夫だよ」

「返信、すぐもらったから、電話しちゃった」

「そっか。ありがとね」

少しだけ冷静を装ったつもりだったが、内心、かなりの嬉しさは隠し切れていなかったかもしれない。

「私の大学、もう試験終わってるんだけど、加納君が試験終わったら、そっち、行ってもいい？」

夏子の弾んだ声が返ってきた。

「え？　来れるの？」

「うん！　お土産とかあるし」

「雪も見たい……ってか？」

「まぁ、そんなところ……だけど！　加納君に会いたいから！」

「僕が東京へ行こうと思ってたのに」

そう言った僕の言葉に夏子は驚いていたようだった。

「え？　そうなの？」

「うん。たまには、そっちへ行くよ」

「え！　嬉しい！」

「雪……はいいの？」

「いいの！　また、見るから」

「春休み、夏子のところへ居座ってもいい？」

「いい、いい！」

僕は、夏子との生活を妄想してしまった。

『新婚生活みたいになるのかな……』

そこにも、以前の自分とは違う自分がいた。可愛い自分？　やっぱり〝乙女〟になった気分の自分！

「お料理の腕、振るっちゃおっ！」

夏子の声で我に返った自分だったが、あの別荘で夏子が言ったことも思い出していた。「お料理できないと思ってるんでしょ！」そう言って、僕を睨んでいたことが思い出された。

「楽しみにしてるね」

「うん！」

何か恥ずかしくて言えなかったが、一番楽しみなのは、夏子に会えることだった。

僕には、東京へ行く、もうひとつの理由があった。夏子の亡くなった彼のお墓参りへ行きたかったのだ。

夏子を想いながら亡くなった東京時代の彼に対して、夏子を幸せに……というような責任みたいな気持ちはあった。しかし、〝重い〟とかそういう責任の気持ちではない。その彼に、きちんと挨拶をしたかったのだ。これから、夏子を幸せにすると誓った自分がいたから、未だに名前さえ聞いていなかった、その彼という人に約束をしたかった。

東京に行くまでは、夏子には、このことは言わずにいた。もし夏子が嫌がったら、やめておこうと思ったから。

無事に後期の試験を終え、僕は東京へ向かった。

あの日、夏子を見送った駅のホームに立った自分。あの時のことが鮮明に思い出されていた。

季節外れの雪を手のひらで受け止めていた夏子。

「ずっと一緒だから」と強く抱きしめキスをしたこと。

電車のドアが閉まった窓越しに見た夏子の大粒の涙。

ひとり、ホームで去っていく電車を見送っていた自分。

ひとり駅のホームに佇む僕にフワリ舞い降りてきた雪。

あれからの一年というものは、かなりのスピードで過ぎた気がしていた。色々なことがあったはずなのに……。

電車に乗った僕の心は、既に東京にいる夏子の元へ飛んでいた。飛行機なら一時間ちょっとで着けたけれど、バイトで稼いだものは、夏子との東京での生活に使おうと思っていたのだった。

東京駅には、夏子が迎えに来てくれていた。

といっても、駅構内にある沢山の出口に一苦労させられた。夏子が指定してきた《八重洲口》には、駅構内の案内に従いながら、どうにか辿り着くことができた。本当はすぐ近くだったのに何やっているんだか、自分。迷って遅刻……これだけは避けたかったので、一応満足ではあった。

改札口の向こうで、大きく手を振っている夏子が見えた。本当に久しく会っていなかったので、一瞬、高校時代、夏子が転校してきた時の感覚が蘇っていた。今更だけれど……瞬間、思い出された遠く甘い記憶だった。

久し振りに見る夏子は、ほとんど変わりはなかった。少しだけ大人びた感じもしたが、ヘアスタイルのせいだったかもしれない。ストレートだった髪が巻き髪になっている。よく雑誌で見かけるモデルとかの感じ。襟にファーがついた白いコートが、よく似合っていた。

『クラスの女子が騒いでたのも無理ないか……』

思わず、独り言を言っていた。

ここでも、「高校時代、夏子が東京でモデルをしている」という噂が立っていたことが、思い出されていた。

「久し振り～！」

かなり大きな声でそう言うと、夏子は人目も気にしていないように、走って僕に抱きついてきた。僕としては嬉しくないわけではなかったが、気恥ずかしさが先行していた。

「アメリカ帰りの影響かい？ 夏子さん」

少しオヤジっぽくそう言って、その場をごまかした。とはいえ、僕の手は、しっかり彼女を抱き抱えていた。

本能？

「そうかも〜！」

夏子は大笑いして、またまた抱きついてきた。

「皆、見てるよ」

思わず、僕の口からはそんな言葉が。

「いい！　こうしていたいから！」

そのようなことを言って、夏子は僕から離れようとしなかった。無邪気なような大人っぽいような……そう思うと、僕も笑っていた。

手を見ると、僕が贈ったリングが左手の同じ指に光っていた。なんだか、あの頃の夏子が傍に戻ってきてくれたような現実であるようなないような一種、不思議な感覚。それでもただただ単純に嬉しかった。

それから、どちらからともなく駅の構内へ向かって歩き出していた。

夏子は、僕の腕にぶら下がるくらいの勢いで、相変わらずしがみついている。そんな夏子が、たまらなく可愛らしく思えていた。笑顔も以前のままだ。

夏子のマンションは、東京の世田谷にある。その中でも東京でも高級住宅街のひとつにあたる場所らしい。

渋谷駅で東急田園都市線に乗り換えて、夏子のマンションへ向かうはずだったが、東京駅へ着いたのが、ちょうどお昼時だったので、その前に、渋谷で一旦外へ出て、食事をした。

すっごい人だ！

テレビではよく見る光景だったが、体感という部分では、人の渦に巻き込まれそう。夏子が、僕の腕を離したら、一瞬で見失ってしまいそうだった。

「腕、離すなよ」

まるで僕が東京の人のような言い方をしていた。

「は～い」

そう言うと、夏子は嬉しそうに、更に強く腕にしがみついていた。

夏子がオススメというところへ行く途中、「安藤！」という声が聞こえた。ふたりして同時に振り向くと、いかにも小野が言っていた〝東京のイケメンさん〟軍団が夏子に向かって手を挙げていた。

僕は、その〝あかぬけた〟姿に一瞬、足が止まっていた。久し振りに会った夏子を見た時に思った感覚と同じ感覚。メンズ雑誌に載っているモデルのような……。髪型といい服装といい、自分の町では、もの凄く頑張っても無理なくらいの感じ。

「あれ？ 今日、学校？」

夏子は、普通に、そのイケメンさんたちに話し掛けていた。

「サークル」

「お休みなのに大変だね」

「試合があるからさ」

そのような会話をしていた夏子たちだったが、ひとりが自分の方を見た。

「あ！ 噂の彼氏さん？」

いきなり、そう言われた。

〝噂の〟だって。

「うん。加納君」

やけに嬉しそうに僕を紹介する感じで言った夏子。僕が、「どうも」と軽く言うと、イケメンさんたちも、「どうも」と互いに何気に素気ない挨拶。やけにテンションが高い夏子に相反した感のある〝男ども〟だった。

「遠恋してるんだっけ？」

「そうだよ」

「いいね〜。春休みは一緒なんだ」

「そうそう♪」

そう言うと、一時は僕から離れていた夏子は、また、僕の腕にしがみついてきた。

「ったく……よくやるよな」

「いいでしょ！」

「はは。じゃ、またな」

「またね」

夏子たちの会話を傍らで聞いていただけの自分。地元では、取り敢えずは〝カッコイイ〟と言われてはいた自分だったが、東京の男子学生を目の当たりにして、かなり惨めだった。何処か上の方から、自分の容姿を客観視してる自分がいて、その姿がやけにあかぬけない、冴えない男であった。

夏子が大学の友達らしき男子学生と話していた時間は、五分足らずの短い時間ではあったはずだが、その時間がやけに長く感じられていた。

ふと視線を感じて、少し斜め右を見降ろすと、夏子と目が合った。不思議そうな感じで僕を見ている。僕もきっと、ボーッとしていたのだろう。

気を取り直して、「友達？」と、普通の感じで夏子に話し掛けた。

「うん。大学の」

そう答えた彼女は、屈託のない、いつもの夏子の笑顔に戻っていた。

「法学部？」

「そう。同じクラスなの」

夏子は法学部を受験していたのだった。

「じゃあ、将来の弁護士さんとかなんだ」

夏子の大学が、所謂〝一流大学〟のひとつだったので、自然にそのようなことを言っていた自分がいた。

「どうだろ……まだ決めてないんじゃないかな?」

「ふ〜ん」

「どうかした?」

僕の「ふ〜ん」という返事が、少し気になったような夏子だった。

「別に何でもないよ」

「あ! ヤキモチ?」

「どうしてさ」

「加納君の知らない男の人と話したりしてたから」

「まさか」

「だよね〜」

そう言いながら夏子は、僕に寄り添ってきた。

自分の知らない夏子がいたのは事実だったが、本当にヤキモチとかではなかった。

自分を含め、地元の高校時代の連中は、将来を考えて真剣に学部や学科を選んでいたから、こんな自分でさえ、夏子との将来を考えて、IT系に近い電子工学部にしたくらいだ。だから、「ふ〜ん」と曖昧な返事になっていたみたいだ。

そう言えば、夏子も将来、弁護士や検事とかになりたいとは言っていなかったし、卒業したら、僕の地元へ戻ると言っていた。夏子から希望大学の一覧を見せてもらった時、少し驚いた自分がいたのを思い出した。経済・法学・心理学・文学……本命を含め、一貫性のない学部が羅列されていた。その時は、まだ、夏子との将来は具体的に考えていない時期。「女子だからな」と勝手に自己完結させていたのだった。

東京へ出て、これが普通の大学生なのかもしれないとも思っていた。どちらが良いとか悪いとかなどないし、まして、東京には、あらゆるジャンルの企業があり、そのほとんどが本社的位置。不況といえども、選択肢は、自分の地元と比べたら嫌というほどあるに違いない。加えて、ある意味〝自由〟が大学生の醍醐味だと、自分自身も思っていたくらい。

夏子と出逢ったのが高校時代で、自分が、世間より少し早く将来をともにできると思える女性と巡り会えたという事実が存在していた。だから、余計にそのようなことを思ったのかもしれない。僕にとっては、それはかなりのプラス要因だった。

東京という場所に、ひとつの文化を見たような気になっていた。

少しは成長したかな、自分！　そんな風に感じることができるなんて。

僕にとっては、十数年振りかの東京。記憶にあるより、かなり斬新なイメージになっていた。見るもの全てが、驚きとか戸惑いとかの連続だった。

夏子は相変わらず、僕の腕に強く腕をまわしたまま。

様々な想いをよそに幸せな時間だった。

四．夢の中

さすが、東京の高級住宅街と言われるだけある。

夏子のマンションは、大きな家が建ち並ぶ、閑静な住宅街の一角にあり、夏子のマンション自体も、学生が住むには、かなり豪華な造りに見えた。

エントランスも重厚感があり、半端でない。ギリシャ神話に出てくるような彫刻のオブジェなどもある。表の柱も、ナントカ様式と呼ばれるような建築物みたいだ。これが、二重ロックというものか！　地元にも、それなりのマンションはあるが、まだ間近で見たり入ったりしたことがない自分だったので、思わず、「すげぇ〜！」などという言葉を発していたものだった。

夏子の部屋は五階建ての最上階。しかも角部屋。

エレベーターに乗って五階へ。その間、夏子が僕に軽く唇が触れるくらいのキスをしてきた。

「えへ」夏子は少し照れたように笑っていた。何かの外国映画のワンシーンが頭に浮かんだ。

重たそうな、かなり高級そうな玄関のドアを開けて、「どうぞ」と夏子が言った。玄関へ入ると、白で統一された壁に、大理石で造られたような廊下が目に入った。仄かに甘い香りがした。

「あがって」

先に玄関をあがった夏子が手招きした。

「お邪魔します」

めちゃくちゃ緊張！このような経験も初めてだったから。

高校を卒業した春休みに夏子を自分の家の別荘へ連れていった時も、ある意味、緊張はしていた。夏子と初めての泊まりの旅行とか、ふたりでドアを開けたとか……今思えば、そのような可愛らしい緊張だった。

また、それとは別の緊張。〝ひとり暮らしの彼女〟。これも初めての経験。色々な思いが入り混じり、本当にかなりの緊張だった。

夏子の後について廊下を歩いていくと、左手にドアが二つ。その奥に広い部屋があった。懐かしい夏子の匂いがした。

女の子の部屋と想像すると、ピンクとかフリフリ系とか、そのようなイメージがある。しかし、夏子の部屋のインテリアはシックなモノトーン系。Black&White。

「随分、高そうな部屋だね」

かなりの緊張とは裏腹に、それが第一声。僕は、初めて夏子が自分の家の別荘へ来た時に、家の中を見渡していたのと同じような感じで、部屋を見回していた。

「父のマンションなのよ」

「そうなの？」

「父が住んでいたのは転勤前に、ちょっとだけだけどね」

「へぇ」

「で、まだ契約が残っているからって、私用《わたしよう》に契約を続けていてくれたんだって」

コートを脱ぎ、エアコンのスイッチを入れながら言っていた。

「どうりで……学生にしては高級だし、……家具なんかもね」

「父の趣味」

夏子は、あの時、僕の家の別荘にある暖炉のことで、僕が「親父の趣味」と言ったことを思い出したみたいだった。そして、クスッと笑いながら、肩をすくめていた。

「素敵なお父様ね」

僕も、その時に夏子が言った言葉と、まるっきり同じ言葉で返した。それを聞いた夏子は、かなり可笑しそうに笑っていた。というか、大爆笑といった感じ。

「夏子も何処かのめっちゃお嬢様かと思ったよ」

「あら。お嬢様よ。安藤家の」

そう言うと、まだクスクス笑っていた。

「確かに」

僕もつられて笑った。

不意に、夏子が僕の肩に手をまわしてきた。

「会いたかった」

そう言うと、エレベーターの中の時より、熱いキスをしてきた。

「僕もだよ」

そのまま、隣の部屋の夏子のベッドへ。ここにも、夏子の甘い匂いがしていた。そして、お互いを激しく求め合った。まだ日も高い昼間。薄いカーテンから柔らかな日差しが入ってきていた。

「加納君と、またこうしていられるなんて……」

「当たり前だよ。いつだって会えるよ」

「すっごく遠いって感じてたから」

「うん……僕も、そんな感じがしてた時もあったよ」

「うん」

夏子は、僕の腕の中で幸せそうな笑みを浮かべていた。僕は、夏子の懐かしい匂いに酔いながら、彼女を抱いていた。

「あのさ……」

こんな時に言うべきかどうか迷ったけれど、思わず言っていた。

「亡くなった彼のお墓って東京にあるの？」

「……うん……」

「彼のお墓参りへ行っていい？」

「え？」

たぶん、夏子は、僕の口からそのような言葉が出てくるとは想像もしていなかったと思う。かなり驚いた様子だった。

「夏子が嫌だったら、いいよ」

「ううん。嬉しい……加納君がそんな風に思ってくれてたなんて」

「じゃ、今度、連れてって」

「うん。ありがと」

そう言うと、夏子は、僕の胸に顔をうずめた。

「大好き」

微かに聞こえた夏子の声だった。

それから、また、会えなかった時間の分まで、何度も何度も愛し合った。夏子の熱い吐息が僕の身体全体に染みわたるくらい。

夏子の甘い匂いと感触に自分の身をさらわれたように、僕は、深い眠りに入ってしまっていた。気づくと、朝方になっていた。目覚めた時に目に入った窓のブラインドの隙間から、ほんのり明るくなった感じの外の様子がうかがえていた。

夏子を腕に抱きながら、枕元の時計をみると、朝の五時くらい。部屋の中には、時計のカチカチという音だけが聞こえている。十何時間という長い間、夏子を抱いたままでいた確かな事実がそこにあった。

ずっと離れていた時間が消え去ってしまったような、妙に不思議な感覚。

僕の腕の中では、夏子が軽く寝息を立てて眠っていた。時々、微かに動く指先。

『どんな夢を見ているのかな……』

僕は、少し乱れた夏子の髪を直すように、彼女の寝顔を見ながら、暫く頭を撫でていた。

僕の夢の中では、高校の制服を来た夏子が無邪気な笑顔で笑っていた。僕に向かって、笑いかけてくれていた。

何だか、永遠にこの時間が続くような、時間さえも止まったような気もしていた。

窓から朝の光が入ってくる頃、夏子が目を覚ました。

「あ……おはよ……」

まだ、目が覚めきっていない様子。

「おはよう」

「もう、起きてたの？」

「うん、まぁ……まだ寝てていいよ」

僕は、夏子のおでこにキスをした。

「大丈夫……起きる」

そう言って、夏子は僕の唇にキスをしてきた。

「あ！」

突然、夏子が叫んだ。

「なに！」

「お夕飯、食べてない！」

僕は吹き出した。

「朝から食欲あっていいね～」

何だか、笑いが止まらない。

「だって……せっかく作ろうと思ったのに……」

「いいよ。これから、長く居座るんだし」

「そうだけど……初めて、私のお部屋に来てくれた夜だったから、頑張ろうと思ったの」

「じゃ、今日の夜、頑張って」

「うん……ごめんね」

「昨日は違う意味で頑張ってくれたからいいよ」

「バカ」

夏子は、そう言うと、ベッドの中に潜り込んでしまった。

僕が東京へ着いた次の日は、前の日に増して快晴だった。窓から見える東京の空も綺麗な青だった。

本当に、〝頑張りすぎた〟せいか、あまりお腹はすいていなかった。

夏子がベッドの布団から顔を出した。

「今日……行く？」

「お墓参り？」

「うん……よかったらだけど」

「そうだね。良いお天気だしね」

僕がそう言うと、夏子は、身体を半分起こして窓の方を見た。

「ほんとだ！　すっごい晴れてるね」

「お墓参りには、いいね」

「うん」

嬉しそうにそう言うと、窓の外をずっと見ていた夏子。また、あの夏子を見た気がしていた。

時々、何処か遠くを見ていた夏子。その度に亡くなった彼のことを思っているのかなと感じていた僕がいたことも。何だか、その時が遠い過去にも思え、また不思議な感覚になっていた。

不思議といえば……。

僕は夏子が大好きで、僕だけを見ていてほしいと願ってもいた。色々な場面で不安になったこともある。

しかし、夏子が、どのような言動をしようと、気になることはあっても亡くなった彼という人に対して、最初から〝嫉妬〟という言葉とは無縁だった。〝亡くなったから〟とか、そういうことではない。不思議といえば不思議だけれど、僕は、〝嫉妬〟とは無縁になるほど、『夏子を守る』という気持ちが優先しており、夏子を愛し、信じていたのだった。

現に、東京へ来てすぐに、夏子が東京のイケメンさんたちと話をしていても、ヤキモチとか、そんな気持ちもなかったくらい。

夢の中で僕に笑いかけてくれていた夏子の笑顔は、永遠に僕の傍にある。

朝の光の中、そう願い、そう信じていた。

五．花言葉

お昼過ぎ。

夏子の案内で、彼女の亡くなった彼のお墓参りへ行った。途中、ちょっと洒落た花屋さんがあったので、墓前に供えようと、僕は仏花を買おうとした。すると、夏子が、「ちょっと待って」と言い、その花屋へ入っていった。どうも違う花を買っている様子だ。

暫くすると、夏子が、大きな白いバラの花束を抱えて、店から出てきた。

「あれ？ 夏子に買わせちゃった？」

普通に考える仏花ではなく、バラを抱えている夏子が少し不思議に映った。

「いいの。これ、私が供えるから」

「ん？」

「加納君は、また行ってくれる時があったら、その時に……」

「ん……わかった」

やっぱり、お墓へ持っていくようだ。同時に、何となく夏子の様子が気になった。元気がないというか……そのような言葉遣いに聞こえたから。

「やっぱり、僕と行くの、嫌？」

「ううん。どうして？」

「いや、何となく」

「嬉しいよ、加納君が行ってくれて」

「そう?」

「ちゃんと、紹介したかったから」

そう言った夏子は、いつもの夏子の様子に戻っていた。

ふと思ったことがあった。

「もしかして、彼、クリスチャンとか?」

「どうしたの? 急に」

「花。普通、菊とか、そういうのかなって思ってたからさ」

「ああ。ごめんね。花言葉でね……選んだの」

「花言葉?」

「白バラの花言葉って、〝純粋〟って意味があるの」

「そうなんだ……で……」

言いかけたが、やめておいた。夏子が、〝純粋〟という意味の花言葉を持つ白バラを買ったのには、彼女なりの意味があると思ったから。彼女が話してくれたら、その時でいいと思っていた。

亡くなった彼は、東京の郊外にある霊園に眠っていた。夏子は、その霊園まで口数が少なく、僕はただ見守るように彼女を見ていた。色々な思いがあることはわかっていたから。

夏子の後をついて、その広い霊園を歩いていると、少し小高くなっている一角が目に入った。

「あそこにいるんだ」

夏子は、その一角を指さして言った。

「いる……」

現在形で言った彼女の言葉には深い意味があると感じた。それも、自分なりに理解していたことではあったが。

少し歩くと、「ここだよ」と夏子が立ち止まった。

見ると、墓石が一風、変わった感じ。平たいというか、よく目にする墓石の型ではなかった。墓石には英文で記されている。

《With lots of love, forever.》

〝永遠の愛と共に〟

そして《ANDREW. J. MARTIN》と。

夏子は、持っていた白バラを傍らに置き、黙って、その墓石の周りの雑草を抜いたりしていた。

「あ……僕も……」

暫くその英語の文字を見つめていた自分だったが、夏子の隣に座った。横を見ると、夏子の目から涙が落ちている。それを僕に見られたくない様子。それ以上、僕は何も言うことができずに、黙って夏子を手伝っていた。

一通りお墓の周りと墓石を綺麗にすると、夏子が口を開いた。

「びっくりしちゃった？」

自分を見た夏子は、いつもの笑顔。

「いや……何ていうか……」

「いきなりだもんね。言ってなかったよね」

「いいんだけど……外国人さんだったの？」

「ハーフ。お父様がフランスの人」

「そうなんだ……日本にお墓があるの？」

何の疑いもなく日本人と信じていた僕は、矢継ぎ早に質問していた。

この時代、ハーフとか外国人とか珍しい存在ではない。いくら田舎とはいえ、僕の育った土地も、一応は地方都市とは呼ばれているくらいではあるし、外国人やハーフの人は住んでもいる。近くの観光地では、日本人より多いくらい。

ただ、自分の彼女の元彼がハーフと聞くと、嫌な思いではなかったが、何だか複雑な思いがした。何故だかわからなかったが……。

思えば、夏子くらいの美貌の持ち主で、東京のど真ん中に住んでいたら、生粋の外国人と付き合っていても、全然、驚くこともないけれど。

「彼のご両親も日本に住んでいて。彼も日本で生まれたから」

「そうなんだ」

少しだけ無理して、普通にした。

「性格はまるっきり日本人だし、私より綺麗な日本語使うしね」

そう言うと、また夏子は笑っていた。

さっきの涙は？

また現在形？

そうは思っても、理由は聞くことができなかった。

夏子は、傍においてあった白バラを、平たい墓石の前に置いた。花屋から夏子が持って出てきたそのバラは、まさに誰かにプレゼントするような〝花束〟みたいな感じにアレンジされたものだった。何も言わなかったら、誰もお墓参りに持って行くためとは思わないくらい。薄紫のリボンまでついている。

そのままの状態で、墓石の前に置いただけだった。

「彼……やっぱりクリスチャン……だった？」

平たい墓石といい、夏子の花束を置いた様子といい、外国の風景を見ているようだった。

「一応ね。でも、バラは違う意味だし……」

「花言葉だったよね」

「うん」

そう言うと、彼が眠っているその場所に向かって、しばらく目を閉じていた。

僕は、彼に挨拶に行ったはず。しかし、予想外のことが多く、戸惑っていた。お線香とか水とか……そのようなお供え物をして、彼に挨拶しようと思っていたから。


それから数分、夏子は黙って、お墓の前に座っていた。

僕は、彼女の横に立ち、墓石を見ていた。彼が生まれたであろう日付と亡くなったと思われる日付が刻まれていた。ちょうど、夏子が転校してきた年とその三カ月前の日付が最後に刻まれている。

三カ月……傷心も癒やされないであろう期間。あの時、色々と噂があった中、いつもは笑ってやり過ごしていた夏子。ただ、「予備校の講師との……」という噂の時だけ、夏子が相当参っていた気持ちが理解できた。それほどの短い期間で、そのようなことを言われたら……耐えられないだろう。

当時、笑って、クラスの女子と話をしていた夏子だった。その時の秘めた哀しさを思うと、あの時、彼女の態度にムカついたりした自分がいたことを後悔していた。

高校のクラスで、夏子と一番親しかった少し夏子に似ている雰囲気がする女子から言われたことがある。「夏子をお願い」と。

〝僕に託す〟という感じで、そう言ってきた意味がはっきりと理解できた。あの子は、理由はわからずとも、すでに夏子の秘めた哀しみのようなものを、理解していたと思う。

僕がそのような高校時代のことを思い出していると、「加納君」という夏子の声が聞こえた。僕の足元にしゃがんだ夏子が僕を見上げていた。

「なに？」

「大丈夫？」

「ん？」

「ちょっと元気ないというか……ボーッとしている感じだったから」

「あ、ごめん。大丈夫だよ」

僕は、いつもの自分でいようと、夏子に笑いかけた。そのような僕に、夏子も笑いかけてくれた。墓石の前に置いたバラを見ながら、夏子が言った。

「今日、白いバラを彼に持ってきたのはね、ちゃんとお別れしようと思って」

「ちゃんと？」

「あの時……彼が事故にあった時。間に合わなかったんだ……」

少しだけ、夏子の瞳が潤んだように見えた。

「知らせを受けたのが、待ち合わせをしていた時間の二時間後でね」

「うん」

「ずっと待っていて……そしたら携帯が鳴ってね……ここまでは話したよね？」

「そうだね」

「彼のお母さんからだったんだけど、病院に行った時にはもう……」

「わかった！もう言わなくていいから！」

思わず、夏子の言葉を遮っていた。これ以上、当時のことを夏子に思い出させたくなかった。もちろん、夏子だって忘れることはない事実であろう。それでも、無理に……みたいな思い出させ方はしたくなかった。

「ありがと……でもね、これだけは言わなくちゃ」

「なに？」

「今日、〝純粋〟っていう花言葉がある白バラを持ってきた理由」

「うん、いいよ。聞くよ」

「ここにいる彼へね、『貴方を純粋に好きでした』って意味で持ってきた……」

そう言って、墓石を見た夏子。

過去形になっている……。

「それと……」

夏子は、少し間を空けた。

僕は、黙って彼女の言葉を待っていた。

「彼へ言ったの」

「……」

「これからは、今、隣にいる彼を、一生、純粋に愛していきますって」

「夏子……」

「だから、心配しないでって……」

一瞬、言葉を詰まらせた夏子だった。

「ここで眠っている彼へ贈ったバラの花言葉と一緒……にして言うのも、加納君に失礼かと思ったけど……」

「いや……」

「でも、〝純粋〟っていう意味では変わらないから」

墓石を見つめたままで夏子は言った。

「加納君が一緒にここへ来てくれたから、この花言葉をふたりに誓ったの」

「そっか」

「支離滅裂でごめんね」

「夏子の気持ちはわかったから」

僕が、そう言うと、大粒の涙が一筋、彼女の頬を伝った。その涙の意味。僕には、手に取るようにわかった。夏子の色々な思いの結晶と思えた。

「僕も、彼に挨拶していい？」

そう言うと、夏子は嬉しそうな表情をして、その場を立った。

僕は、それまで夏子がいた場所に座り、墓石に向かって手を合わせた。宗教とかは関係なく、そこに眠る彼へ自分の気持ちや思いを伝えたかったから。

「夏子は、僕が一生をかけて守りますから」

心から、そう言っていた。

夏子は、僕が何を言ったのか、聞こうとはしなかった。ただ、『純粋に愛する』という夏子の思いと僕の思いが一致して、亡くなった彼へ届いていると信じたかった。

僕が立つと、春の匂いのする風が一瞬、頬をかすめた。

「夏子を頼むよ」

そう言われた感じがしていた。

見ると、夏子は長い髪を、その風になびかせ、遠くを見ていた。同じ方向を見た。ここへ来た時には墓石に気を取られて気づかなかったが、小高くなっているその場所からは、東京郊外の綺麗な自然を眼下に見ることができた。

「綺麗な場所でよかったね」

夏子に言った。

「うん。ちゃんと春になったら、もっと気持ちいいよね」

「また、来ようね」

そう言った僕に、夏子は、本当に嬉しそうな笑顔を見せてくれた。

「同じね……花言葉で……理由言ったら、加納君が気を悪くしちゃったらと思ったんだけど…… 隠し事とかね、したくなかったから」

「大丈夫だよ。夏子の気持ち、わかってるから」

「無神経なこと……ごめんね……ほんと」

「彼に、僕たちの思いが届くといいね」

僕も、夏子がよく見ていた高い空を見上げた。

そして、ふたりで、彼が眠る場所へ一礼して、そこを後にした。

帰り道、うっかり忘れていたことを聞いた。

「その……彼、何ていう名前? アンドリューさんでいいの?」

「あ、言ってなかったよね!」

夏子は、少し慌てた様子。

「正式にはそうだけど、アンディって……みんな、そう呼んでたよ」

「夏子も?」

「うん。フルネームは、アンドリュー・ジョージ・マーティン。ミドルのジョージってね、正式には漢字なんだよ」

「そうなんだ」

「〝ゆずる〟っていう漢字に漢数字の二」

「こう？　ごんべんに……」

僕は宙に向かって、〝譲二〟と書いて見せた。

「そうそう。日本名は漢字で書けるし、海外でも、ジョージだったら、何処でも通じるから、そうつけられたって言ってたよ」

夏子は楽しそうな表情を見せてくれていた。本当に楽しかった懐かしい思い出を語るように。

「なるほどね～」

僕は、夏子の本当の心の内まではわからずとも、自然に夏子の〝その〟表情や言葉遣いに合わせていた。

たぶん、夏子の亡くなった彼という人を知ることができて、何だか心が軽くなったのを感じていたのかもしれない。いつも僕が知らない夏子がいるような……そのような思いがあったということは、ずっと自分でも気づいていたし、その思いが少しだけ、自分を締めつけていたこともわかっていたから。

夏子が現在形を使って話した意味も、何となくだけれど理解することができた。きっと、彼の最期に会っていなかったため、事実を事実として受け止めるだけの実感がなかったのだろうと。現に、お墓参りの途中からは過去形を使っていた。

夏子が墓前で、そこに眠る彼へ言っていたこと。

『貴方が好きでした』

夏子は無意識だったろうけれど、あの時、夏子の言う通り、本当の意味での別れをしたのだったと思えていた。

決して、亡くなった彼を引きずりながら自分と付き合った夏子ではない。それは、夏子自身からも聞いていたし、数々の彼女の言動からもわかっていたこと。時として、自分の方が〝彼〟へ気を遣っていたこともあったくらいだから。

あの時に、きちんと「さようなら」と言うことができたのだろうと思っていたのだった。

これからは、何のわだかまりもなく、夏子と向かい合うことができる。

夏子が遠い目をして空を見ていたとしても、それをきちんと受け止めることができると。

僕の全身で愛せると……。

そのような安堵もあったのかもしれない。

アンディさんにも、約束したこと。

夏子を一生をかけて守ると、改めて心に深く誓っていた。

東京にいる間、夏子と僕は本当に夢の時間の中にいるようだった。思えば、〝ママゴト〟みたいな時間だった。しかし、若い僕たちにとっては、それが夢の時間に思えていた。

朝起きると、夏子の温もりが全身を包んでいる。一緒に朝食を作ったり、手を繋いで買い物に行ったり、夜寝る前には、優しくキスをして……。

僕が片づけをしないでだらしなくしていると夏子に叱られる。

「また、散らかして！」

誰にも邪魔をされない夏子とふたりだけの空間。その空間の中で、ただただ楽しい幸せな時間が過ぎていった。

楽しい時間というものは、どうして、こんなに早く過ぎてしまうものなのだろう……。

気づくと、あと三週間ちょっとで、僕が地元へ帰る日が迫っていた。

その頃になると、夏子は部屋にかかっていたカレンダーを見ては溜め息をついていた。

僕は、そのような夏子をただ抱きしめるしか術がなく、不甲斐ない自分に苛立ったりもしていた。それでも容赦なく時間だけは過ぎていき、風の向きも日に日に変わってゆくのを感じていた。

僕が東京にいる間、とうとう雪は降らなかった。夏子の話によると、毎年、こんなものだという。夏子が雪を見て、はしゃいだり、雪が降るのを楽しみにしていた理由が実感としてわかった気がしていた。

カレンダーを見ては、日に日に元気がなくなる夏子。僕だって同じ思いだった。しかし、ふたりで落ち込んでいてもと、努めて明るくしていたつもり。それを夏子が勘違いして、ある日、喧嘩になった。

「加納君ってさ。やっぱり冷たいんだ」

いきなり、そう言われたので、僕は理解に苦しんだ。

「やっぱりって？　何が冷たいの？」

「高校時代、皆の噂！」

「噂？」

「加納君が冷たいから、次から次へと彼女を替えたとか、ふったとか」

「そんな噂があったんだ」

「あった！」

僕は、夏子の言い方にカチンときた。しかし、それより、もうすぐ離れ離れになる時期に、いきなり昔のことを持ち出されたことが気に入らなかった。こっちは、頑張って明るくしてやってるのに！

「じゃ、どうして、そんな冷たい奴と付き合ったんだよ」

「だって……」

夏子が泣き出した。女ってわけがわからない。自分から喧嘩を振っておいて、何、泣いているんだか！

「わかったよ」

僕は、そう言い残して、夏子の部屋から出た。夏子を元気づけることができないことと、自分にイラついていた時期。自分に制御が利かなかった。

部屋を出ていく自分に、夏子がマフラーを投げつけた。止めるどころか、まるで「出て行け」と言われているみたいだ。まぁ、そのマフラーは夏子が高校時代に編んでくれたマフラーだったけれど。

その頃になると、僕も東京という街にも慣れてきていた。夏子の部屋を出たのが夕方。もう、暗くなり始めた頃だった。

表参道辺りをぶらぶらしていた。華やかな中にも上品さが漂うショーウインドーが並んでいる。外国のブランドが目立つ。お腹もすいたので、ちょうど目の前にあったカフェみたいなところに入った。田舎者の僕には不相応？　とは言っても、東京も、どちらかと言ったら、地方からの人が多いとも聞いていた。そう考えると、何だか気持ちも大きくなっていたかもしれない。

そのカフェで、軽く食事をして外へ出ると、まだ春には遠いような冷たい風が頬を突いた。いくら東京とはいっても、まだ三月の終わり。一部の桜は咲いているけれど、朝晩はまだ寒いくらいの日もある。

桜……そうだ！

夏子とお花見とかしてないし！

お花見？？？

やばっ！　夏子の誕生日！

明日だ！

「お誕生日くらいには、濃い色の桜が満開に近いんだ」

いつか、夏子がそう言っていたのを思い出した。

時計を見ると、もう夜の十時近い。プレゼントも買ってないし……かなりのマズイ状況。

夏子の誕生日には、東京で思いっきり祝ってあげようと思っていたのに。

人通りは途切れることもなかったが、周りの店は飲食店以外は閉まっているところが多い。しかし、その一角に、まだ明るい店が目に入った。

ラッキー！　花屋だ！

僕は、その時、妹が言っていた言葉を思い出していた。

「彼氏がねぇ。誕生花贈ってくれたんだ」

誕生花とは、〝生まれた日〟の花らしい。ここでまた、離れている妹の世話になっている自分。

夏子の誕生日は、三月二十八日。僕は、三月二十八日の誕生花を店員さんに聞いた。店員さんも、さすがに誕生花となると即答できなかったようで、調べてくれた。

〝ソメイヨシノ〟

桜の代名詞だ！！！ これは、ラッキーとしか言いようがない！

ちょうど、その花屋で、ソメイヨシノの蕾がついた枝が売っていた。花束にはしにくい雰囲気だったが、どうにかアレンジしてもらって、花束風にしてもらった。かなりの長さの花束には、さすがに自分でも苦笑した。

で、かなり驚かされたのは、その花言葉。夏子が、アンディさんに供えたバラの花言葉を教えてくれたことを思い出し、携帯での検索で自分なりに調べた。

〝優れた美人〟

夏子、そのものじゃないか。やはり、誕生花にもそれなりの真実があると思わざるを得ない事実。

僕は、その花を持って、夏子の部屋へ帰った。深夜十二時を回っていた。

夏子は、泣きながら僕にしがみついてきた。

「もう……心配したんだから！」

「ごめんな」

「帰ってこなかったらと思ったら……もう……！」

そう言って、僕の胸に顔を押し当てて、泣いていた。

「僕が悪かったよ」

「私が、あんなこと言っちゃったから……」

「離れる日も近いしね……僕だって、淋しいんだから」

「うん」

僕を見上げた夏子の目は腫れていた。たぶん、ずっと泣いていたのだろう。

日付も変わっていたので、夏子に花を渡した。

「お誕生日、おめでとう」

喧嘩して飛び出した僕から、いきなり言われた言葉に、夏子自身が驚いていたようだった。

「え？」

「今日、誕生日でしょ？」

「あ……忘れてた」

渡した花を見て、夏子がちょっと不思議そうな表情をした。

無理もないか。桜の枝だもんな。

「これさ、ソメイヨシノ。三月二十八日の誕生花」

「え？」

更に驚いたような夏子。

「ついでに言えば、花言葉は〝優れた美人〟」

「加納君……」

夏子が大粒の涙を流していた。

「ほんと、ごめん。大切な日だっていうのに」

「私が……変な八つ当たりしたから……」

「夏子の気持ちはわかってるからさ」

「……ありがと……」

夏子は、僕が差し出した、花束とは言い難いソメイヨシノを抱きしめていた。

「きちんとしたプレゼントは、明日、買いにいこうね。ついでに、お花見もさ」

「プレゼントは、もう貰ったよ！　お花見は行く！」

「そんなんでいいの？」

「十分！　誕生花くれる彼氏なんていないよ！」

「……そう？」

本当は、夏子の生まれ月の誕生石をプレゼントしようと思っていた。アクアマリンのリングかピアスと思っていた。そのために、バイトも頑張ったわけだし。

誕生花は妹が言っていたことを思い出したわけだったが、その時は、妹にそれを贈った妹の彼という人に感謝した。豪華なプレゼントより、〝気持ち〟を理解してくれる夏子。本当に愛おしかった。

喧嘩したことなど、既に一万光年の彼方。

その夜も夏子と激しく愛し合い、朝を迎えた。

僕の腕の中で「あと一週間だね」と言った夏子の言葉だけが哀しく響いていた。


それぞれが過ごしてきた時間というものがある。

僕が知らない夏子の時間。

夏子が知らない僕の時間。

お互いが、その時間を意識しながらも、理解しようと懸命だった時間。

時々は、その思いがぶつかって、気持ちがすれ違ったりもした。喧嘩もした。

それでも、それぞれの時間が重なった時、それは、同じ時間の流れとなる。

そのことは、夏子と付き合い始めた時、僕自身の脳裏に浮かんだ〝ふたりそれぞれ〟の〝想いの結晶〟とも重なり、過去から現在、そして未来への道標として、一見、別々とも思える〝それぞれ〟という意味の深さを強く噛み締めていた。


そのようなことを意識することができた、春浅い東京での夏子との日々だった。

第五章　君との季節

君と歩く季節
どこまでも続いていく道
過去も現在も未来も輝かせることができる
そう夢見てそれを信じた

一．あの日の出来事

夢のような時間を夏子と過ごした数カ月。

僕が地元へ帰る時、「ゴールデン・ウィークには、今度は私がそっちへ行くからね！」と言っていた夏子。そう言いながらも、新幹線のホームでは大泣きしていたけれど。

僕たちは大学二年生になった。

いつものことながら、東京と比べると、かなり遅い桜の花がキャンパスを彩っている。新入生たちが、その桜を見ては、はしゃいでいた。まるで雪を見てはしゃいでいる夏子みたいだ。あの懐かしい光景や想いが再び訪れた感覚。

僕は、ちょうど一年前、その舞い散る桜の花びらを夏子に送ったことを思い出していた。僕が春休みの間、東京へ行った時、夏子が通う大学へ案内してもらい、正門のところの大きな桜の木を見た。

「これ、私が加納君に送った葉っぱがあった木だよ」

そう言って、笑っていた夏子の顔も思い出されていた。

その時の東京の桜は、すでに蕾をつけていた。そして、僕が送った桜の花びらを〝しおり〟風に加工してくれたものを僕に見せて、嬉しそうに笑っていた。その笑っている夏子が桜そのものに見えていた。

その後にわかったことだったが、夏子が生まれた日の誕生花が〝ソメイヨシノ〟。桜に見えたはずだ。


ある夜、突然、夏子から電話があった。

ちょうど五月の半ば。ゴールデン・ウィークも終わり、やっと新年度が本格的に動き出した感がしていた時期だった。いつもはメールが多いのに、一瞬、夏子に何かあったのかと焦った。

「どうした！」

僕はそのように携帯に向かって叫んでいた。

「あのね……え……っと」

夏子は、僕のそのような声を聞いて驚いたのか、次の言葉に戸惑っているようだった。

「あ、ごめん。急に電話くれたから、何かあったのかと思って」

少しフォローした。

「何かあったといえばあった……というか……」

いつもの夏子らしくない。

「どうした?」

「え……と……その……来ないの」

「ん？」

「予定日になっても来なくて……」

男の自分でもわかった。

「それで、お薬屋さんで検査薬買って……」

「で？」

「陽性って……」

僕は、一瞬、目の前が真っ暗というか真っ白というか……そのような状態になった。が、
どうにか、気を取り直した。夏子が一番辛いはずだ。

「いつも、ちゃんと来るの？」

「うん……狂ったことない」

「いつからないの？」

「ここ、二カ月」

ちゃんと避妊はしていたはず。

まさかと思ったが……。

「具合は？」

「うん……何となく気持ち悪い時があったり」

「そっか……わかった！　明日、そっち行くから！」

「え？　だって、学校……」

「そんなこと言ってる場合じゃないだろ」

「でも……」

「夏子は迎えにこなくていいからね。直接、マンションへ行くから！」

「いいの？」

「当たり前だよ。電車の時刻がわかったら連絡するから、おとなしく待ってるんだぞ！」

「わかった……ほんと、ごめん……」

夏子は泣き声になった。

「泣かなくていいから」

「……うん」

「大丈夫だから！」

僕は、とにかく彼女の気を静めるのに精一杯だった。

後先のことより、まず、夏子が心配だった。電話を切った後、ひとりで悩んでいた時期があったであろう夏子を思うと、離れて生活している自分に腹が立った。夏子から連絡がなければ、夏子の様子さえわからない自分がいたから。仕方ない状況といえばそうだけれど、やはり無性に自分に腹が立って仕方なかった。

急いで、東京行きの準備を済ませ、次の日の朝一番の飛行機の時刻を調べて、すぐに夏子にはメールを入れた。

『十二時前には着くから』

僕が急に東京へ行くことになっても、親からは特に理由は聞かれなかった。たぶん、夏子に会いにいくのだろうくらいしか思っていなかったようだ。東京までの交通手段さえも聞かれず終まい。

「大学、大丈夫なの？」

受験勉強中の妹から、そう聞かれただけだった。

大学生ともなれば、大抵の男子の親はそんなものだろう。しかし新学期も始まったばかりだというのに……まして、夏子のところから帰ったばかりだというのに、うるさいことは言われなかった。これには、かなり助かった。まさか、「夏子が妊娠したらしくて」なんて言えない。まだ確定したわけでもなかったし。

夏子には出迎えはいいと言っていたので、僕は直接、夏子のマンションへ向かった。ずっと前に来たといったら、そういう感じ。つい最近といったら、昨日、通った道のようにも感じられた。

しかし、その時の自分は、あの春休みに夏子と歩き、見慣れた景色も、色もなく見えていた。

羽田から、何処でどう電車を乗り継いだのかさえ覚えていない。潜在意識の本能に頼っていたみたいだ。

夏子のマンションに着き、インターホンを鳴らした。ホール手前にロックのあるマンション。

「はい」と心なしか元気なく聞こえた夏子のインターホン越しの声と同時に、ガラスドアが開いた。

急いでホールに入り、エレベーターのボタンを押した。降りてくるエレベーターの時間がやけに長い時間に感じられていた。

やっとエレベーターが降りてきて、五階にある夏子の部屋へ急いだ。

玄関のインターホンを押す前にドアが開き、夏子が出てきた。

「加納君……」

そう言うと、僕に抱きついてきた。いつものような、「大好き!」という感じではなかった。さすがに、そのような状況ではない。玄関先で僕に抱きついたままの夏子だったので、「とにかく中へ」と言い、そのまま夏子の手を引いて、部屋の中へ連れていった。夏子の部屋だけれど。

リビングのソファに座らせ、僕はランダムに洋服などを詰めたボストンバッグを床に放り投げて、夏子の横へ座った。夏子は黙ってずっと下を向いたままだった。

「検査って……薬局とかに売ってるやつ……だよね？」

僕は唐突に聞いていた。

「うん」

「それって信用性はあるの？」

「確実……とは言えないと思うけど」

「そっか……」

そのまま、ふたりして黙ってしまった。

少しして夏子が口を開いた。

「たぶんね……あの日……だったと思う……」

「あの日？」

「……私のお誕生日」

「あ……」

僕は、あの日のことが鮮明に思い出されていた。

夏子と愛し合ったのはもう何回もあったけれど、あの日は特別だったから。

喧嘩をして、夏子の誕生花〝ソメイヨシノ〟を買ってきて……そして……。

もうすぐ離れ離れの生活に戻ってしまうと思うと、後先考えずに、ただ夢中で夏子を抱いていた。いつもはしている避妊もしていなかった。夢中すぎて……。

「病院、行ってみようか」

「もし……妊娠していたら……」

「どっちにしても、ちゃんと調べないと」

「そうだけど」

「どうするかは、それから……で」

僕がしっかりしなくてはと自分に言い聞かせていた。

「わからないままで心配だけしていても、夏子がまいっちゃうよ」

「うん……」

「体調だって良くないんでしょ?」

夏子は黙って頷いた。

「大丈夫だよ。どんな結果が出ても」

「加納君?」

夏子はソファに座ってから、初めて僕の顔を見た。

目には涙が溜まっている……というか、随分、泣き明かした感じの目だった。

「もし……もしも妊娠してたら、その時、ちゃんと考えよう」

「うん……わかった」

少しだけ笑顔を見せてくれた夏子だった。

「いつ、行く?」

「いつでも……」

「今から行く?」

たぶん、男にはわからない気持ちだったと思う。今、思えば強引だったかもしれない。

「心の準備が……って言っても……早い方がいいよね」

夏子は僕に問い掛けるように言ったが、自分にも言い聞かせているようだった。

「夏子の都合に合わせるから」

「だって……加納君だって、学校休んできてくれたんだし……そんなに長い間は」

「いつでもいいよ。夏子の気持ちが決まるまでいるから」

「ごめんね……明日でいい?」

「いいよ」

夏子は、そのまま下を向いてしまった。僕も黙って彼女の肩を抱いていた。

「怖いの……わかるから」

一言、そう言った僕の言葉に微かに頷いて、大粒の涙が彼女の膝の上にあった僕の手の甲に落ちた。

「大丈夫だから」

そう言って、僕は、ただ夏子の頭を撫でていた。本当は、かなり動揺していたのは僕自身もだったけれど……。

次の日、夏子と一緒に病院へ行った。産婦人科。当然のことながら、僕にとっては初めて足を踏み入れる場所だった。夏子も、想像がつかないくらいの緊張はしていたはず。僕も、検査結果とはまた違う意味で、相当、緊張していた。

周りを見ると、お腹が大きな女の人が幸せそうな顔で座っている。たぶん、数カ月したら、弟か妹ができるであろう小さな子供が、お母さんのお腹へ向かって何かを話し掛けている。それを見ている、その子のお母さんも幸せそうな笑顔だった。

少し遠くに男性の姿を見つけた。少し、安心したのも束の間。診察室から出てきた女の人が「二カ月だって!」と言うと、かなり嬉しそうなその男性。きっと彼女の旦那さんだったのだろう。

その光景を見ていた周りの妊婦さんたちも、何だか嬉しそう。

その場に居ながら僕と夏子だけが、別世界にいるように感じられた。

もちろん、妊娠した人だけではなかったかもしれない。僕たちと同じ状況の人もいたかもしれない。しかし、その時は、そのような〝幸せ色〟の光景しか目に入らなかった。

夏子の名前が呼ばれるまで、僕たちは、何も話さなかった。ただ、夏子の肩を抱いていただけの自分。周りから見たら、一目瞭然のふたり。〝予期せぬ妊娠〟のふたりに映っていたと思う。

夏子の名前が呼ばれた。

「じゃ、行ってくるね」

小声でそう言うと、夏子は軽く手を振り、少し無理したように笑って僕の方を見た。

僕も、精一杯の笑顔を返した……つもり。

夏子が診察室から出てくるまで、やはり僕の目には、周りの幸せそうな光景しか目に入ってこなかった。

『夏子が出てきたら、どんな顔をしたらいいだろう』

『妊娠していたら、何て言おう』

奥さんらしい女性の妊娠報告を受けた時の、少し前まで遠くにいた男性の嬉しそうな顔が目に浮かんだ。「二カ月だって」と言われたその男性は、再び、その女性と一緒に診察室へ入っていってしまったので、もうその場所にはいなかったけれど。

もし、夏子が同じような報告をしてきたら、僕は、あの男性と同じ表情で笑ってあげられるだろうか。その前に、夏子がどんな顔をして出てくるだろうか。市販の検査薬が100％の確率ではないということは、前日、ネットで調べた。かと言って、確率的には高い。〝覚え〟……もある。

『僕が笑ってあげないと！』

動揺した気持ちの中でも、そんな風に思っていた。もし妊娠していたら、今後、どうしたらよいかなんて、まだ考える余裕がなかった。とにかく、笑って……そのようなことばかりが頭にあった時間だった。

それから三十分ほどすると、夏子が診察室から出てきた。

無表情。

どっちだ！

夏子は、僕の横に座ると、耳元で言った。

「三カ月……だって」

それだけ言った夏子。

泣きそうな顔をしている。しかし、周りの人の手前、泣くわけにもいかなかったのだろう。僕だって、人生最大と言ってよいほどの〝冷静〟を装ったのだから。

「そっか」

僕としては、笑顔で返したつもり。夏子は黙って、彼女のお腹の方を見て、手でさすっていた。

「先生がね……」

不意に夏子が言った。

「どうしますか？　って」

「え？」

「私が独身で学生だから……」

「どうするって……」

頭の中で考えていなかった言葉だったので、不覚にも、それだけしか答えることができなかった。あれだけ、色々と考えていたのに！

「決まってるよね」

夏子の言葉。

「何……が……？」

「堕ろすって」

「いや！」

夏子の「堕ろす」という言葉に、つい否定の反応をしていた。

「加納君？」

「とにかくさ！まだ時間あるんだよな！」

やけに興奮した僕の言い方だったみたいだ。

「声が大きいって」

夏子に言われて気づいた。

「あ……ごめん……帰ってさ……きちんと考えようよ」

「でも……」

「こんな大事なこと、この場で決められることじゃないじゃんか！」

「声……」

夏子は周りを見ながらそう言っていたが、僕は周りのことなど、もう気になってはいなかった。とにかく、〝これから〟で頭がいっぱいだった。

「いいから！　先生には、また来ますって言ってきて！」

「うん……わかった」

夏子は、そう言うと、受付のところへ行って何かを話していた。たぶん、「また来ます」と。

病院を出た。

夏子がポツリと言った。

「ありがと」

僕は、そのような夏子を支えるように肩を抱き、タクシーを拾った。

「電車でいいのに……」

「ちゃんとわかったんだから、大事にしないと」

また、夏子が泣き出した。

「ありがと……」

〝あの日〟の出来事が、これからのふたりの未来を変えた。

二 現実の中の事実

マンションの部屋へ帰ると、夏子はキッチンへ。紅茶をいれているようだった。「手伝おうか?」と言った僕に、「待ってて」と言ったきり、リビングへ戻ってこなかった。具合でも悪いのかと思い、僕はキッチンへ行ってみた。すると、夏子は、透明のガラスのティーポットを見つめていた。

ティーポットの中では、紅茶の葉が浮いたり沈んだり。もう、かなり濃い色になっている。それを、カップに移そうとせずに、ただ黙って見つめていた。

「夏……」

そう声を掛けた瞬間、夏子の目に光るものが見えた。何かの反射かどうか、定かではなかったけれど……。そして、軽く、お腹のあたりをさすっていた。「三カ月だって」と言った時の、産婦人科で見た夏子がいた。

僕は、そのまま、声を掛けずにリビングに戻ってしまった。声を掛けられる感じではなかったのが本当のところ。

暫くすると、「遅くなっちゃった」と夏子が紅茶を持ってきた。あの濃い色をした紅茶ではない。いれ直したようだった。

隣で黙って紅茶をすすっている夏子。僕から声を掛けるべきか、夏子の言葉を待つべきか迷っていた。それから、カップをテーブルへ置くと、夏子が口を開いた。

「やっぱり……無理だよ」

「え……」

「だって、学生だよ、私たち」

「そうだけどさ」

「私はともかく、加納君は男の人だし、せっかく入った大学、私のために……なんてことになったりしたら」

僕が二度目に東京へ来た時や病院での夏子とは違い、かなり、凛とした感じで言った。何かを吹っ切った感じで。

しかし、「私のために」と言った夏子の言葉。僕は、それは受け入れることができなかった。子供ができたのは、夏子ひとりのことではない。僕が父親だ。それに、避妊しなかったのも自分。

夏子だけが決断することではない!

それに、女性が子供を堕ろしたりということは、身体の負担だけではなく、精神的にも、かなり悪影響がある。いくら自分が男だからといって、想像以上にわかる。それに、すぐ隣にいる夏子の中にいる子供は僕のDNAだって持っている!

どう考えても、「私のために」なんてことは、納得することはできない。「〝私たちの〟

ために」と言ったとしても納得できないことだったけれど。

ふたりの感情に任せた行動の結果、芽生えた命を、更にふたりの勝手な決断で消してしまうことなど、僕にはできなかった。たとえ、どのような未来が待っていようと！

「夏子」

「なに？」

「産みたくない？」

「え……？」

「夏子だって将来の夢とかあるんだろうし。夏子が産みたくないって言うなら、無理は言わない」

「……産みたくないなんて……それはないよ……でも、やっぱり……」

「やっぱり？」

「加納君は？　もし、この子が産まれてきたとしたら？　どうするの？」

即答はできなかった。

さっきわかったばかりの事実。夏子との結婚は、自分の中の将来設計には入っていたが、父親になるという覚悟は、まだ持てていなかったのも事実。夏子が言った通り、学生という身分であることも事実。

しかし、現実がここにある。ひとつの命がここにある。まだ、この世に存在していなくても、確かに夏子の中に命はある。そして、刻一刻と、その命は、この世に存在するために成長している。こうして話している間も。

「時間といっても、そんなに余裕はないけど、今ここで決めるのは避けよう」

「でも……」

「考えよう。一番いい方法をさ」

「いい方法？……あるの？」

「だから、ふたりで考えるんだよ」

「……」

「僕たちの子供だよ。そう簡単に……でしょ？」

「加納君」

「僕にとってはずっと夏子は夏子で、ずっと一緒にいるって約束したでしょ」

「……」

「だから、僕たちにとっても、お腹の子にとっても一番、良い方法を考えるんだよ」

夏子は、僕の胸に顔をうずめて泣いていた。一瞬だけ僕に見せた、凛とした夏子の姿は、そこにはなかった。「やっぱり無理だよ」と言った夏子は、かなり無理していたと感じていた。

その後、三日間、夏子と話し合った。本来なら、話し合うべきことではない。手放しで喜んで良いことのはず。逆に、まだ学生の身である僕たちが、たった三日で結論が出せるほど、簡単な出来事でもない。喜べるはずのことに喜ぶことができないという哀しすぎる現実はあった。それでも、決めなければならなかった。

僕は、布団に入っても浅い眠りの中、様々な思いが浮かんでいた。

夏子と出逢った時からのこと。

夏子の言葉。

夏子の仕草。

そして、僕の言葉や思い。

誓ったこと。

それこそ、走馬灯のように蘇ってきていた。しかも、鮮やかすぎる程に。

夏子が転校してきた一番の理由である、亡くなった彼……アンディさんのことを打ち明けてくれた時、噂で妊娠説が流れていた。

その時、夏子が言った言葉。

「まだ妊娠していた方がよかった」

「それは、彼が生きているっていうことだから」

当時の僕が、その言葉にショックを受けたことも鮮明に思い出された。しかし、今、こうして僕は生きていて、夏子の傍にいる現実がある。「無理」だとか「堕ろす」などと言いながら、自分のお腹を大切そうにさすっていた夏子。しかも、その時だけ穏やかな顔になっていた彼女を、僕は見逃してはいなかった。

お腹をさすりながら泣いていた夏子も見た。「産みたくないことはない！」そういう風に言った彼女もいる。

「私のために」僕がひっかかった言葉。「産みたいけれど、加納君の将来が」という意味に聞こえた。これは、勝手に感じたことだが、たぶん当たっていると思っていた。

正直、僕が大学を卒業して、きちんと就職して夏子を迎えようと思っていたことは事実だ。経済的なことや、その他のことを考えても、子供を育てるには、かなりの決意も勇気だっている。しかし、これは僕だけの考え。とはいえ、夏子も、それを思って発した言葉が「無理」という言葉だったとも思える。

そして、僕が、最終的に出した結論。

「ひとつの命を守るために、夏子も守る」

これは、アンディさんにも誓ったこと。自分自身にも誓ったこと。

学生であっても、社会人であっても、年齢がどうであっても、守るべきものは守らなくてはならない。

生意気なようだが、若いなりに、そう決意した。

人生で一番、大切な現実のひとつ……それに目を背けることは出来ない。経済的なことも、夏子が子供を産む環境も、彼女自身の将来も自分自身の将来も、僕なりに考えた結果だった。

そして、夏子に伝えた。

「ほんとに……産んでいいの？」

これが、夏子の答えだった。

やっぱり、彼女は産みたかったんだ。自分の出した答えは間違っていなかったと、夏子の安堵の表情を見て感じた。

「肝心なこと、聞いてなかった！」

「なに？」

「いつ？　予定日！」

「あ！　そうだ！　十二月二十日！」

「一番、肝心なことだよな」

「だよね。私も、言ってなかった」

そして、笑い合った。少しだけギコチナイ笑いだったが、それでも笑い合えた。

この事実と自分たちが出した答え。

先ずは、それぞれの親に伝えることにした。当然のこと。学生という身分であったが故、親に妊娠の事実を伝えることは、かなりの勇気が要ったわけであるが、〝逃げる〟などという概念は少したりともなかった。

夏子が、アメリカにいる父親へ連絡した。そして、夏子のお父さんが、急遽、帰国するということになったという。自分たちが出した結果が、彼女のお父さんに理解してもらえるかということは、僕にとっても、かなりの不安材料ではあったけれど……決心に背を向けないと誓った自分がいた。

夏子の話によると、彼女のお父さんが帰国するのが、次の週明けということだった。

あと四日ほど。僕は、そのまま夏子のところにいて、自分の親より、先ず、夏子のお父さんへ挨拶をしようと思っていた。夏子も、そのことには喜んでくれていた。

その間、夏子とは、特に話し合うことはしなかった。正直な自分の気持ちを、そのまま、彼女のお父さんに話そうと思っていたから。

結果、どうなろうと……。

今だから言えるが、殴られる覚悟までしていた。


夏子のお父さんの帰国の日。

夕方の便で成田着と聞いていた。時計の針が、朝から、やけにゆっくり動いているように見えていた。

『夏子はどう思っているんだろう……』

このようなことさえ、聞けずにいた。

夜の七時近くになり、ホールのインターホンが鳴った。

夏子がそれに出る時、僕は、わざとトイレに行った。冷や汗とか、わけのわからない喉の渇きとか、それは大変な状況になっていた自分。煙草は夏子の身体のことを思って禁煙していたが、その時だけ、トイレで吸った。高校の時に覚えた煙草。当然、胸を張って言えることではなかったけれど。

まさか、トイレから出て来ての初対面ということにもいかず、僕はリビングへ戻っていた。

そして、玄関のインターホンが鳴った。

いくら覚悟をしていたとはいえ、勝手に出てくる額の汗を拭う手も汗で濡れていた。

玄関を開ける音と同時に夏子の声。

「お帰りなさい！」

状況が状況なだけに、急遽帰国した夏子のお父さんであるのに、彼女は元気な明るい声をしていた。僕は、次なる言葉に聞き耳を立てていた。怒鳴るような声を想像していた。

「元気そうじゃないか」

あれ？　お父さんの声⁉

普通だ。

しかも、僕が勝手に想像していた父親像とは声が違っていた。物凄く穏やかな声と物言い。

「彼も来てるから」

夏子の声が聞こえた。

足音が近づいてくる。

僕といえば、〝まな板の上の鯉〟という気分になっていた。自分にリキを入れた。

リビングに夏子のお父さんが入ってきたと同時に、僕は、座っていたソファから立って一礼をした。

「はじめまして」

それしか言葉が出てこなかった。顔もまともに見ていない。

「ああ、加納君だったね。娘がお世話になっているそうで」

そう言った夏子のお父さんの言葉が、あまりに優しく穏やかで、僕は少し緊張が解けたような気がしていた。そして、やっと夏子のお父さんの顔を見ることができた。

かなりのイメージ違い！

勝手に想像していたとはいえ、もっと厳つい顔つきで、体格も凄く良いと思っていた。

ところが、何処かの流行りのドラマに出てくるような父親像みたいな……。背は高かったが、線が細くて、顔もスッとした感じの、かなりスマートな人だった。夏子に似ているような感じもした。もっとも、娘は父親に似るというから、それも頷けるけれど。

そのようなことを思って、たぶん、僕は夏子のお父さんを凝視していたのだろう。夏子とお父さん、ふたりが笑い出した。

「まぁまぁ、そんなに緊張しないで」

その声に我に返った。

「あ、す、すみません!」

「加納君たら」

夏子が、彼女のお父さんの横で笑っていた。

『夏子の笑い顔を見たのは、何日振りだろう……』

そのようなことを思っていると、何故かわからなかったが、ふと高校時代を思い出していた。

夏子が、僕のクラスに転校して来た日、彼女の存在があまりに眩しくて、ただ、ボーッとしていた自分がいた。そして、担任の声に我に返った自分がいた。その声に、思わず席を立っていて、クラスの連中から笑われた。夏子も、クスクスと笑っていた。あの時の光景と見事にシンクロした。

「やっぱり親子か……」

そう呟き掛けた時、「親子」という自分自身の言葉に反応していた。

「親になるのか……」

呟きかけた言葉を、そのような言葉に変えていた。

初めて、夏子のお父さんに会った時の挨拶とか、自己紹介とか、色々なことを考えていたはずなのに、夏子の笑顔のことを嬉しく思う気持ちが優先し、更には、高校時代にまで遡っていた。

笑顔。夏子の笑顔が僕の全てと感じていたのは高校時代から変わらずに自分の中に在り続け、このような事態になってもまだ、変わらずに大きな存在として僕の中に在り続けていると実感した瞬間でもあった。

守るべきもの。

夏子ひとりから、ふたりの命に変わっていた瞬間でもあった。

「パパ、緑茶がいいよね」

夏子がキッチンから、お茶を淹れてきた。

「そうだな。あっちじゃ、あまり飲めないからね」

「やっぱりね。パパの好きな玄米茶、買っておいたんだ」

「おや。嬉しいね」

普通の親子の会話。緊急事態に緊急帰国までした父親とは思えなかった。

それから、僕は簡単ながら自己紹介をして、本題に入ろうとした。僕から出た最初の言葉は「申し訳ございませんでした」という言葉だった。本当は、「大切なお嬢様に」をつけたかったけれど……。

「いやいや。君が謝ることじゃないから」

「え？」

「夏子からね、君のことは聞いていてね」

「はぁ……」

「高校時代から、すごく世話になったそうだね」

かなり、話が……。

「あの……」

僕は、本題を話す機会を失ってしまっていた。そのような自分を見て、夏子のお父さんが話し出してくれた。

「今回の件だけどね」

「は、はい！」

ソファに座っていたものの、気持ちは畳に正座し直した気分だった。

「君に直接会いたくて、帰国したんだよ」

そう言うと、夏子のお父さんは、お茶を一口飲んだ。

「素敵でしょ？」

隣に座っていた夏子が僕に寄り添って言った。よりによって父親の前で！　こんな時に、なんて大胆な！　僕は、夏子から少し身体を離した。それを見ていた、夏子のお父さんは優しく微笑んでいた。

「加納君には、娘から話してないのかな？」

「え？」

僕は、夏子を見た。夏子は、「言っていない」というようなジェスチャーをしていた。

「夏子から連絡もらって、妊娠したと聞いた時は、正直、驚いたよ」

「はい……すみません」

「いやいや。謝らなくていいんだよ」

「……？」

「私もね、妻が妊娠しての結婚だったんだよ」

「……そうだったんですか？」

「しかも、私が大学生。君と同い年」

そう言うと、夏子のお父さんは笑い出した。

「え？」

『マジですか？』なんて言葉が出そうだった。

「妻は、その時、高校生」

「へ？」

「というわけで、君を叱れる立場じゃないんだな」

夏子は、自分に対しては、かなり悩んでいてくれたが、父親の言葉に対しては笑っていた。

「学生という立場……手放しで褒められることでもないけれど、これぱかりはね」

「はぁ」

「加納君は、夏子のことを真剣に考えてくれているんだよね」

「はい！もちろんです！」

これだけは、かなり、ハッキリと答えることができた。今度は、〝気分〟ではなく、頭の中で自分が正座している絵図が描かれていた。

「やだ……パパ。だから、大学休んでまで来てくれて、パパが帰ってくるのを待っていてくれたんじゃない」

夏子が口を挟んだ。

「わかってるよ」

「真剣に考えて……夏子さんの将来も僕が責任持ちます！」

沢山ありすぎるほど、言うことを考えていた。しかし、結局は、自分の決意が、それに終結されてしまったようだった。

「私の時はね、妻の実家が資産家でね。学費とか生活費とか、全て、妻の実家で面倒をみてくれたんだよ。いわゆる、出世払いという形で」

「そうだったんですか」

「それで、私は大学院まで出ることができて、今の会社も興せて、感謝してもしきれないくらいでね」

「ですね」

「ただ……」

そこまで話してくれて、夏子のお父さんは、少し言葉を詰まらせた感じになった。それを察したのか、夏子が言った。

「何処まで言っていいかわからなくて、加納君に何も言わなかったんだけど……」

それから、夏子のお父さんが話を続けてくださった。

「夏子がまだ五歳の時だったな」

「はい……」

「私が大学院を卒業した時あたりから、妻の様子がおかしくなってね」

「……」

「家事とか、そういうことをしなくなってしまってね」

「身体とか悪かったんですか？」

「いや……たぶん、若くして子供ができたり、結婚したから……ね」

僕は、その意味がわかった。

「私も論文とかで忙しかったりで、あまり構ってやれなかったから、それもいけなかったんだけどね」

「でも……それは……」

「加納君を見ていると、自分とは違うとわかるし」

「いえ、そんなこと」

「覚悟とか……そういう意味かな。夏子から聞いたよ」

「……ありがとうございます」

夏子を見ると、かなり誇らし気な感じで、彼女の父親を見ていた。

『自分は、それに応えることができるんだろうか』

一瞬、一抹の不安のようなものが過ったが、夏子と子供を守るという誓いの決心に揺ぎはなかった。

「夏子も早くに母親と別れたから、そういう面では淋しい思いをさせてしまったが……」

「……」

「夏子は、きちんと責任を取れる子に育ってくれたと信じてるよ」

そう言った夏子のお父さんは、自分の若かりし日を思い出してか、夏子を思ってか、少し哀しそうな何とも言えないような表情を浮かべていた。しかし、その中に、これから親になろうとしている自分たちを見守ってくれるというような、強く優しい微笑みもあった。

僕は、その微笑みを見て、自分の決心に、さらに強さが増していくのを感じていた。

「夏子をよろしく頼むよ」

そう言って、僕の手を強く握った、夏子のお父さんだった。

「さて……で、問題だな」

「はい」

僕は、やっと本題に入った感じがしていた。

「幸い、私は裕福な生活を送れるくらいの援助はしてもらっていたが……」

「いえ！ 援助は！」

咄嗟にお父さんの言葉を遮っていた。

「いやいや。君はちゃんと大学は卒業しなさい」

「でも……」

「裕福とまではいかないが、君が大学を卒業するまでは、援助させてもらえないかな」

「……もらえないかな……なんて……とんでもないです！」

「もちろん、君が就職したら、ちゃんと返してもらうから」

夏子を見た。夏子も、自分の父親が、そのようなことを言ってくるとは想像していなかったみたいだ。かなり困惑した表情をしていた。僕にも、「叱られるかも」と言っていたくらいだったし。

「でも……ですね」

「君も頑固だね～」

「いや、あの……」

「ちゃんと返してもらうから。なんだったら、借用書、書いてもらうよ」

はっきり言って、僕にとっては、有り余る程の有難い話だった。ただ、自分の不注意のせいで起こってしまったこと。簡単には喜べなかった。そのような自分の気持ちを察してのことだったのか、夏子のお父さんは続けた。

「君が男として、援助だの何だのを拒みたい気持ちはわかるよ」

「それは……」

「ただね。私としては、君が無事に大学を卒業して、就職して、ずっと夏子と子供を守ってくれることが一番の望みなんだよ」

何となくだけれど、夏子のお父さんの目が潤んでいるように見えた。夏子は、僕の隣で涙していた。ずっとお腹をさすりながら。

僕は、夏子のお父さんの……というより、ご両親の過去を聞き、そして、最後に言ってくれた言葉を素直に受けたいと思った。

「わかりました。ありがとうございます。感謝いたします」

僕は、ありったけの気持ちで、そう答えた。

「これだけは言っておくが」

「はい！」

「今、私が話したこと。これで君を縛ろうとか、そういう意味ではないから。夏子や子供に対して、変に重たい責任を感じては駄目だよ」

「……」

「もちろん、良い意味での責任は感じてもらいたいよ」

「はい。約束します」

「現実は厳しいが、君は、その現実の中にある事実を受け止めることができると信じてるから」

「はい」

「夏子を頼むよ」

もう一度、僕の手を握って、今度は、夏子のお父さんが僕に頭を下げた。

夏子は、もう既に母親の顔をして、自分のお腹をさすって、優しく微笑みながら、綺麗な涙をこぼしていた。

僕は、その時、夏子のお父さんが言ったことを忘れたことはない。

その時の夏子の微笑み、涙を忘れたことはない。
今でも……。

三　新しい世界

自分が地元へ戻る時、夏子のお父さんも一緒に来てくれた。夏子は、自分も一緒にと言い張っていたが、電車に揺られるし、飛行機も無理な時期。つわりも辛そうだった。

そのようなわけで、夏子のお父さんと僕が実家へ行くことになった。夏子のお父さんが、僕の両親を説得してくださるという。そこまで頼ってよいものかとも思ったが、「是非に」と、かなり腰を低くして、そう言ってくださった夏子のお父さんだったので、甘えさせていただくことにしたのだった。

急に実家を飛び出し、東京へ向かった息子。その息子が、彼女の父親と帰郷したものだから、自分の両親は、戸惑いを隠し切れていなかったようだった。しかも、その理由が夏子の妊娠。これには、僕の両親は卒倒しそうになったらしい。無理もないが。

両親は、自分の息子が仕出かしたことに、ただただ、夏子のお父さんに頭を下げていた。その姿を見ると、さすがの自分も、両親に申し訳ない気持ちになっていた。夏子のお父さんは、東京で僕に接してくれたのと同じように、両親にも話をしてくれた。

想像するに、夏子のお父さんも自分の過去の話をすることは、かなり抵抗があったと思う。しかも相手は、娘の彼の親。それでも、毅然とした態度で臨んでくれていた。

僕は、そのような夏子のお父さんという人に、ひとりの人間として尊敬すら覚えた。自分もああいう大人になるのだと。初めて、具体的な誰かに対して、目標を持つことができた瞬間でもあった。

もちろん、自分の父親も尊敬はしていた。しかし、また違った意味の尊敬であり、肉親以外という意味でだ。

両親は、最初は、経済的なことや僕が学生ということでも、反対の様子を示していた。しかし、それも、夏子のお父さんの懸命な説得によって、次第に納得してくれていった。

ドラマなどで観る限り、娘が妊娠させられて、相手の親にクレームをつけてもよい状況。それにもかかわらず、その逆パターンが、実家で繰り広げられていたのだった。傍にいた妹も、それには、さすがに驚いたようだった。

「お兄ちゃん、凄い人が夏子さんのお父さんだったんだね！」

いつもは、何を考えているかわからないような感じの妹でさえ、そんな風に言っていたくらいだ。

ほぼ、一日かけて、話が決まった。

夏子は、大学は休学か退学ということで、僕の地元に来るということ。籍は、夏子が僕の地元に来てから入れるということ。僕の大学の学費は、今まで通り、うちの両親が。地元では、僕と一緒に住むということ。これは、両親と同居では、夏子が気を遣うと思った自分が判断したことだった。

噂……当然、立つだろう。構わない。夏子も承知していたことだし。

家の近くに借りる部屋は、親戚にマンションを持っている人がいたので、そこでお世話になるということ。もともとずっと空いていた部屋で、親戚も趣味みたいに大家をしているマンションだったので、家賃も安くしてくれたことで、これなら、自分がバイトをしたら、どうにかなるくらいだった。

生活費は、東京でも夏子のお父さんが援助してくれるということに決まっていた。しかし、夏子は帰国子女で英語が得意だったので、暫くは夏子が無理のない程度で英会話などを教えたり、自分のバイトで賄うつもりだと言っていた。

これは、後になってから夏子と話し合ったことではあるけれど、できるだけ自分たちの力で生活して、夏子のお父さんからの生活援助資金は極力貯金しておこうということにしたのだった。いざという時のために。

経済的なことは、援助をしてもらっておきながらムシのいい話。しかし、できるだけ頼りたくはなかったというプライドみたいな思いもあったと思う。

大学は奨学金制度を利用することにもした。夏子が東京にいたので、その間、めずらしく真面目に授業にも出席し勉強していた自分だった。奨学金を申し込むと、すぐに受理された。この時のことが決まっていたかのように……奇跡的だった。これで、少しはうちの両親の負担も減らすことができる。

あまりに衝撃的な事実が存在したのにもかかわらず、あまりに〝こと〟がスムーズに決まり進んでいった。自分自身のことにもかかわらず、スムーズすぎて何処か怖い気がしていた。

『……幸せが怖かった……』

以前、何かで聞いたことのあるフレーズを思い出した。

まさに、そのような感じだった。

夏子が安定期に入り、僕の地元に来る日が近づいてきた。

大学は、親たちの援助で通えているという意識からか、いつも以上に勉学に勤しんでいた。夏子も、お腹の子も順調だった。

七月になり、僕の大学が夏休みに入るとすぐ、借りたマンションに夏子の荷物が届いた。一通り、夏子の荷物を片づけ、その次の日、僕は東京へ夏子を迎えにいった。久し振りに見る夏子の姿。まだ、お腹の大きさは、あまり目立ってはいなかった。それでも、妊娠していることがわかるくらいには大きくなってる。

夏子のお腹に耳を当ててみた。父親であることを実感した。

「ここに、僕のＤＮＡが入っているんだ～」

「何、変なこと言ってんのよ」

父親になるというのに、何だか照れくさくて、そのような言い方をしていたものだった。

「だって、僕の子だし」

「だったら、私のＤＮＡだって入ってるし！」

「同じじゃん」

「もう！」

そう言いながらも、夏子は、本当に幸せそうに笑っていた。

「ふ～ん」

僕は、そのような表情を浮かべている夏子を見て言った。

「なに？」

「母親になるって、凄いなと」

「ん？」

「何処か違うんだよな」

顔とか、外見も目立って変わってはいなかった。しかし、何処か、貫禄というか落ち着きというか…… そのような感じを漂わせていた。それを言うのも、何だか照れくさかった。

変な自分。自分だって父親になるのに。

「加納君は相変わらずだよね」

「そう？　カッコよくなったとかないの？」

「ない！」

「即答かよ」

「あは。なったなった」

まるで、子供の会話だ。それでも、幸せな時間が流れていたことは確かな現実だった。

「ま、もうすぐ、父親の威厳を見せてやるからさ」

「期待してますわね」

ずっと、この幸せな時間が続くことを祈らずにはいられなかった。

既に夏子の荷物が運び出され、お父さんの家具だけが残った、以前よりガランとした夏子の部屋へ一泊し、医者の許可もあるということで、飛行機で地元へ戻った。電車より飛行機が得意とか言っていたので、夏子の希望を優先した。

離陸や着陸の時には、少し緊張しているような様子の夏子だったが、無事に地元へ到着。空港からは、少し距離があったがタクシーでマンションへ向かった。これから、夏子との新しい生活が始まる場所だった。

「懐かし〜！」

夏子は、異常にはしゃいでいた。

「これから、ずっとここで暮らすんだよね！」

「そうだね」

「嬉しい〜！」

「こんな田舎で……ほんとによかった？」

「もちろん！　加納君と子供と一緒だったら、何処でもいいよ！」

僕にとっての相変わらず愛しい夏子がすぐ隣にいた。

その日は大安だった。僕たちは、既に用意していた婚姻届を役所に提出に行った。何の漏れもなく、婚姻届はすぐに受理され、めでたく夫婦になった夏子と自分。役所の係の人から「おめでとうございます」と言われ、〝結婚した〟という実感が湧いた。

「加納夏子だって♪」

夏子は、自分のお腹に子供がいるというのに、ピョンピョン跳ねていた。

「こら！」

何だか、僕が夏子の親になった気分だ。

七月十八日。僕たちの結婚記念日になった。

これから広がる新しい世界が、僕たちの目の前にあった。

もう少ししたら、僕たち三人の——になる世界だった。

四．遠くの空

夏。僕たちふたりの生活が始まって、一カ月が経とうとしていた。

夏子にとっては初めての土地ではないにしても、久し振りの土地。しかも、今回は自分の奥さんとして……そして妊娠しての話。気になっていた噂も、それほどでもなかった。高校時代の夏子を知っている人も多く、既に自分と結婚していたわけで、人間性の部分や状況などでの変な噂が立つということはなかった。

高校の同級生で地元に残った友人たちと会ったり、夏子もリラックスしていたようだ。環境としては、東京の都心よりは良い環境だったかもしれない。自然とか、そういう意味だけれど。

夏子も、英語の先生の仕事をすると言っていた。しかし、これは夏子とお腹の子供が完全に安定してから自宅などで子供たちに教える程度でよいと思っていた。

夏子が自分と暮らし始めた時は、僕も大学が夏休みで、一緒にいることができる時間は多かった。あの春休みの時のような生活が再び……といった感じ。

違うといったら、僕がバイトへ行ったことくらいだった。

夏子のお父さんからの仕送りは、思った以上に多かった。その話をしてもらった時、「仕送りはいくらですか?」などとは到底、聞くこともできず、振り込みを確認して初めて知った次第。夏子も、その辺りは具体的には聞いていなかったようだった。「できるだけ貯金しよう」と話していたので、特に聞かずにいたらしい。

振り込まれていた金額は、三十万円。これでは、普通に大学を卒業して就職した以上だ。「裕福な……とまではいかないが」と言っていたお父さんだったが、裕福に生活できてしまう金額。「最初の月だからかな？」とも思ったが、その後、定額で振り込まれていた。

断るのも失礼かと、僕たちは、夏子のお父さんに感謝しながら、密かに貯金にまわしていた。自分も、父親になる身。大学の試験があろうと、何があろうと、バイトだけは減らすことなく頑張ったつもり。

夏子のことは口コミで広がったらしく、英会話を習いたいという地元の年配の人まで生徒にいたくらいだった。

贅沢はできないまでも、節約しながら、平穏な生活を送っていた。節約も、やってみればなかなか楽しいものだった。夏子も、そのような意識は初めてだったらしく、何かと工夫しては節約していたが、新しい節約の方法などを考えついたとか、けっこう楽しそうだった。浮いたお金などあると、たとえ百円でも喜んでいた。こういう楽しみもあるのだと、自分自身、新たな発見の連続でもあった。

夏子のお父さんからの仕送りも、全て貯金していたため、別口座でつくった〝それ〟用の通帳にも、どんどん残高が増えていった。大学生という身ではあったが、家庭生活の楽しさみたいなものを人より早く経験できたことは、かなりの刺激だった。

それに加え、自分で気づくくらい、父親になる意識にも向上が見られたくらいだった。

大学へ行くと、親友の小野からは、決まって「パパ」と自分を呼んでは、からかって遊ばれていた。それでも、真剣な顔をして、「変わったよな～」とも連発していたものだ。


久し振りに、バイトもなく、朝から家にいた時があった。

午後も夕方近くなった頃。僕は夏子が東京の部屋から持ってきたソファに座って、音楽雑誌を読んでいた。

「一緒に初雪が見たいな」

窓際に置いてある観葉植物の手入れをしていた夏子がポツリと呟いた。

夏子の方を見ると、遠い目をして窓の外を見ながら独り言のように呟いていた。そのような夏子の姿は、僕の目には、〝いつか見た風景〟のように映っていた。

「雪？」

「うん。初雪」

当たり前のような口振りでそれだけ言うと、白い手で触っていた観葉植物を、今度は愛おしそうに撫でていた。

「雪なら嫌っていうほど一緒に見れるだろ？」

「初雪が見たいの」

少し拗ねたような夏子の口調。そして、僕をちょっと意地悪そうな目で睨んだ。

冬になると、辺り一面が真っ白な雪化粧となる、この土地。そこに住んでいた僕たちにとっては、雪や雪景色は見慣れた光景だったはず。夏子の言っている意味がわからなかった僕は、たぶん、訝しげな顔をしていたと思う。

「今度の冬までの宿題！」

僕の隣に来て座った夏子は、僕の読んでいた雑誌を取り上げ、今度はトビキリの笑顔で、そう言った。

「初雪か……」

僕も、何気に独り言。

「初雪、この子も一緒に見られるかな？」

僕は、夏子の大きく目立ち始めたお腹を触りながら言った。

「だったら、もっといいね～」

夏子は、まるで、お腹の中の子供に話し掛けるようにも、そう言っていた。

「親子三人だね～」

続けて僕も、子供に話し掛けた。

「家族だね！」

急に夏子が声を高くして言った。それは嬉しそうに。

「そう。家族だね」

「予定日、早まらないかな」

「どうして?」

「クリスマスに、家族三人がいたらいいなって」

「だって、二十日でしょ?」

「予定日通りだったら、まだ入院してるよ」

「そっか……。でも家族三人にはなってるよ」

「お家でお祝いしたいじゃない」

「まぁね……それに越したことはないけど」

「でしょ?」

そう言うと、夏子は、また大きいお腹をさすっていた。

僕は、夏子が幼くして母親と別れたことを思い出していた。夏子のお父さんも、その後、再婚することもなく、男手ひとつで夏子を育てたと言っていた。当時、会社を興したお父さんも忙しかったに違いない。

『きっと、毎年、淋しいクリスマスだったんだろうな』

ふと、そのような思いが頭をかすめた。

「よし！　予定日が、ちょっとだけ早まるように祈ろう！」

そう言った僕に、夏子は、更に嬉しそうな笑顔を向けてくれた。その笑顔に、遠距離恋愛をしていた時に、よく夏子が言っていた言葉を思い出していた。

「一日に二回寝たら、二日ずつ過ぎていかないかな〜」

上手いこと言うなと、その言葉に大きく頷いていたものだった。

そして、その時は、自分の子供に一日でも早く会いたいという気持ちと、家族で初雪を見たいという夏子の夢を叶えたい自分が共存し、心の中で、夏子と同じ言葉を数字を換えて呟いていた。

「一日に三回寝たら、三日ずつ過ぎていきますように……」

しかし、一方で、夏子が「初雪が見たい」と言った時、遠い空を見つめていた姿が少し気にはなった。それまで、何度も同じ姿を見たことがあったから。その度に僕は思っていた。「遠くへ行くなよ」と。

遠い空が夏子を呼んでいるような、妙な感覚を覚えていた。

一緒に暮らし始めてからは、夏子が遠い空を見つめていても、それほど妙な感覚はなくなっていたが、やはり、多少なり気にはなっていたことは否めない。

時々、ふと空を見上げている夏子。何を思っていたのか……。

僕も立ち入れない、様々な思いを抱えていた彼女自身が存在していたのかもしれない。

僕が、家族や友達とともにお気楽に過ごしていた頃、夏子は辛い経験ばかりだったろうから。高校生の時から、クラスの女子とは何処か違う雰囲気を持っていたということも、夏子のお父さんから夏子の生い立ちを聞いた時点でその理由がわかった気がしていた。

外見では、東京のお嬢様的な感じで華やかで、何の悩みもないように見られる夏子が抱えていた奥深いところに存在していた〝もの〟により、我慢することに慣れていたり、落ち着いていたり、考えが大人だったりしたことも頷ける。

少し突けば壊れそうだったりするところは、たぶん、ごく親しい身近な人にしかわからない部分であることも。

〝家族で〟ということは、それは、夏子にとって人並み以上に特別なものなのだろうとも感じていた。夏子が人より〝家族〟というものを大切に思っているなら、それを守るのが僕の役目だ。

「もう、哀しい思いはさせないから」

以前も夏子に対して思った気持ちが蘇った時間でもあった。

少し開けていた窓からは、まだ生暖かい風が入り込んできていた夏の終わりの午後だった。

五．再びの秋

「ねぇねぇ！」

夏子が興奮したように呼んでいた。と言っても、嬉しそうな声。

「なに？」

「もうすぐ、私たちが初めて逢った季節！」

「あ、そうだ！」

「また、コスモスの丘が見られるね！」

「だね～」

僕は、夏子が転校してきた日のことや、初めてふたりで行ったコスモスの丘などを思い出して、ニヤついていたみたいだ。

「あ！」

「今度は何！」

「また、エッチな想像してたでしょ」

「はい？」

「やだな～。もうすぐパパになる人が。ね～」

夏子は、かなり大きく目立ってきたお腹へ向かって、笑いながら言っていた。

「そういう想像する方がエッチじゃんか」

「あつ〜い接吻とか、あつ〜い抱擁とかね〜。いっぱいあったし」

「接吻、抱擁って……文学的だね〜」

「同じエッチでも、胎教にいいから」

「なんだ？　それ」

「パパみたいにエッチにならないように、今から教育するの」

「コスモスの丘からエッチにならない胎教って、どうやって結びつけるのさ」

「ん？　パパのＤＮＡ受け継いでるらしいしね〜」

夏子は、また、自分のお腹の子供に話し掛けるような仕草をした。

「会話になってないし」

ちょっと呆れたように言った僕に夏子は大笑いしている。

「コスモスの丘から、お付き合いが始まったみたいなものだしね」

「だったら、ママのエッチなＤＮＡだって受け継いでるでしょうが」

「私、普通だもん」

「あれ？　あの、高校の屋上でのあつ〜い熱烈キス……じゃないか。接吻は？」

「スキンシップ」

「口が減らないママだね〜」

今度は、僕が、夏子のお腹に向かって話し掛けた。

そのような、ささやかながらも、大きな幸せが僕たちを包んでいた季節だった。

「コスモス、咲いたら行こうね」

高校時代に僕から誘った時を思い出していた。

「うん！ いつかな～」

「もうすぐ咲くよ」

高校の時にふたりで行った時、夏子が僕の歩調に合わせていたらしく、息切れをしていたことも思い出した。

「今度は、ゆっくり歩くから」

「優しいパパだね～、エッチだけど」

また、夏子がお腹の子に向かってそう言って笑っていた。

「エッチは余計だって」

「あらま」

「そんなにこの子に『エッチ、エッチ』って言ってたら、最初の言葉が『ママ』じゃなくて、『エッチ』になっちゃうかもよ」

自分でそう言いながら、その時の光景を想像すると吹き出しそうだった。

「それは、いや！」

「でしょ?」

夏子は、突然、僕に寄り添って、頬にキスしてきた。

「スキンシップ」

少し照れたようにそう言うと、「ご飯つくってくるね♪」とキッチンの方へ立っていった。

その後ろ姿を見た僕は、夏子と暮らしていることを、心から幸せに感じていた。

思えば、初めてコスモスの丘へ行った時は、まさか夏子が自分の奥さんになるとは、想像もしていなかった。もっと言えば、まだ二年しか経っていない。遠い過去と思えたことは、実は、まだそれほど、遠い過去ではなかった。というか、最近と言った方がよいくらいだ。

時間の流れと現実の出来事が、頭の中で、比例されていない状態の自分だった。

「幸せボケか?」

夏子のお父さんからも、仕送り以外にも、よくメールが入っていた。夏子の身体と子供のことが気になって仕方なかったみたいだ。僕のことは、信用してくれていたようで、特に心配するようなことは書かれていなかった。安心したような、少し淋しいような複雑な気持ちにはなったが、時々緩みそうになる僕の気持ちを逆に引き締めてくださった。

夏子も、近くに住む自分の両親とも仲良くやっていてくれていた。もっとも、両親は最初から夏子のことは気に入っており、いつも「ああいう人がお嫁さんになってくれたらね

〜」などと言っていたくらいだった。妹も、「夏子さんがお姉さんになってほしいから」と、クリスマスプレゼントに協力してくれたほどだったし。

順番が逆になったり、時期が早かったりしたけれど、結果的に自分の家族は、かなりの歓迎ムードで夏子を迎え入れてくれていた。

コスモスの丘は、自宅から大学までとは逆方面だったが、授業の帰りに寄ってみていた。一面がピンク色に染まるまでは、まだ数週間はかかりそうだった。毎年見ていた時期からしても、まだ早い時期。ただ、その年は、例年に比べて暖かい秋だった。いつもの年なら、朝晩はけっこう冷え込んでいた。昼間も曇り空だったりすると、軽いコートなどを着たいくらい。

しかしその年は、朝晩もそれほど冷え込むこともなく、昼間も暖かい日が続いていた。夏子の身体を考えると、かなりラッキーと思っていた自分がいたので、確かな記憶だ。

そのようなわけで、もしかしたら、例年よりも早く、あの丘も一気にピンク色に染まる可能性大だった。

僕は、その頃、一日おきくらいにコスモスの丘をチェックしに行っていた。夏子のためもあったが、お腹の子供のためもあったのかもしれない。まだ、会ったことがない我が子にも、母親の記憶として残してやりたかったという気持ちがあったと思う。

十月の終わりの頃。

何かの用事で母校の高校へ行った時に見えたコスモスの丘が、ほぼピンクに染まっていた。確か、その前の日に立ち寄った時には、〝ほぼ〟とは言い難いくらいのピンク色だったはず。

あの懐かしい記憶が蘇った瞬間！

やはり、例年と比べると、ある種の異常気象みたいだった。ニュースでも、そのようなことも言っていたような……僕は、急いで家に帰った。

「おかえり～♪」

玄関のドアを開けると、夏子が抱きついてきた。「いつまでたっても……だな……」なんて、ニヤついている場合じゃない！

「体調どう？」

いきなりの僕の質問に夏子は、「え？」というような顔をした。

「どうって？」

「悪くない？」

「どうしたの？ 急に」

「あ……そうだった！」

「なによ～」

夏子が笑い出した。

「いや！　そうじゃなくて！」

何、焦ってんだ？　自分。

「コスモスの丘。ピンクになってた！」

「そうなの？」

「ちょっと用事があって高校へ行ったらさ！　なってた！」

「前は十一月半ばだったよね？」

「昨日、見た時は、まだだったんだけどな……」

「昨日？　昨日もそっち方面に行ったの？」

「え？　あ！　やば！」

実は、夏子には、自分がコスモスの丘へチェックしに行っていることは隠していた。何となく恥ずかしかったこともあったが、突然、知らせて驚かそうとも密かにたくらんでいた。

カワイイ自分が復活！

「もしかして……」

そう言いかけた夏子の言葉は予測できたので、慌てて「明日さ」なんて言葉を出していた。

「明日？」

「行ける？」

「行く！」

何だか、早いテンポの掛け合い漫才でもしているような会話。僕は、そっちの会話のテンポに笑ってしまった。

次の日が、ちょうど大学の午後からの授業がなかったので、これも、タイミングがよかった。何しろ、物凄く勉学に勤しんでいた自分だったから、授業をサボることはできなかったし。

そう言えば……。高校の時、初めて夏子とコスモスの丘へ行った時も、午後からの授業がない時だった。その時、天が味方してくれたことも思い出した。大雨だったはずが快晴。もしかしたら、あの時、天が味方してくれたのは、もう既に夏子と自分のことを暗示してくれていたのかとさえ思えていた。

「明日も晴れるといいね」

夏子が言った。

「明日も……」

夏子も、当時のことを覚えてくれているような言い方だった。ふたりの秋が、再び巡ってきた感覚。

「晴れるといいね」
これから、何度、その言葉を聞けるのかと、ふと、思っていた。

季節ごとに、その顔を変える風景たち。
夏子と見る、それぞれの風景。
君との季節は始まったばかり。
この先、君との季節が何度巡ってくるのか……。
〝永遠〟という言葉が存在するなら、それが現実であってほしいと。

夏子……君との季節が永遠に続きますように……。

第六章　繋がれた想い

永遠にと願っていた想いがあった
その想いはずっとずっと繋がれて
君と共に僕の隣にあるものと信じていた

一．同化と残骸

高校の時、夏子と行ったコスモスの丘。

たった二年前の出来事。それにもかかわらず、その年に夏子と行ったコスモスの丘は、やけに懐かしく感じられた。

もう、誰が見ても妊婦とわかるくらい、お腹が大きくなっていた夏子。僕は、そのような夏子の手を取って、かなりゆっくりと歩いていた。

前の日。夏子の嬉しそうな姿があった。

「明日、何、着ていこうかな～」

「近くなんだから、普段着でいいよ」

「だって、久し振りのデートだしね。妊婦でも、ちゃんとお洒落はしたいの！」

「そっか」

クローゼットから、ピンクのワンピースを出した。もともと痩せていた夏子は、二サイズくらい上の普通服がマタニティドレスになっていたようだった。

「これなんか、どう？」

ワンピースを当てて見せた。

「可愛いよ」

「それだけ？」

「すっごく可愛い」

「もう！」

僕は、夏子がちょっと拗ねる姿を見るのが好きだった。だから、いつもからかっては遊んでいたから、こんな感じの日常。自分は、小野から遊ばれていたけれど。

「ピンクだと同化しちゃうかな」

拗ねながらも、あれこれと洋服を選んでいる。

「あの丘のピンクとは違うピンク色だから、いいんじゃない？」

「え？」

「なんだよ」

「珍しく、真面目に答えてくれたから」

「はは」

「じゃ、ご褒美に、明日はお弁当作っておくから。コスモスの中でお昼にしようね」

「いいね～」

「楽しみにしててね♪」

次の日。コスモスの丘の入り口に着いた。

マンションから歩いて二十分くらい。緩やかな坂道で、手を引いていた夏子の重みが腕に伝わってきた。後ろを向くと、前の日に悩み抜いて結局、最初に決めたピンクのワンピースを着た夏子が笑っていた。

「大丈夫？　辛い？」

「大丈夫だよ」

「もうちょっと、ゆっくり歩こうか？」

「平気平気！」

「そう？」

夏子の笑顔に安心した。しかし、高校の時に行った一番上まではやめておいた。うっすらと額に汗が滲んでいる夏子を見たので、途中までにしたのだった。

「大丈夫だって」

「いつだって来られるんだから。今日は、ここまでにしておこう」

「うん……わかった」

夏子は、子供みたいな感じで、しぶしぶ返事をしていた。これから、夏子が母親になるというのに。また笑いが出てしまった。

「あ！」

突然、夏子が前方を指さして叫んだ。

「なに？」

「見つけちゃった！」

「何を？」

「ベンチ。覚えてない？」

忘れるはずがない。コスモスに覆われて、パッと見では気づかないところにあったベンチ。初めて夏子と来た時、座ったベンチだ。

「もちろん覚えてるよ。ここでお昼にする？」

「うん！」

相変わらずコスモスが頭の上から覆いかぶさるようになっている。それをちょっとどかして、ふたりして座った。隣に座っている夏子は、バスケットを開けていた。前の日に、「ご褒美に」と言っていたお弁当を出していた。

その時、僕は高校時代にこのコスモスの丘で、夏子が遠い空を見上げていた姿を思い出していた。

転校してきたばかりの夏子のその姿が、凄く綺麗で儚くて、何処かに飛んでいってしまいそうな錯覚さえ覚えていたことも、まだ記憶に新しかった。やはり、遠くない過去の出来事だったと思えていた。

夏子がバスケットから、おにぎりやおかずなどを出している間、僕は、ベンチから立って、かつて夏子が眺めていた空に向かって、両手を上げて伸びをしていた。

ガタッ！

背後で、何かが崩れるような音がした。慌てて振り返ると、夏子がバスケットを落としてしまっていた。ひっくり返ったバスケットから、お弁当と言って作ってきてくれていた色彩々の惣菜などが、地面に散らばっていた。お腹が大きいせいか、それを拾うのも大変な夏子の様子。

「おっちょこちょいだな～」

僕は、そう言いながら、落ちたバスケットや中身を拾おうとしゃがんだ。

「ごめんね～……せっかく作ったのに」

「どうか……した？」

落ちたものを拾いながら夏子を見上げた時、彼女の顔色が良くないように見えた。

「どうして？」

「なんとなく……お腹も大きいし」

「どうもしないよ。手が滑っただけ。ちょっと自由が利かなくて」

「なら、いいけど……」

夏子の「どうもしないよ」という言葉を聞いて、「顔色が悪いから」と言うことは避けた。本当に何でもないなら、夏子が余計な心配をしないようにと思ったから。

「お昼、どうしようか……」

申し訳なさそうに言った夏子。

「食欲ありそうだから、大丈夫か……」

小声で言ったことに夏子が「え？」と言っていた。

「妊婦さんてふたり分、食べるんだっけ？」

「なんでよ」

「食欲、大ありだからさ」

「まぁね」

夏子が、いつもの感じで笑っていたので、内心、ホッとしていた。

「せっかくだから、ここで食べたいよね」

「だよね」

「コンビニで何か買ってくるよ」

「ごめんね」

「焼き肉弁当、ふたり分だっけ？」

「もう！」

夏子をコスモスの丘に残して、近くのコンビニへ走って行った。何が良いか聞かなかったので、サンドウィッチとか適当に買った。一応、〝焼き肉弁当〟も買ったけれど。

少し遠くから、ベンチに座って空を眺めている夏子の姿が目に入った。

また、あの感覚……着ていたピンクのワンピースが周りのコスモスに同化して、その中に溶けていってしまう感覚。あの、高校の時、何処かへ飛んでいってしまうと思った夏子が、今度はコスモスに溶けていく……何故か、漠然と恐かった。

夏子が作ったお弁当が残骸のように地面に落ちていた光景が脳裏をかすめていた。その横にバスケットが転がっていて……その光景が頭に浮かんだ時、一瞬、寒気を覚えた自分だった。本当に何故だかわからなかったけれど。

僕が戻ると、「本当に焼き肉弁当、買ってきてるし！」とケラケラと笑っている夏子。その笑い声に、ついさっきまでの〝恐怖〟に近い感覚は消えていた。

『あの感覚はなんだったんだろう』

どう考えても、自分でもわからなかった。

秋の風が僕を感傷的にさせていただけならいいけれど……

二　生命の響き

それからも普段通りの生活を送っていた。夏子には、仕事だけは強引に辞めさせたけれど。

コスモスの丘で感じた、言い知れぬ〝恐怖〟とか〝不安〟が、気持ちの何処かに残っていた自分。出産間近の夏子に負担をかけることだけは避けたかった。

僕も、冬休み前に、少しのレポートがあっただけだったので、できるだけ夏子の傍にいるようにした。

バイトは十二月は休んだ。ベビーベッドや洋服、玩具とか、産まれてくる子供のための物も買い集めていた時期。僕達が自力で貯めた貯金もたった半年だったが、予定よりも貯まっていた。お父さんからのお金は使わずに済みそうだったので、これは夏子と相談して、結婚式の費用や、産まれてくる我が子へとまわさせてもらうことにしていた。

ベビー用品を買いに行った時は、夏子も、それは楽しそうに選んでいた。男の子だとか女の子だとか言っては、色選びに夢中になっていたり、洋服のサイズを一生懸命に店員さんに聞いたりしている夏子は、もう既に母親の顔になっていた。その姿を見ている僕も、楽しかった。

父親になるという実感もあったが、夏子が僕の奥さんだということが更に実感として湧き、幸せの絶頂と言っても過言ではなかった。

これから産まれてくる子供の姿を想像しては、夏子と色々なものを物色していたものだ。普通の会社勤めをしていたら、仕事を休むなどできない。学生の身であるが故、許された現実。だからこそ、その現実に甘えてはいけないと、普段以上に節約もした。夏子の精神的負担にならない程度に。

外で吸っていた煙草もキッパリやめた。煙草代を浮かせたり、自分ひとりの時は、できるだけ乗り物に乗らないとか。意外とお洒落だったと思う自分もいたが、その年は洋服は買わなかったり。

そのような当然のことくらいしかできなかったけれど、自分なりに努力はしていた。

夏子からは、仕送りに頼っていない事実を彼女のお父さんに話すことを止められていた。娘としての気持ちだったのだろうか……もしかしたら、自分に気を遣って？　夏子の真意というものはわからなかったが、それに従っていた。

しかし、僕は、夏子の出産前に、事実を話すことにした。メールでは失礼なので、せめて電話で。節約中の自分たちにとっては、国際電話代は大きかったが、それは当然、別。それまで自分だけの思いで夏子に経済的な負担をかけていた自分なりの誠意のつもりだった。

「夏子と決めたことなら、私は何も言わないよ」

またもや、想像していた言葉とは違ったお父さんの言葉。

「しっかり貯金していたなら、それはそれで立派だよ」

「そう言っていただけると……」

「若い人が、堅実に貯金とかは難しいのに、よくやってくれたよ」

「いえ……当然のことで」

「その当然が、なかなかできないんだよな」

いつも、夏子のお父さんには頭が下がる思いだった。

「私には言うなって、夏子が言ったんだろ？」

「まぁ……そんな感じで」

「あの子は、私に心配かけないことが親孝行と思い込んでいるからね。親としては淋しい時もあるけれどね」

お父さんの話から、やっと夏子の真意が見えた。

笑いながら言ったお父さんではあったが、胸中は複雑だったに違いない。本当は、母親がいない分も、一人娘の出産の時くらいは自分が傍にいてあげたいと思っているはずだ。僕だって、もうじき父親になる。もし、産まれてきた子が女の子だったら、お嫁にだって出したくなくなりそうだ。

「あの……お父さんは日本へは……？」

「予定日くらいに帰れるように都合つけるから。それまで、夏子を頼むよ」

夏子のお父さんから、「夏子を頼む」と言われたこと……もう何回目だろう。それを思っても、やはり父親の気持ちは痛いほどわかっていた。

「わかりました。任せてください！」

それだけしか言えなかった。それが全てだったから。

十二月に入って、少ししてから、夏子が窓辺で外を見ていた。いつもの〝遠い空〟を見つめている感じではない。

「ねぇ……今年、まだ雪、降らないのかな」

不意に、僕を見て言った。

「そうだね……まだ降らないかな」

「でも、降る時もあるんだよね？ 高校の時は、確か、早くに降ったよね？」

「年によってはね」

「今年、あったかいんだっけ？」

「そうみたい」

「見たかったな……」そう言うと、また、窓の外を見つめていた。

「見たかったって。過去形かよ」

「あ……そっか……変だよね」

「めっちゃ変」

「あらら」

夏子は笑っていたが、その笑顔が、何処となく哀し気に感じられた。

「今は降らなくても、今年中には絶対に見られるから」

例年の予測。これは間違いない。

「うん……」

「初雪が見たいんだっけ？」

「そう！　一緒に」

夏子は、いきなり元気な声になった。

「だったら見られるじゃん」

「そうなんだけどね」

「なに？」

「初雪の日に、分娩室にいたら、見られないよ」

「可能性がないわけでもないか」

「でしょ！」

更に大きな声。

「でもさ。もしかしたら三人で見られるかもよ。今年、遅そうだし」

「そっか！　だったらいい！」

雪のこととなると、いつも子供になる夏子だった。

「産まれるのが、ちょっと早かったらクリスマスだって、家で三人じゃん」

「だよね！　楽しみ～！」

「早かったらだよ」

「お祈りしてるし！」

「全く……恐く……ないの？」

「何が？」

トボケているのか本気なのか……夏子はあっけらかんとしていた。

「何がってさ。ものすご～く痛いんでしょ？」

「陣痛？」

「そうそう」

「知らないけど、痛いという噂」

「噂ってさ……」

「何でも、人間の三大激痛の第一位らしい！」

まるで、学者とか解説者になったような言い方をして、ケラケラと笑っている夏子だった。

『マジで恐くないのかな』

「加納君との子供だからね。耐えてみせるよ」

けな気というか、イジラシイというか……そのような夏子を後ろから抱きしめた。

「大丈夫だよ」

夏子は、小さい声でそう言うと、僕の腕をギュッと握りしめた。

『やっぱり恐いんだよな』

「頑張れよ」と言った僕に、微かにうなずいていた。


十二月二十日。午前一時を少しまわった頃。突然、夏子の陣痛が始まった。

「いた〜っ！」

その声で目が覚めた。

「夏子？」

「いたたたた！」

「産まれるの？」

「……みた……い」

ジャスト予定日。

夏子の希望通り、出産が早まることはなかったが、母体や子供にとっては良いことと、男ながらに瞬間、思っていた。

「今、車、出すから！」

何かあった時のために、実家から車を持ってきていた。車のキーを取りにいこうとすると、「加納君」と、夏子のかなりか細い声が聞こえた。いつもは、「パパ」を連発しているのに、加納君って……。そのようなことは何故か冷静に思えていたが、もう一方では、かなり焦っていた。

「なに？」

僕は、夏子の方に背を向けたまま、車のキーを取ったり、クローゼットの中のコートを出そうとアタフタしていた。

「破水しちゃったみたい……」

さらに弱々しい声。

「破水？」

その言葉を聞いて、ビクッとして、夏子の方を向くことすらできないでいた。その知識は、夏子と通っていたマタニティ教室で習っていた。男など情けないと思っている暇もないほど、僕は気が動転してしまっていた。

「どうしたらいいの？」

たぶん、かなり大きな声で夏子に言ったと思う。

「救急車、呼んで」

「あ、救急車！　だよね！」

携帯を取り出そうにも、手が震えてポケットも見つからない。

いる。

「焦らなくて大丈夫だから」

そのような僕を見てか、今度は、しっかりとした夏子の声。逆に自分が助けてもらっている。

「落ち着け！　自分！」

そう自分に叫んだ瞬間、ふと我に返り、かなり頑張って冷静さを取り戻し、家の電話で救急車を呼んだ。かろうじて、一一九番ということは覚えていたようだ。

ほどなくして救急車が到着した。隣の部屋の人はまだ起きていたみたいで、その騒ぎに玄関から出てきた。

「産まれるの？」

「はい。行ってきます！」

「頑張って！」

「ありがとうございます」

「夏子ちゃん！　しっかりね！」

担架に乗せられた夏子に向かっても、そう言ってくれた。

「はい……ありがとう……ございます」

気丈に答えていた夏子だったが、額には大粒の汗をかいている。僕は、夏子の手をしっかりと握っていた。それを握り返して来る夏子の手も、びっしょりと汗に濡れていた。

病院に着くと、既に、分娩の準備が始まっていた。

救急車の中でも、夏子は「いたたたた！」とは言っていた。しかし、よくテレビのドラマなどで目にする出産シーンの妊婦さんのように、大きな声は出してはいなかった。

「我慢しなくていいんだよ」

救急隊員の人も僕もそう言ったが、夏子は「頑張る」と言って、必死に歯をくいしばっていた。汗が救急車の中の簡易ベッドのシーツまで濡らしていた。

病院へ着くと夏子は、そのまま分娩室へ運ばれた。

初産は陣痛が長いので、すぐに分娩室ということはないと、夏子からもマタニティ教室でも聞いていた。しかし、破水したために医療器材が整っているところへ運ばれたのだと、その時は単純にそう思っていた。

本来は、出産に立ち合うはずだった。

夏子が分娩室へ運ばれてから暫くすると、僕は夏子の主治医から呼ばれ、分娩に立ち合う先生方を紹介された。

かなり異例っぽかった。

産婦人科・小児科・循環器科・外科・麻酔科の先生を紹介された。

『どうして、こんなにたくさんの科目の先生がいるんだ？』

知識が乏しい自分でも、それなりの不自然さは感じた。

「奥さんに、ちょっと不整脈が見られましてね」

「不整脈？」

「救急車の中で採っていた心電図に見られまして」

「はぁ……」

「採っていた時間も短かったですし、妊婦さんには、たまにあることなんですけどね」

循環器の先生の話によると、妊娠すると、ホルモンバランスが狂ったり、体重の増加などで心臓に負担がかかるため、そういうケースもあるということだった。

「……そのようなわけですので、ご主人は立ち合うことができませんが……よろしいですか？」

僕の隣にいた担当の看護師さんが言った。

承諾の一応な返事はしたものの、そのようなわけ……いや、その前を聞いていなかった。

『何やってんだ！』心の中で、自分自身に怒鳴っていた。

後で聞いた話によると……。

不整脈を含め、破水したことや、夏子の年齢や母体の状況などから、急遽、帝王切開になる可能性もあるからということだった。医療器材や衛生面の関係で、医療スタッフだけでの分娩となるということだったらしい。

夏子が分娩室へ入って、既に六時間。廊下で待っていた僕の手も、びっしょりと汗をかいていた。その間に、不整脈に関わる検査をしていたとのこと。

分娩室から出てきた夏子の主治医から受けた説明では、その時点では、心臓、その他には問題がないので、妊婦に見られる一過性のものの可能性が高いということ。破水のことも心配はないということだった。

夏子も、それまで不整脈の自覚がなかったらしい。不整脈にも色々あって、自覚がない程度のものもあるとのこと。しかし、万が一に備えて、万全の態勢を取っているということも聞いた。

万が一って……！

途中、僕の両親と妹も駆けつけてきた。分娩以外にも、様々なことが一度に起こり、うっかり連絡するのを忘れていた自分。午前四時半頃、電話を入れた次第だった。

夏子のお父さんは、予定日前後に都合をつけると言っていたけれど、間に合わなかった。電話だけ入れた。

「夏子を頼む」その一言が、いつもより重たく聞こえた。

廊下で待っている間、病院内では、特に慌ただしい動きはなかった。その時は、もう主治医から説明を受けていたので、そのことを自分の両親に話した。当然のことながら、めちゃくちゃ叱られた。

「あんた、ずっと夏子さんの傍にいたんでしょ！　どうして気づかなかったの！」

母が僕を怒鳴った。

「本人も自覚がなかったらしいし」

「ばっかじゃない？」

今度は妹がそう言ってきた。

「女はね、ちょっとしたことで騒がないんだよ。何のために、お兄ちゃん、バイトまで休んで夏子さんの傍にいたのよ！」

いくら妹とはいえ、何も言い返すことができない。

「夏子さん、お母さんがいないのよ！　男のあんたがどうこうできることばかりじゃないでしょ！　特に出産とか！　もし、夏子さんに何かあったら、どうするの！　どうやって責任とるの！」

母は自分を怒鳴りながらも、涙を流していた。同じ女性として、子供を産んだ経験のある身としての涙だったと思う。母の涙。その時、初めて母の涙を見た気がしていた。

「傍にいる」ということは、それほど、重大な意味があることだったはずなのに。夏子のお父さんにも、「娘を頼む」と何度も言われた。頭ではわかってはいた。行動に移すことができないでいた自分が悔しかった。〝つもり〟になって父親気分を気取っていた自分がただただ悔しかった。

「何の動きもないし、夏子さん、中で頑張っているんだから。しっかりしなさい」

悔し涙を流していた自分の肩に手を置いた母の言葉が、物凄く温かかった。

親という立場。

子供を思う立場。

不甲斐ないことだが、分娩室の廊下で、真の意味の実感を思い知らされていた。ずっと〝実感した〟と思いこんでいた自分がいたことにも気づいた瞬間だった。

夏子との幸せの日々の中だけで、何処か浮ついていた自分が無性に恥ずかしく感じられていた。

遠くから、微かに産声のような声が聞こえた。

僕ら家族は、一斉に廊下の椅子から立ち上がって、顔を見合わせていた。

分娩室のドアが開き、看護師さんが出てきた。

「お父さん、中へどうぞ」

やけに冷静だ。

「行っておいで」というように、母に背中を押された。僕は、恐る恐る中へ入った。沢山の器材が置かれていた。

『これじゃ、僕が入るわけにはいかなかったよな』ふと思ったこと。

薄いクリーム色のカーテンの向こうに、夏子が見えた。憔悴しきったように目を閉じていた。

産婦人科の主治医の先生が、ピンクの毛布のようなシーツに包まれた子供を抱いてきた。

「おめでとう。女の子ですよ」

「……」

言葉が出なかった。

「ほら、お父さん！」

後ろから、看護師さんに笑いながら背中を叩かれた。

「あ、僕……です！」

「あらま～」

分娩室には、そのような僕の間抜け振りに笑いが起こっていた。

「夏子さん、よく頑張りましたよ」

子供を取り上げてくれた夏子の主治医が嬉しそうに、そう言ってくれた。

「あ、ありがとうございます！」

僕は、これまでにないほど、深く頭を下げた。

「夏子さん、ちょっと疲れちゃって今は眠ってるけど、目が覚めたら、すぐ会えるから」

「そうなんですか？」

僕は、カーテンの向こうにいる夏子を覗き込んだ。

「途中、やっぱり血圧が上がって、過呼吸気味になったんですけれどね」

「はい……」

「今は落ち着いていますからね」

「よかったです」

「ほんとに頑張りましたよ」

「そうですね」

今度は、やけに冷静に話ができている自分がいた。

「体力が回復したら、一度、不整脈のこと、時間をかけて検査した方がいいかもしれないですね」

「そんなにひどいんですか？」

「そういうことではないけれど、一応はそういう記録が出ているわけだし」

「そうですね……」

「若いんだから、これから、また子供ができる可能性もあるでしょ。場合によっては重くなる時もありますからね」

「ですね。わかりました」

「では、また後程」

「ありがとうございました！」

僕は、もう一度、更に深く頭を下げた。

それから、両親に女の子が生まれたことを知らせた。子供は、感染症予防の関係で、そのまま新生児室へ連れていかれてしまったけれど。

両親と妹は抱き合って喜んでいた。特に母は大泣きしていた。

「秀明、これからは、もう子供じゃなくて、父親だからね」

「大丈夫」

「夏子さんに何かあったら、真っ先にお母さんに言いなさいね」

「ありがとな」

僕は、この時ほど、母に感謝したことがなかった。

『夏子も母親になるんだな』そのような思いも、同時に浮かんでいた。

本当は目の前にある分娩室から聞こえていたはずの産声。遠くから微かに聞こえた気がした理由はわからなかったが、ひとつの生命誕生の響きであったことは確かな事実。しかも、自分の子供だ。

高校時代、周りからは、かなり軽い奴と見られていた自分がいた。その自分が、こんなにも早く父親になった。

生命の誕生。

その言葉は生物の時間に習った記憶しかなかった。

ドラマなどでは見ていた出産シーン。何からどう言ったらよいかわからないほど、〝生命の誕生〟というものを実感し、その〝響き〟が現実となって自分の胸に響いていた時間。愛する人が自分の子供を産んでくれること。そのことが、これほどまでに幸せに満ち溢れているとは想像の域を超えた出来事だった。

あの時、悩みながらも、夏子と共に子供を持つ決断をしたことは、自分の人生において、いつの時も輝き続けるものとして傍にあると確信していた。

未熟を成熟に変えてくれる、ひとつの生命。

これから共に歩んでゆく、三つの生命。

繋がれた思いの結晶が確かに存在していた。

〝生命の響き〟も確かに存在した、あの冬の日だった。

三. 自覚

「そっか。女の子か！」

アメリカにいる夏子のお父さんに連絡した時の、最初に聞いた言葉だった。

それだけ言うと、涙で声を詰まらせていたようだった。

暫く、無言が続いた。

「思い出しちゃってね」

夏子のお父さんが、そう言った意味はすぐに理解できた。

「夏子さんも、あんな風だったんですね」

「秀明君も父親だな」

「はい……まぁ」

「私の言ったことをすぐ理解できるとは。もう立派な父親だよ」

「そんなこと……お父さんには、これから沢山ご指導願いたいと」

「そのうち、一杯、やろうな」

「はい。是非！」

僕は、言葉少ない中にも、夏子のお父さんの〝娘を託した父親の気持ち〟を見た気がしていた。

娘が嫁ぐ日が来た時、僕も、あんな風に相手に接することができるかと想像していた。まだまだ先の話なのに。やはり、生まれた子供を間近で見たことで、父親としての自覚が出てきたみたいだった。

「夏子は元気なのかな？」

「今、眠っています」

「そうか……起きたら、よく頑張ったなと伝えてやってくれないか」

「わかりました。必ず伝えます」

「休暇が取れたら、すぐに帰るから」

「はい。お待ちしております」

淡々とした会話だった。

それでも、夏子への愛というものが、ひしひしと伝わってきていた。夏子は、あのお父さんに育てられたのだと改めて思うと、胸が熱くなるのを感じていた。

夏子に不整脈が確認されたことは、その時は言わないでおいた。一過性のものであるという可能性が高いとも説明されていたし、すぐに帰国できない状況であれば、余計な心配はかけずにおこうと思っていた。これも自分勝手な思いだったかもしれないけれど、たぶん夏子も同じことをしたと思う。親に心配かけない娘として頑張ってきたのだから。

病室に行くと、夏子はまだ眠っていた。窓から入る真冬の太陽の柔らかい光が、夏子の顔を、いっそう美しく照らし出していた。

「よく頑張ったね」

僕は、眠っている夏子の額にキスをして、布団の中に入っていた手を握った。

ひとりで頑張っていた夏子を思うと、涙が止まらなかった。

心細かっただろうと。

哀しませないと誓ったのに……。

そう思いながら握っていた手に力が入ってしまったのかもしれない。

「う……ん……」

夏子が目を覚ましてしまった。僕と目が合うと、夏子は大粒の涙をこぼした。僕は、その涙を拭って、暫く黙って夏子の頭を撫でていた。

「御苦労さま」

「うん……約束通り、耐えたよ」

「頑張ったね」

「うん。頑張った」

「そっか」

僕は、夏子の前髪を掻き上げて、もう一度、額にキスをした。

「女の子だよ」

夏子は、そう言うと、幸せそうに微笑んでいた。

「もう会ったよ」

「そうなんだ。赤ちゃんに会った途端、眠っちゃったみたい」

「疲れちゃったよね」

「ちょっとね。可愛いかったでしょ」

「うん。僕に似て」

「あら……私に似てるって看護師さんが言ってたけど」

「いや。僕！」

夏子は、クスクスと笑った。

「相変わらずのパパね」

「ママも相変わらずだよ」

そこには本当に穏やかな時間が流れていた。

「あ……雪とか降った？」

「降ってないよ」

「よかった」

「三人で見られるね。初雪」

「うん。嬉しい」

「それから、クリスマスも三人だし」

「そうだよね。お家じゃなかったけど」

「家で過ごす時間はこれから嫌ってほどあるしね。それより、予定日通りっていうのが凄いよね」

「あは。そうだよね。あ、そうだ……」

「ん？」

「病院では痛いって言わなかった」

「へぇ〜すごいじゃん」

「でしょ？」

「確か、陣痛って三大激痛の第一位なんだよね」

「そうそう」

笑いながら、夏子が得意そうな顔をした。これは、認めざるを得ないな。男には絶対に耐えられない痛みとは聞いていたから。

「ちょっと眠っていい？」

相当疲れているんだな……。

「もちろんいいよ」

「加納君、どうする？」

「家へ帰って、入院の準備とかしてくるよ」

「わかる？」

「う〜ん……わかるのだけ持ってくる」

「そうだよね。急だったからね。一応、クローゼットに必要なものを入れたバッグがあるから、それ、持ってきてくれたら大丈夫」

「用意してたんだ」

「だって、早めに……ってお祈りしてたしね」

「やるじゃん」

夏子は、また得意そうな顔をした。いつもの子供の夏子。母親になったばかりだというのに。つい笑いそうになったが、見ると、夏子は既に眠っていた。

「即行寝か」

僕は病室を後にした。

帰りに新生児室を覗いてみた。《加納夏子》というプレートがかかった小さなベッドに娘が〝いる〟。

スヤスヤと眠っている。

「名前、考えないとな」

つい、娘に向かって独り言。

ここには本当に親になった自分がいた。

四. 家　路

夏子の入院のための荷物を取りに、マンションへ帰った。

部屋へ入ると、やけにガランとした雰囲気。置いてある家具も物も匂いも、全部そのままなのに……。

僕たちの寝室に置いてあるベビーベッドがポツンと淋しそうに見えた。ふたりで選んで買って、それが届いた時には、置き場所を巡って、ジャンケンなどして笑い合っていた時間も、遠い昔みたいな妙な感覚になっていた。夏子ひとりいないだけで、こんなにも変わってしまう空間だったのかと思い知らされた気分だった。

思ってみたら、夏子がこの土地へ来て、一緒に住むようになってから、僕が帰宅した時に夏子がいなかったことは一度もなかった。いつも「おかえり～♪」とお決まりの言葉とともに、僕の首に手を回して抱きついてくる夏子がいた。

たった半年ちょっと。どれだけ彼女の存在が大きかったかをも思い知らされていた。

夏子が言っていたクローゼットの中にあった、赤いボストンバッグを取り出し、念のため、中身を確認した。タオルやパジャマや洗面用具。加えて、男性には縁のない生理用品などが入っていた。夏子が、思った以上にしっかりとした女性と感じていた。

僕はキッチンへ行って、お揃いで買ったマグカップや箸などを、そのバッグに入れた。新しいものを買って行ってもよかったが、病室にひとりになる時もあると思い、お揃いで買ったものにした。もしかしたら、自分自身の何処かに、夏子がいない間、この部屋で少しでも夏子を感じていたいという意識もあったかもしれない。

離れていても、お揃いのもので繋がっているような……またまた、可愛い自分が現れていたみたいだった。

慌てて部屋を出たので、布団などが乱れていた。破水の跡も少し……夏子がどれだけ心細かったか、痛さに耐えたかと、改めて知らせられた気分だった。

それから部屋を一通り片付けてから部屋を出た。

玄関を開けると、急に冷たい風が吹きつけてきた。

『もう十二月も終わりに近づいているんだよな』

あまりに突然の出来事が重なり、いつもの雪も見られなかったせいもあり、その瞬間の季節感がなくなっていた。病院で不甲斐ない自分に頭を抱えていた自分がいたはずにもかかわらず、二人で過ごしていた部屋に入ると「幸せボケか？」と思っていた自分がいたり、現実と時間の流れが比例していないことに気づいた時など、まさに、夏子と幸せの絶頂ともいえる時間を共有していた頃と同じ感覚を全身に感じていた。

娘が誕生したその日の夜に、長いこと経験してきていたはずの冬の風に吹かれて、やっと、〝その季節〟を肌で感じることができたみたいだった。

玄関の鍵を閉めていると、ハラハラと白いものが舞い落ちてきた。

雪だ！

『夏子、病室だし……悔しがるかな』

もう薄暗くなっていたので、病室のカーテンも閉まっているはず。言わない方がいいと思ったが、教えた方がいいとも思っていた。何だか、かなり単純なことで悩んでいた自分。

『「初雪が見たい」って騒いでいたしな』

やっぱり言わないでおこうと思っていた。

その時は実家から持ってきていた自分の車で病院に向かった。走っている道路では、フロントガラスにあたる雪が徐々に強くなっていた。

「積もるかなぁ」

そのようなことを言いながら、ラジオをつけてみた。

《……今夜から本格的な雪になるでしょう》

ラジオから流れてきたお天気情報。

「この分だと、クリスマスあたりも降ってるな」

三人でクリスマスをと楽しみにしていた夏子の笑顔が頭に浮かんだ。

前の年のクリスマスは、夏子と一緒には過ごすことができなかったけれど、その前の年は、冬は〝白の丘〟とふたりで勝手に命名したコスモスの丘で永遠の愛を誓った。

『今年は、親子で何を誓うのかな……』

夏子より、僕の方がウキウキ気分になっていたかもしれない。なんたって愛する奥さんと娘だしな。当然だ。

病院の駐車場に車を停めた時には、もう、あたり一面がうっすらと白くなっていた。時間が時間なだけに、人通りや車も少なく、アスファルトの灰色も白く見えるくらい。

『雪が降っていることくらいは伝えてあげようか……クリスマスもあることだし』

夏子が入院している病棟へ向かい、エレベーターで五階へ。

夏子は目を覚ましていた。

「あれ？ もう起きてたの？」

「あれから、すぐ覚めちゃった」

「そうだったんだ。遅くなってごめんね」

「大丈夫だよ」

実は、家で、不整脈のことをネットで少し調べてみていた。ストレスも原因にあるということだった。

「あのさ……夏子、本当は東京にいたかった？」

「どうして？」

「慣れないところで出産って、心細かったかなってね」

僕は、ネットにあったストレスのことを聞き出そうとしていた。

「全然。だって、こっちには高校の時にいたし。加納君のご家族だっていてくれるし」

「ほんとに？」

「それに、優し～い旦那様もいてくれるしね」

そう言って、笑ってくれた夏子だった。

「だったらいいんだけどね」

「どうかした？」

「いや……夏子が大丈夫ならいいよ」

「すっごく楽しいし、嬉しいよ」

「そっか」

少しだけ安心した。夏子の真意というものは、誰にもわからないこと。その言葉を信じるしかなかった。

「雪……降っちゃったでしょ」

不意に夏子が言った。

「あ……え……？」

「あ！　隠してた！」

「ばれた？」

「だって、あんな大雪、窓から見えるよ」

「夏子が泣いちゃうかなって思って言わなかったの」

「子供じゃないもん」

「ママだもんね〜」

ふたりして笑い合っていると、ポツリと夏子が言った。

「初雪がね……見たかったんだ。特に今年」

「どうして?」

「やだな〜。宿題って言ったでしょ」

「あ、そうだった」

「駄目なパパだね〜」

気づいてやれなかった……。

「初雪っていってもさ、夕方、暗くなってからだったし、ほとんど見えなかったよ」

「うん……」

「夏子が退院したら子供もいるんだし、三人で初めて見る雪を今年の初雪にしたらいいよ」

珍しく気の利いた言葉が出た。

「そっか! そうだよね!」

「そうそう。まさに初雪」

「だね」

夏子とそのような話をしている時、『自分たち、親になったんだよな……』彼女の顔を見て、突然、そう思った。何故か涙が出そうになっていた。

急いで、話をそらした。といっても、やはり子供の話題だったけれど。

「それよりさ! 名前だよ! 名前!」

「あ！　そうよ！」

「考えてた名前ある？」

「男の子か女の子か聞かなかったから考えてなかった。パパは？」

「パパだって」

僕は思わず笑ってしまった。夏子の口から「パパ」という言葉は何回も聞いていたが、この時は何故か別物に感じられた。

「だって、パパだもん」

あの、僕が好きな、ちょっと拗ねた夏子。ただ笑い合っていたあの頃に戻った錯覚に陥っていた。

「じゃ、お互いの宿題だな」

「今度は忘れちゃダメだよ、パパ」

「はいはい」

少しでも長く、この穏やかな時間に触れていたかった。


十二月二十二日。その日も朝から病院に行っていた。本来、面会時間は午後からだったが、どういうわけか、僕は夏子への面会を許されていた。総合病院なので、そういうところは厳しいはずであるのに、夏子が不整脈を患ったから？　ふたり部屋の片方のベッドが空いていたから？　何にしても、病院側の嬉しい配慮だった。

「日本って、入院、長いんだよね？」

「長いのかな……一週間くらいでしょ？」

「アメリカって、出産だったら二、三日で帰れるんだよ」

「そうなの？」

「病気じゃないからね」

病気……夏子には、分娩の時に異状があった。夏子も、それは知っているはず。

「検査……した方がいいって。急がなくていいみたいだけど」

「だよね。ふたり目とか、あるもんね」

少しためらいがちに言った僕ではあったが、夏子が思いの外、事実をしっかり受け止めていたようで安心した。

不意にコスモスの丘での出来事が思い出されていた。あの時、言い知れぬ恐怖や不安を感じていた自分がいた。

「あの時さ……コスモスの丘でお弁当の入ったバスケットを落とした時さ……」

「ん？　……なに？」

「具合とか悪かったの？」

「全然」

「そっか……」

「大丈夫だよ……たぶん」

「ん？」

「だってさ……」

夏子は、そう言うと、僕に内緒話をするような感じで小さく手招きみたいな仕草をした。

そして、小声で言った。

「そんなに悪かったら、エッチ、できないよ」

なんとまぁ！　何を言い出すかと思ったら！

「ママのエッチなＤＮＡ、娘が受け継いだらどうするんだよ」

「へへ」

焦って、落ち着かなくて、情けない自分の存在を再確認。

「こんな時、男って情けないよな」

「こんな時って？」

「あの痛さ……自分だったら失神してるか、叫びまくってそうだからさ」

ちょっとごまかした。まんざら嘘でもないけれど。

「あは！　想像できちゃう」

「だよな」

「そういえば、名前、考えた？」

「夏子は？」

「幾つか候補はあるよ。パパは？」

「パパか～」

また笑いが出てきた。嬉しさと照れと微妙な位置の笑い。

「だから、考えた？」

「幾つか」

「明日、発表し合おうか」

「発表会？」

「うん！」

「ほんと、ママは子供だね～」

「いいんだもん」

本当は、あまり良い名前が浮かんではいなかった。

……逆……！　有り過ぎて、まとまらなかったというのが正しい。

「クリスマス・イヴまでに決めてあげたいんだ」

夏子が、いつもとはまた違う真剣な表情で言った。その中に一瞬だけれど元気なく映った夏子もいた。

「親子三人で見る初雪も待ってるしね」

「そっか！」

またいつもの明るい表情に戻った夏子。

「ほんと、子供みたいですね～、夏子さん」

その時、僕は心から笑っていた。親子三人で家路につく日を頭に描いていた。

そして、あのベビーベッドに娘がいて、ふたりで覗き込んで顔を見合わせて笑っている姿が目の前に浮かんでいた。

よくある光景のようだが、その楽しく眩しい光景が、もうすぐ僕の目の前で現実になろうとしていた。

五．一本線

その夜、家に帰った僕は、夏子との約束の宿題をしていた。

「絞れねぇ～！」

最近、流行りの可愛らしい名前が浮かんでは浮かんでは……消えない！

「……だったら、夏子だから、冬子？ 冬生まれだしな……」

「決め方が単純だよな～」

「優希！　いいじゃん！」

「げ！　画数が合わないし！」

「結夏♪」

「可愛いかも～♪」

などと、今度は、ひとりツッコミ漫才が繰り広げられていた。

その前に、夏の間にした約束があった。約束というより、宿題。

夏子が初雪と騒いでいる理由。

「これは名前が決まってからだな！　うん！」

姓名判断の本を片手に、今度は自己完結。完全に〝パパキャラ〟に変貌を遂げた。

その時、携帯が鳴った。

え？　病院から？

携帯画面に夏子と娘が入院している病院名が表示されていた。

こんな時間に？

まさか……夏子か子供……？

一瞬、〝あの〟言い知れぬ恐怖みたいなものが全身を突いた。恐怖心とは裏腹に、急いで電話に出た。

「加納さんですか？」

電話の向こうの病院関係者と思われる女性の声が、かなり慌てている。病院名さえ言わずに、そう尋ねてきた。全身が心臓の鼓動に合わせた大きな脈を打っているかのようになっていた。

「奥さんの……いえ！　詳しくは病院で！　とにかく！　至急、いらしてください！」

物凄い早口だった。

「わかりました！」

手が震えているのが自分でもわかった。

夏子か！

真冬の夜。気づいたらコートも着ずに車へ乗り込んでいた。

玄関の鍵……閉めたかどうかも記憶になかったが、そんなこと、どうでもよかった。

凍っている路面を、車を急発進させた。

そこまではどうにか覚えているが、病院に着くまでのことは覚えていない。自分が息をしていたのかもわからないくらい。

「とにかく至急いらしてください」と言った看護師さんと思われる女性の慌て方が尋常でなかったから。よく事故らなかったものだ。

病院に着いてからも五階にある病室までが、やけに時間が長く感じられた。

「はやく来いよ！」

エレベーターに向かって怒鳴っていた。

ようやくといった感覚で夏子の病室の前に着いた。ドアを開けるのが恐い。

病院へ向かう途中、携帯が鳴らなかったので、その時は夏子は無事ということはわかっていたけれど……。

「自分が恐がっている場合か！」

そう言い聞かせ、ドアを開けた。

病室内には、夏子の主治医と循環器の先生が脈を取ったりしている。看護師さんは点滴の調節などをしている。僕がドアのところに立っているのに気づいた主治医が、手招きして僕を呼んだ。

夏子の傍へ行くことができた。酸素マスクをつけている。小さく速く、胸のあたりが上下している。

「一時間ほど前に息苦しいからとナースコールがあって……」

夏子の主治医が話し出した。

「その時は、まだ、しっかりしていたんですけど」

「……」

医者の言葉は耳には入ってきていたけれど、返事が返せていなかった。

「ご主人に電話したのは、それから二十分ほどたって……」

「で、夏子は？」

今度は、説明の途中で言葉を挟んでしまった。口調が、やけにゆっくりに感じられてしまっていたのだった。自分が焦っていただけなのに。

「血液検査などでは、やはり内臓機能には大きな異状は見られないんですよ」

「え？」

「今、詳しいデータを採っていますので」

「どういう……」

僕がそう言いかけた時、「夏子さん？」という看護師さんの声が聞こえた。

僕が夏子から目を離して主治医と話していた時だった。

夏子を見ると、目を開け、何かを言おうとしている。「いいですか？」と尋ね、僕は夏子の枕元に座った。

「夏子？」

そう呼びかけた。

夏子は、布団から手を出して、口にしていた酸素マスクを外したそうな素振りをした。

僕が主治医を見ると、隣に立っていた看護師さんに「外してやって」というような指示を出した。看護師さんが、そっと夏子の口元からマスクを外した。

「……ごめんね」

小さな声で囁くように言った夏子。

「ん？　どうして？」

「だって……」

「謝ることじゃないじゃん」

夏子は、少し微笑んだ。

「すぐ良くなるから、あんまり喋るなよ」

そう言ったものの、夏子の声をずっと聞いていたかった。黙ってしまうと、本当に何処かへ行ってしまいそうな……。夏子が空を見ていた時や、大学進学で東京へ行く時に思ったこと。

『飛んでいくなよ』

まさに、その現実が目の前にある気がしていた。

「名前……」

「ん？」

「……赤ちゃんの……」

そう言いかけた夏子の息が急に荒くなった。

「夏子？」

「……の……な……」

話すこともままならない状況。

「先生！」

僕は、思わず叫んでいた。

僕が叫ぶ前には、もう既に脈を取ったり、病室にいた看護師に慌ただしく色々な指示をしていたみたいだった。

その光景に動転していた自分。と同時に、夏子がしていた点滴の向こうに、心臓などの波形が映るモニターに複数の何色かの波形が映っているモニター画面が初めて目に入った。ピッピッピッピッピ……という音もしている。よく、ドラマや映画などで観ていた、作られた映像そのもの。ずっとあったはずなのに……！

それを見た時の自分は、放心状態に陥っていたようだった。夏子の処置をしてくれている複数の医者や看護師さんが慌ただしく動いていたので、どうにか、そこから立った。

立てた……？　しかし、足が震えて動けない。

再び酸素マスクを装着されそうになった夏子。夏子は、そのマスクを懸命にはらいのけ、僕を見た。僕を呼んでいる気がした。

「先生……」

僕は、すがるように処置に当たっている医者に向かって言った。

「少しなら……」

その言葉が耳に入った瞬間、僕はもう一度、夏子の枕元へ座った。

「なに？ どうした？」

「……赤ちゃん……は？」

僕がまた医者の方を見ると、微かに首を横に振っていた。まだ産まれて二日目。夏子もまだ新生児室へは入れないくらいだった。一瞬、三人の姿が脳裏に浮かんだ。新生児室の中にいる夏子と娘、それを見守る自分。夏子が僕の方を見て満面の笑みで笑っている。

幻影。

ただ、子供が生まれた時に自分ひとりで見た、あの新生児室の明るさが、やけに鮮明に浮かんでいた。

「後で連れてくるよ」

「……うん……」

嘘をついた。

「名前か！」

「そう」

本当に聞き取れるか聞き取れないかくらいの声。

「……考えた？」

「百個ある中から、まだ絞れてないし！」

わざとフザケタ言い方をした。相当無理した自分。

「……百個？……すごい……ね」

夏子も、かなり無理をして笑っているみたいだ。

「もうそろそろ……」医者が言った。

それが聞こえたのか、夏子が僕の袖を掴んだ。ものすごく弱い力で。

「なに？」

「……めぐみ」

「え？」

「……めぐみって……」

「夏子が考えたの？」

「……加納君とのね……結晶だから……めぐまれて……」

「そっか。可愛い名前だよな！」

夏子の言葉を遮るように言葉をかけてしまっていた。夏子が微かに頷いた。

「めぐみちゃんに決めようね」

「……ありが……と……」

夏子がそう言った後、僕の袖を掴んだ腕が離れていった。下へ滑り落ちるように。

隣にいた看護師さんが、急いで酸素マスクを夏子に装着した。

マスクが完全に装着される寸前、何故かはっきりと聞き取れた夏子の声。

「愛してる」

そして、「少し離れていてください」との指示で、僕は、夏子の傍から離れ、入口近くのドアのところに立っていた。

医者が大声で看護師に何か指示をしている。

専門用語が多くて聞き取れない。

薬の名前を言って「増やして」とか、それだけはわかった。

僕は、遠目からでも夏子を凝視していたはず。

それなのに、何故か見えていない感覚。

医者の大きな声や看護師さんの「はい」という声。

僕の隣を通っていったガラガラという音とか……そういうものは覚えている。

あとは、遠くから聴こえているような、最初に聴いたアラーム音。

視覚から入って来るはずのものが、まるで入ってきていない感覚。

「夏子さん！」

医者か看護師さんか……声の質も覚えていないが、その一言が耳に入ったことで我に返った。

と同時に、病室のドアが勢いよく開き、大きな機器が入ってきた。

「ご主人！　ちょっと廊下へ！」

「え？」

「お願いします！」

僕は、背中を押される感じで廊下に出されてしまった。

バタンと閉まったドア。

病院なのだから、普通は静かに閉まるはず。

大きく聞こえた。

ピッタリと閉められたドアを見つめ、ひとり廊下に佇んでいただけの自分。何も考えることができなかった。

「連絡……しないと」

携帯を取り出した。

「あ、病院か……電源、切っておかなくちゃ」

そんなことだけ、頭が働いた。

時計を見ると、午前一時ちょっと前。もう日付が変わっていた。

親族に連絡しなくてはいけないことは意識にあった。しかし、〝それ〟をするには、公衆電話があるところまで行かなくてはならない。ナースステーションの前にあったはず。歩いても一分のところ。

「夏子の傍に！」

その思いだけが僕を支配していた。

足が動かなかった。

僕は、ただその場で祈ることしかできないでいた。ずっと立ち尽くしたまま。

病室の中からは、何の音も聞こえてこない。シンッとした薄暗い廊下がどこまでも果てしなく続いているように見えていた。

『ここを歩いていったら何処まで続くんだろう』

意味不明なことを思っていた時間だった。

それから三十分ほどすると、僕に軽く会釈をしながら、ひとりの医者が病室に入っていった。会ったことのない医者だった。その医者が、再び病室から出てくると、僕に夏子の症状について説明してくれた。説明内容は耳には入ってきていたが、それを理解する能力は……ない。自分の意識は、ただ夏子だけへと向けられていた。

どうにか理解できたことは……夏子の発作が心室細動によるものだということ。それが、分娩時に見られた不整脈との因果関係があるかということは、現時点では特定できないということ。心臓などの臓器には異状はないこと。そのようなことくらいだった。

とにかく、夏子は、妊娠時から前の日の夜までは普通に元気だったのだから。強いていえば、分娩の時に不整脈があったことだけ……。

専門用語連発の説明など、そのような状況下にある自分には理解できるわけがなかった。

たぶん、その専門用語の説明もしてくれていたとは思うが、それも記憶にない。

聞きたいと思う反面、一分でも早く夏子に会いたいという焦り。複雑な感情が入り交じる中、淡々と難しい言葉で事務的に話す医者にイラついていた。

『そんな説明している間に夏子を助けてくれよ！』

気持ちは、こんな風に叫んでいた。

一通りのことを僕に説明すると、その医者は、ナースステーションの方へ歩いていった。

その後ろ姿が、何だか酷く恨めしく感じていた。

よく考えれば、医者として当然の仕事をしただけの人だったのに……。

それから、さらに一時間。僕がいた空間には、何の変化もなく時間だけが過ぎていった。

突然、目の前の病室のドアが開いた。

「中へどうぞ」夏子を見ていてくれた看護師さんが言った。

「あの……」

すぐに中へ入ればいいのに、足が動かない。

「お話は中で」

そう静かに言った看護師さんが僕の様子を察してくれた感じで、背中に手を回してくれていた。

「……すみません」

病室の中へ入ると、静まり返った様子。

夏子の主治医を含め、処置に当たっていた医者たちもベッドの横に立ち、ただ夏子を視ていた。夏子は酸素マスクは装着されているものの、苦しんでいる様子もない。

ピッ、ピッという音だけが小さく響いている。

「動いてる！」

その音を聞いて、一瞬、安堵の中にいた自分。医者が「どうぞ」と、僕を呼んだ。

「あの……夏子……」

「お話ししたいことがあれば」

医者の、その言葉の意味がはっきりと認識できた。そして、医者を見た僕に、小さく頷いた。

僕を病室に誘導してくれた看護師さんが、また僕を夏子の枕元へ連れていってくれた。

夏子は眠っているように静かに目を閉じている。

「お名前、呼んであげて」

後ろで看護師さんが言った。

「夏子」

僕は、彼女の耳元で名前を呼んだ。

静かに目を開いた夏子。そして、微かに首を僕の方へ向けた。

目から涙が一筋、流れ落ちた。僕は、その涙を指で拭いながら言った。

「ここにいるよ」

「……ごめんね……」

「また……謝らなくていいって」

「初雪……一緒に……見られなくて」

「だから、三人で見るのが今年の初雪だろ？」

「……そう……だった……ね」

もう酸素マスクも外すことができないでいた。

「見たかった……な……」

また、夏子の目から涙が流れ落ちた。

「だから、見るんだって！」

少し声を大きくしてそう言った瞬間、突然今までとは違ったアラームの音が聴こえた。

「……ごめ……ん……ね……」

そのまま、夏子は目を閉じてしまった。そして、また息が上がった感じがした。

「夏子！」

僕は、夏子の手を握った。

「すみません！」

慌ただしく、看護師さんが、夏子と僕の間に入ってきた。僕は、その勢いで窓際へヨロヨロッと倒れかかった感じになっていた。

その数分間、僕は何処にいたのだろう。

様々な処置が、夏子に行われていたことは記憶にある。

夏子の周りで動いている人の動きなど全てスローモーションに見えていた。あのモニターからのアラーム音でさえ、かなりリバーヴがかかったようにゆっくりと聴こえる……何処か遠くから聴こえているような……もう頭の中は錯乱状態だった。

それからは物音も人の声も何も聞こえていなかった。

夏子へ向けられていたはずの視覚も聴覚も……心さえも、全てが奪われてしまった数分間だった。

ピー！――

突然、はっきりとした大きな音となって入ってきた、その〝音〟。

ベッド横のモニターが目に入った。その〝音〟に誘われるように、無意識に見たようだ。

黒い画面に何本かあった波形の中の一本線だけが、やけに鮮明に視覚に入った。

全て感覚を失くしていた自分が戻った瞬間だった。

ついさっきまでは、波形があった。

一本線。

「嘘だろ！」

ベッドから離れていた僕は、何も考えずに夏子のところへ走っていった。

「おい！　夏子！」

「午前三時……」

医者が時間を告げようとしたその声も無視していた自分。

「おい！　何やってんだよ！」

「夏子！」

「戻って来いよ！」

僕は、もう何が何だかわからなく、ただ、ひたすら夏子の手を握って呼び掛けていた。

誰かが僕の肩に手をかけた気がした。

「ご主人……もう……」

僕は、その手に、あの日の母の温かさだけを感じていた。

あの日……子供が生まれた日のあの温かさ。

見ると、看護師さんの手だった。出産の時から、ずっと夏子の面倒をみてくれていた看護師さんの手だった。

「奥さん、頑張りましたよ」

そう言うと、僕の肩の上に置いた手の力が強くなり、肩を掴んでいるようにさえ思えた。

その手は、最後に夏子に触れていてくれた手だ。僕は、その看護師さんの手を、自分の肩の上で握り返していた。

僕の手の甲に何かが落ちた。

涙の一雫……？

見ると、その看護師さんも泣いていた。

僕が、あまりに取り乱していたのだろう。医者は、夏子に向かって一礼したあと、僕に向かって一礼し、そのまま病室を出ていった。

「マジかよ！」

僕は、もう一度、夏子の手を握って叫んでいた。

既に、モニターの電源も落とされ、あの〝音〟は聞こえていなかった。

それでも、何処かで、その音が残っていた。

そして……。

未だ、あの波形が一本線になっていた場面が目に焼きついて離れてくれない。

あの〝音〟も……。

第七章　愛 ―めぐみ―

愛 ―めぐみ―
君と育んだ結晶
雪の結晶のようにいつまでも清く美しく
そして永遠に純粋なままで……
君も〝永遠〟なのだから

一．本能と絆

夏子の周りにあった医療器具や器材の片づけ、夏子を綺麗にしてくれるという看護師さんの指示で、僕は廊下に出た。

足元がおぼつかない。

どこをどう通ったのか、僕は新生児室のある階へ来ていた。いつもは透明のガラスがあり、中に並んだベッドに、この世に生を受けた小さい命を見ることができた。

まだ夜が明けない時間。そのガラスの窓にはピンク色のカーテンがかかっていた。ピンク……あのコスモスの丘と、夏子のワンピースが浮かんだ。

楽しそうにはしゃいでいた夏子の姿。

笑顔。

拗ねた顔。

声。

もう、出逢うことができない。

新生児室のガラス窓に額を押し当てて泣いた。

その向こうには娘が眠っている。何も知らずに……。

あの時、〝コスモスの丘〟で、夏子が落としてしまったバスケットや中に入っていたものが地面に散らばっているのを見た時、言い知れぬ漠然とした不安とか恐怖のようなものを感じていた。その他にも、夏子に関して普通と少しでも違うことがあると、そのような感じがしていたことが度々あった。その時は、それが何であったのかわからなかったが、この時を予測していたのかと不意に思った。

未来透視などできるはずもない自分。しかし、自分の命より大切だと思う人のことは、何かの絆で繋がれたようにわかるものなのかと……真っ白になっている頭の中を、何故か、そのような思いが支配していただけの時間だった。

「あ！ 加納さん！ 捜してたんですよ！」

後ろから呼ばれた。泣き顔は見られたくなかったので、ガラスから額を離しただけで返事をした。

「……すみません」

「やっぱり……ここだった……」

聞き覚えのあるその声は、最後まで夏子についていていてくれた看護師さんの声だった。

「お辛いでしょうけど……」

「いえ……」

まだ、振り返ることができない自分。

「先生が、お話があるって」

「話……ですか？」

「夏子さんのことで」

「夏子」と聞いて、条件反射のように振り返っていた。

きっと僕の顔が酷かったのだろう。その看護師さんは、何も言わずに、また僕の背中に手を回してくれた。

温かかった。

「行きましょうか」

「……はい」

夏子の主治医がいる医局へ向かった。

その時の主治医からの説明は、きちんと理解することができた。動転していた気が収まったといえば嘘になる。何故か、落ち着きだけはあった。

主治医から受けた説明は、あの廊下で淡々と聞かされた説明とほぼ一緒だった。

やはり、死因は心室細動。

最近、公共の場に《ＡＥＤ》という医療器材が設置されている。心室細動によって発作を起こした人の応急処置用のもの。僕も、そのくらいの知識はあった。そして、それが妊婦だけに限ったことでもないことは容易に理解はできた。

ただ、夏子にその発作が起こったことだけは理解し難い事実。夏子の死を認めたくないという潜在意識が働いていたようだった。

「夏子さん自身も自覚症状はなかったと言っていまして」

そのことは何度か説明は受けていたけれど、突然の夏子の死に対しての説明は、やはりどこかで納得のいかなかった自分は、自問自答を繰り返すばかりだった。

医者の説明も事実も、〝それ〟を容易に受け入れることを心が強く拒否していた。

「女はね、ちょっとしたことじゃ騒がないんだよ」という妹の言葉も瞬間、思い出していた。

「ただ、不整脈は、本人に自覚がないこともあるんですよ」

「……」

「臓器にも異状なく、出産後も念のために検査してたんですが……」

「……」

「異状は認められなかったんです」

「……出産前も、ずっと異状はなかったんですよね！」

〝冷静さを欠いていた〟という言葉などでは表現しきれない。

医者は、夏子のカルテの中に挟んであった心電図や数字などが書かれた検査票を見ながら説明を続けていてくれた。

「心室細動だということは発作が起こった時にわかったものですが、初期の抗不整脈剤も効かなくて、電気的除細動……電気ショックをし続けなければ……という状態でした」

「でも……あの……」

「大抵は、それで正常の調律に戻るのですが……力及ばず……」

「……」

「発作の原因は特定できていたので、ＩＣＵに運ぶよりは病室で処置を行うのが妥当だという見解でした」

「ＩＣＵに……運んでいたとしたら……」

「同じだったかと」

僕は、それ以上は何も言えなくなっていた。もう認めるしかない。

「もし……検死解剖所見などお望みでしたら……」

「検死？　解剖？」

「要因をより詳しく調べるために……ですね」

たぶん、僕の納得していないような、していないような言動から、そのような話が出たのだろう。

「いえ！　それは！」

綺麗な夏子のままで逝かせてやりたい。かなり、甘ったるい思いだったかもしれないが、それだけしか考えることができずにいた。

「ご主人は、今の私の説明でご納得されましたか？」

やっぱり……。

「納得というか……先生がおっしゃることを信じるしか……」

かなり失礼な言い方をしていたことは自分でもわかっていた。それでも、僕の気持ちを察してくれていたのか、医者はほんの少しだけ一瞬、笑みを浮かべた。哀しそうな笑みだった。

「本当に……」

そう言いかけた医者に、僕は「大丈夫ですから」と言葉を挟んだ。医者だって自分の患者を助けられなかったことで参ってるはずだ。しかも、それまで異状がなかった夏子の急変。人間、いつ、どのようになるか予測などつかないこともある。たとえ、誰であっても。自分の最愛の人を亡くしたばかりだったのにもかかわらず、〝人〟としての気持ちだけはかろうじて残ってはいたようだった。

受け止めなくてはならない事実がここにある。これから守らなくてはならない命もある。夏子を静かに眠らせてやりたい。

「検死解剖はけっこうです」

僕はきっぱり言った。

原因がわかったとしても、あの笑顔が戻ってくるわけではない。解剖によって、今後の医学に役立つかもしれない。それでも、静かに眠っている夏子の身体にメスは入れてほしくなかった。

「わかりました」

夏子の担当医も静かに言った。

「ありがとうございました」

僕は一礼して医局を出た。

分娩の後、深々と頭を下げて一礼した時の気持ちとは雲泥の差がある一礼。

まだ記憶に新しい〝あの時〟だった。

二　母なる偉大

病室には、もう夜が明けた朝の光が差し込んでいた。

悪夢の一夜が明け、病室内は閑散とし静寂に包まれていた。

いつも夏子と笑って話していた時の病室と同じ明るさだった。

看護師さんがひとり、夏子を見守っていてくれた。あの、温かい手をした看護師さんだった。僕の肩に軽く手をのせ、「しっかりね」と小声で言うと、そのまま病室から出ていった。

朝の光を受け、夏子は本当に綺麗だった。子供が生まれた朝と同じくらい……それ以上だった。今にも目を開けて、僕にいつもの笑顔を見せてくれる……そのような感じがしていた。

僕はベッドの横にあった椅子に座った。

「夏子」

本当に目を開けそう。

どのようなことがあっても、夏子の笑顔が僕の支えだった。

「もう一度、笑ってくれないかな」

「今さ、一番、辛いんだよな」

「……」

「だからさ、笑ってくれよ」

「……」

僕の必死の頼みにも応えてくれない夏子に〝事実〟を見た。頭ではわかっていた事実。何処かで受け入れることができないでいた事実。

「……わかった……もう、無理は言わないからね」

僕は夏子の頭を撫でた。額は、もう冷たい。少しの温もりさえ伝わってこない。

泣いた。声を出して泣いた。

「頑張ったよな……ひとりで偉かった……」

また、泣けた。

それから、夏子の顔を数時間、ただただ見ていた。

何を思っていたのか……。

生命ということ。夏子が分娩室にいた時、母の手を初めて温かいと感じていた。

母が自分や妹をこの世に送り出してくれたのだと。夏子が言っていた「人間の三大激痛の第一位」と言っていた痛みを乗り越えてくれたのだと。出産の知識のひとつとして、色々なリスクも伴うことも承知で、その〝闘い〟に挑んでくれたのだと。

あの手を温かいと思ったのは、何ものでもない、〝母親〟だから。

最後まで夏子を見守ってくれた看護師さん。僕の肩に置かれた手も温かかった。自分の母親と同じくらい。

その看護師さんも、もう高校生の子供がいると言っていた。同じようにして新しい生命を誕生させた、ひとりの女性。温かいはずだ。

女性の偉大さを改めて思い知った。産まれてきた子供は女の子。いずれ、母親になるだろう。出産の痛みも何もかも、自分で耐えるしかないのだろう。

男なんて、励ますだけで何もできない。痛みを分かち合うなんてできない。

痛みの苦しさを半分ずつになんてできない。どんなに愛する人とでも。

あの時、母が言っていたことが、切実に理解できていた。子供が大きくなったら、夏子のことを、ちゃんと話してやろうと思っていた。

「めぐみ……だったよな」

夏子に向かって言った。

「漢字、どうしようか……」

また泣けた。

本当は、今頃はふたりで宿題の答えを出し合って笑っていたはず。ひとりだけで話している自分が、どうしようもなく哀しかった。

「僕が考えちゃうからね」

少し笑ってみた。

「パパだから……」

駄目だ！

夏子が「パパだから」って言ってくれないと！

涙は何処に溜まっているんだ……どうして、こんなに止まらないんだ！

ようやく涙が止まった頃、病室のドアが開いた。あの看護師さんだった。

「お辛いでしょうけど……もうお別れはお済みに……」

「……大丈夫です」

「お子さんも待っていますからね」

そう言った看護師さんの言いたかったこと。『しっかり』ということだったと思う。

「はい」

「では……手続きなど……」

「わかりました」

僕は、眠っている夏子に軽く手を振って病室を出た。

最後に、もう一度、病室を振り返った。

夏子が子供を産んだ日。自分が持ってきたペアのマグカップがポツンとベッドサイドの棚に目についた。離れている間、夏子と自分を繋いでくれると思って持ってきたマグカップ……。

こんなに哀しい繋ぎ方などしてはほしくなかった。

三．愛の結晶

夏子のお父さんは、僕が連絡した時、電話の向こうで、一瞬の沈黙の後「そうか……」とだけ言った。

突然の知らせにショックを受けないはずがない。愛娘だ。言いたいことは山ほどあったはず。僕に対してだって。聞きたいこともあったに違いない。子供を思うことは、父親だって母親と同じだ。自分に子供ができて、さらに実感したからわかる。

「すぐ戻るから。夏子を頼むよ」

それだけ言うと、「ありがとう」と言ってくれ、電話を切った。

「夏子を頼む」それまで何度、言われたことか。

頼まれたのに、守れなかった自分。お父さんとの約束もアンディさんに誓った約束も、何もかも。

どうしようもない罪悪感にかられた。焦燥感にかられた。まだ、思いっ切り責められた方が楽だった。もう、夏子のお父さんから「夏子を頼むよ」という言葉を聞くことはない。そのことが、僕を更に哀しみのどん底に突き落としていた。

自分の親は、ただただ絶句していた。

「秀明！何してたのよ！」

「夜中に急変って病院からの電話で……」

一通りの事情を説明したが、自分の言葉を信用していない様子。

「もう一度、先生に聞いてくるわ」

「いいよ、もう。やめてくれよ」

僕が止めたのにもかかわらず、両親は夏子の主治医のところへ行ってしまった。

両親と一緒に来た妹は、ずっと泣いていた。いつもの毒舌も聞くことはなかった。

暫くして戻ってきた両親は、主治医の言うことは信じたのか、何も言わなかった。

「大変だったな」

父が一言、そう言ってくれた。

「夏子さんのお父様が帰国されるまで、どうするの？」

「自宅に連れて帰るよ」

「そう」

「でも……」

ずっと泣いていた妹が言った。

「夏子さんとふたりきりって……お兄ちゃんがまいっちゃうよ」

「……」

「……いても……目を開けてくれないんだよ」

「わかってるよ」

「想像以上に哀しいよ……きっと」

「わかってるって！」

「そっか……」

妹も、少し大きめの声でそう言った自分の気持ちを理解してくれたようだった。夏子の姿そのものが、〝ここ〟から完全に消えてしまうまで、せめて一緒にいたかった。

ふたりだけで。

病院での、種々の手続きを済ませて、夏子は搬送用の車に乗せられ、ふたりで暮らしたマンションへ戻ってきた。

親子三人で家路につけると信じて疑わなかった、あの日。

まだ、ほんの数日前のことだった。

夏子が陣痛で救急車で運ばれる時に、「頑張って」と励ましてくれた隣の人が出てきた。

「なんてこと……」

手で口をふさぎ、目からは大粒の涙が。それ以上の言葉は失っていたようだった。

隣の人は、僕が大学やバイトへ行っていた時、ひとりになっている夏子のことを気遣ってくれていた。スーパーがある場所や自宅から病院への安全な行き方などを教えてくれたり時には一緒に行ってくれたり、夏子へ畑で採れたばかりの新鮮な野菜を持ってきてくれたり、本当にお世話になった人だった。

「……大丈夫？」

今度は僕に向かって言ってくれた。

「はい。すみません」

そう返すのがやっとだった。

隣の人の涙を見て、自分もまた涙が出そうになったが必死に耐えていた。

夏子は、用意してあったベビーベッドの横に眠らせた。

遺影は、最後に夏子と行ったコスモスの丘で撮ったものを選んだ。ピンクのワンピースを着て幸せそうに微笑んでいる夏子が写っている。背景は自由でよいということだったので加工はせず、一面がコスモスで埋めつくされている遺影だった。

寒い季節だったので、ふたり過ごしたマンションで安置してよいとのこと――このことだけは〝幸い〟と言えることだったのかもしれない。

夏子が茶毘にふされるまで、地元に残っていた高校時代の友人が次々とやってきた。

その声が多かった。無理もない。陣痛が起こったその前の日、高校時代の友達に会ったと言って嬉しそうにしていた夏子がいたのだから。

「どうして……」

高校のクラスで夏子と一番、仲良かった女子……「夏子を頼むね」と僕に言ってくれた、少し夏子と雰囲気が似ているその女子は、夏子が僕の地元へ来てからも、ずっと仲良くしてくれていたと夏子自身から聞いていた。彼女は当時の彼女らしくないほど取り乱していた。あの落ち着いた感じからは想像もつかないくらいだった。

僕たちの部屋は、日が経つにつれ、お線香の匂いが漂ってきていた。

僕は、本当に静かに眠る夏子を見て、哀しいとか辛いとか……を通り越していた。

浮かぶのは、夏子との日々だけ。

夏子が転校してきた時や、転校してきた理由を打ち明けてくれた時。

初めてのキス。

コスモスの丘を自分達で〝白の丘〟と命名したこと。

初めてのクリスマス・イヴ。

受験の時の悩みや葛藤。

あの屋上での出来事。

卒業旅行と称した自分の家の別荘でのこと。

遠距離恋愛。

夏子との東京での楽しかった日々。

妊娠・結婚……出産……。

遠距離恋愛になった時も、夏子との思い出を振り返ってはいたが、それから様々なことが急激に起こり、その思い出に追加されていた。

そのような数え切れないほどの沢山の思い出の中にあったのは、いつも夏子の笑顔と笑い声だった。

もう聞くことはない……。

そのような想いが巡っては僕を苦しめている時はいつも、夏子の隣にあるベビーベッドだけが、僕の未来を支えてくれているような感覚に陥っていた。

夏子のお父さんが帰国するという日は、訃報を連絡してから四日後だった。年末のシーズンで飛行機が取れにくいということもあったそうだが、会社を経営している身。急なことだったので、その引き継ぎに追われていたそうだ。

「娘のこととはいえ、社員を放っての帰国は難しくてね……申し訳ない」

それがお父さんから、後に入った連絡だった。ちょうど多忙な時期でもあったらしい。

これも、〝人〟としての責任。それでも中一日。相当、無理なさったに違いない。

「夏子を頼むよ」

そう言ってくださった。

もう一度だけ、聞くことができた。これが本当に最後だった。

「もうすぐ会えるからね」

夏子にお父さんの帰国のことを伝えていた。そして、いつものように夏子の頭を撫でた。

夏子は今にも笑い出しそうだ。

「そうだ。名前の漢字、考えないとね」

「パパが勝手に決めちゃうよ」

病院で眠る夏子に言ったことと同じ言葉。

夏子は最後に「めぐみ」と言っていた。「私たちの結晶、めぐまれて……」と。そして「あいしてる」と……これが夏子の最後の言葉たち。

私たちの結晶……愛してる……愛の結晶。僕は、慌てて電子辞書を出した。

愛……名付けのところに「めぐむ」と！

これだ！

〝愛〟と書いて「めぐみ」。これしかないと！

「夏子！　これでいい？」

僕は、ノートに大きく《愛》と書いて、夏子に向かって見せた。気のせいとはわかっていたけれど、夏子が少し微笑んで頷いてくれたように見えた。

「愛って書いて、めぐみか～」

自分で、かなり満足していた。

「これで、ふたりの共同作業完了！」

夏子に言った。

〝共同作業〟……ケーキカット。

「ごめんな……結婚式もしてやれなかったな」

また涙が出た。

リビングの棚の上。そこには、自分が大学を卒業したら挙げようとしていた結婚式の写真が入るはずのフォトスタンドだけが置いてあった。高校時代の夏子の友人からの贈り物だった。

結婚式の写真を入れるはずだったが〝それまで〟は、ふたりの思い出の〝しおり〟を入れていた。

そう……遠距離恋愛になってすぐ、お互いの大学構内にある桜の木の〝しおり〟。僕が桜の花びらを押し花にして送ったのに対し、夏子が新緑の葉を〝しおり〟風にして送ってくれたものだった。あれから、ずっとふたりの思い出の品だったから。

「もうすぐ、ドレス、着られるからな」

〝しおり〟の代わりに入るはずだったフォトスタンドの中にいる僕たちふたりと娘の姿を想像しながら夏子に話し掛けていた。

四．幻影

十二月二十七日。夏子のお父さんが帰国する日だった。

午後一番の便で成田着と聞いていた。成田からこの土地まで、もう一便、乗り継がないといけない。

午前中、子供の退院の手続きへ行った。本来であれば、もう少し早く退院できるはずだったが、母親があのようなことになってしまったので、娘も念のための検査だけは受けていた。何も異状がなかったので、その日の退院となったのだった。

「めぐみ、迎えに行ってくるからね」

「ちょっと、ひとりになるけど、待ってて」

夏子にそう言って、マンションの部屋を出た。

マンションに来ていた母が、夏子と自分の会話を聞いて涙しているのがわかった。そのような母を父が、「駄目だろ」と言っている声。妹も涙ぐんでいた。

自分にとっては、夏子が家へ帰ってきてからずっと同じ状況だったので、無言の夏子との会話に、もう涙は出なかった。

病院へは自分の両親と妹と一緒に向かった。病院へ着くと、子供を迎えに行く時間を知らせておいたためか、あの看護師さんが玄関近くで待っていてくれた。

「大丈夫?」

「はい。なんとか」

「よかった」

看護師さんは優しく笑ってくれた。

「その節は、お世話になりました」

当然、娘の様子は気になっていたが、夏子をひとりにしたくないという気持ちが優先していたため、その間、母や妹に病院へ行ってもらっていた。その時は、「父親なんだから」というような母や妹からの言葉はなく、自分の気持ちを理解してくれていたようだった。正直、ありがたかった。

元気に育っていると報告を受けていたので、夏子にも伝えていた。

待っていてくれた看護師さんと新生児室へ行くと、その部屋の担当の看護師さんが「頑張ってくださいね」と言って、娘を僕に抱かせてくれた。

ピンクの毛布にくるまれた娘は、自分の腕を枕にするようにして、スヤスヤと眠っている。

「あらあら。お父さんってわかるのかしらね！」

周りにいた皆が笑っている。

「どうして？」

「お母さんが抱くと泣くのよ」

「私もだよ！」

母と妹が、ほぼ同時に言った。

「そうなんですか？」

娘を抱かせてくれた看護師さんに向かって言った。

「そうなのよね。お父さん、初めてなのにね」

「へぇ～」

僕は、何だか嬉しいような自慢したいような、そのような気分になっていた。

「もう！　そんなに変な抱き方なのに～」

妹が隣で笑っていた。

「ほんとよね。危なっかしいったらないのに」

今度は母。そして、皆の笑顔があった。

「だってパパだもんね～」

僕は娘に向かって言った。

「だってパパだもん」

何処かで夏子の声が聞こえた気がした。

「ママも、そう言ってるもんね～」

再び娘に向かって小さな声で言った。

「お嬢さんのお名前、決まったの？」

一緒に来てくれていた夏子の担当だった看護師さんが聞いてきた。

「はい。めぐみです」

「ああ……」

夏子との最後の会話を傍で聞いていたのは、他でもない、この看護師さんだった。

「夏子さん、喜んでいるわね」

「そうですね」

「漢字とかは？　ひらがな？」

「いえ……愛って書いて、めぐみです」

「あら！　素敵！」

「でしょ？」

「あらあら」

そのような僕たちの会話を聞いていた両親と妹が「聞いてない！」と、またも同時に言っていた。

「あら、まぁ」

また、看護師さんが笑っていた。皆の笑い声が、新生児室のある廊下に響いていた。夏子がいないだけで。

「これから、頑張って」

最後に言った、看護師さんの言葉だった。

その日は平日で大安だったので、その足で役所へ行き、出生届を提出した。

アメリカにいる夏子のお父さんと相談した結果、友引の日との関係で、夏子の死亡届は、娘の出生届より前に出すことになったのだった。

死亡届の提出の時には、両親が僕の気持ちを考慮してくれて、代理で出しに行くと言ってくれていた。

しかし、死亡届の提出は、どのような理由があろうと、その人の人生の最後の締めくくり。夏子を亡くしたばかりの僕にとっては、正直、かなりキツかった。それでも、最愛の人、夏子の人生の最後を僕の手で、きちんと締めくくらなければならないと思っていた。

「夏子を頼む」

これが、夏子のお父さんからも、最後の最後まで託されたことだったから。

出生届は、死亡届とはまた違った辛さがあった。

子の氏名という欄には、「加納 愛」と。〝ふりがな〟は、「かのう めぐみ」。

父母との関係……。当然、嫡出子ではあるけれど、現実は〝父〟だけで、〝母〟の存在はない。書類上の活字だけ。あちこちに、《母》という文字がやたらと目についた。

子供の親について書くところにあった《同居を始めた時》というのはよかったが、そこに、付属されて《結婚式を挙げた》という文字が目に入った。早い方を記入しなさいという内容だったが、やはりキツかった。

これから、夏子とともに築いていくはずの〝家庭〟が一瞬のうちに消えてしまったのだから。

「秀明」

娘の愛を抱いた母の声がした。

「なに？」

「書こうか？」

「何を？」

「出生届」

「いいよ」

「さっきから、全然進んでないから」

キツかった時間、ペンが止まっていたようだった。

「大丈夫」

それだけ言って、僕は「母」という文字を無理矢理、見ないようにしながら急いで書きあげた。

「やっぱり家で書けばよかったな……夏子だっているんだし」

「いや……やっぱり夏子の前じゃ無理だったか」

そのような自問自答を妹に聞かれてしまった。

「お兄ちゃん……やっぱり辛いよね」

また、涙目の妹。

「正直……キツイ」

「だよね」

いつも、憎まれ口を叩いては喧嘩している妹だったが、やはり家族だ。家族というありがたさが伝わってきた。痛いほど。

必要事項、全てに記入した後、最後に《父》という欄に「加納秀明」と、《母》という欄に「加納夏子」と書いた。

ふたりの名前を同時に並べて書くということは、もうない。

「婚姻届みたいだよな……」

小さく呟いた自分だった。

出生届は無事に受理され、娘は「愛」として、正式に僕の娘になった。

「頑張ったね」

妹が隣に来て、小さな声で言った。

「パパだしな」

「そっか」

哀しそうだったが、笑い顔を見せてくれていた。

家へ着くと同時に、高校時代の友人から電話が入った。三年の時のクラスメイトで、斎藤さんという女子。

当時は、V系が好きで、とにかくファッションのことに関しては、出たばかりのファッション誌を持ってきては、よく騒いでいた。夏子が東京で雑誌のモデルをしていたと話し出したのも彼女だった。夏子に、それはそれは憧れていたみたいだ。卒業後は、デザイナーになるとかで、服飾関係の専門学校へ進んだ。本当に半端じゃなくファッションが好きだったんだと夏子と話をしていたくらい。

僕は、夏子と一番仲の良かった子に頼んで、連絡を取ってもらっていた。

「加納君！ できたよ！」

電話口から飛び込んできた第一声。

「マジ？ もうできたの？」

「夏子のためだもん。学校の友達に手伝ってもらって徹夜で仕上げたよ！」

「悪かったな……毎日、徹夜してくれたの？」

「間に合わなかったらいけないしね」

「……ほんと……ありがと……」

僕は涙で声が詰まった。

「やだ……泣かないでよ」

「悪い」

「……これから届けに行くけど、大丈夫？」

「これから？　いいの？」

「いいって！　私から渡したいもん」

「夏子、喜ぶよ」

「うん……間に合ってよかった……」

電話口で、泣いていた斎藤さんだった。

それから二時間くらい。彼女が持ってきてくれたのは、夏子に、どうしても着せたかったウエディングドレス。

服飾関係の学校に進んだ彼女なら、いい案を出してくれるかもしれないと思い、連絡していたのだった。

連絡してからたった二日で仕上げてくれた。本当に心から感謝した。

二日といえば、夏子が愛を産んでから逝くまでの時間。短すぎる時間だった。

ドレスを届けに来た斎藤さんは、横たわる夏子を見て呆然となっていた。

「本当に夏子……なの？」

最初の一言だった。

少し遠くの専門学校へ通っていた彼女は地元には住んでいなかった。専門学校のある地域で独り暮らしをしていたので、まだ夏子とは会っていなかったのだった。

「夏子のさ……姿見るまで……実感がなかったんだ」

「うん」

「だからさ……高校時代の夏子のね……姿……」

そこまで言うと、もう言葉にならないくらい泣きじゃくっていた。そして、泣きながら、僕に赤い大きなリボンがかかった大きな白い箱を渡してくれた。

「赤いリボンなんて……どうかと思ったんだけど」

「夏子、喜んでるよ」

「うん……だといいけど……」

リボンを外して、箱を開けた。瞬間、フワッとした白いものが……舞い上がった⁉

「ギュッて詰めちゃったから」

彼女の言う通り、少し無理して詰めたみたいで、ふたを開けた瞬間、軽い生地だけがフワッと舞い上がったように見えたのだった。

「出してくれる？」

「うん」

彼女が立ち上がって、箱からドレスを持ち上げるように出してくれた。

全体が白く透き通った生地で包まれている感じだった。ウエストから下は、その生地が三重くらいになっていて、本当にフワフワと舞っている。その奥には、真っ白なサテン生地。光沢のある真っ白でしっかりした生地が、その透き通った生地を余計に際立たせていた。

上半身は、サテン生地の上に白いレース生地を載せたみたいな感じ。胸元には、スカート部分の軽い生地と同じ生地でバラのようなモチーフが襟ぐり全体についている。袖も、上半身と同じ感じで、スッとした長袖だった。

何処かの雑誌に載っていても不思議でない感じの仕上がり。

「これ、本当に作ったの？」

「そうだよ」

「たった二日で？」

「やればできるんだよ」

「悪かったな」

「だから、夏子のためって言ったでしょ」

「そうだけどさ……」

彼女の顔を良く見ると、泣いていたこともあったと思うが、異常に目が赤い。本当に寝ていなかったみたいだった。

「身体、壊すなよ」

「やっぱり加納君じゃないみたい」

「あ？」

「あ！　その返事はやっぱり加納君だ！」

わざと明るくしている気がした。

「夏子の前で、これ以上、泣けないよ」

その後、ポツリと呟いた。

「ありがとな」という決まり文句しか出てこない自分。

「あのさ。これ、夏子に着せてやってくれない？」

彼女にとってはかなり唐突だったと思うが、僕はドレスを作ってくれた斎藤さんに、夏子の着付をしてほしかった。

「え？」

「嫌……ならいいんだけど」

「嫌なわけないよ！　いいの？」

「どうして？」

「夏子に触っちゃって」

「いいに決まってるじゃんか」

「ありがと」

お礼を言うのはこっちなのに……。

僕は、彼女ひとりではかなり大変な作業になると思い、リビングにいた母と妹を呼んだ。

「あら〜……夏子ちゃん……！」

ドレスを見た母が、嬉しそうに叫んでいた。

「よかったね〜」

今度は涙を浮かべて夏子に話し掛けていた。

「じゃ、頼むね」

その場を離れようとしていた僕に妹が言った。

「あれ！ お兄ちゃんは？」

「新郎は、あっち」

「そっか……だよね〜」

妹は、まるで本当の結婚式の前みたいな言い方をしていた。お嫁さんをもらう兄をからかうような……。

リビングに行った僕は、棚の上のフォトスタンドを見ていた。

また幻影。

夏子との思い出の〝しおり〟が入った、そのフォトスタンドの中に笑う、親子三人の姿があった。

五．純白の花嫁

横たわる夏子は、フワフワワッと舞うような純白のドレスに包まれて、まるで天使のようだった。そのまま見つめていたら、今にも飛び立っていきそうな……「飛んで行くなよ」と呟いたいつかの、〝あの〟夏子の姿が、そのまま、そこにあった。

「夏子、綺麗だね……」

斎藤さんが僕の隣で呟いた。

「うん」

「本当だったら……」

そこまで言うと、「ハッ」というように黙ってしまった。続く言葉は……『加納君の横で』とか『教会で』とか……そのような言葉に違いなかった。申し訳なさそうに僕を見た彼女に「いいよ」と声を掛けた。

僕は、ウエディングドレスを着た夏子の手を取った。そして、左の薬指から以前、クリスマスに僕が贈ったリングを外し、新しい指輪をはめた。

結婚指輪。

傍にいた誰もが黙ったまま。

「遅くなってごめんな」

心なしか、夏子が微笑んでいた。気のせいとはわかっていたけれど……。

そして、僕の左手の薬指にも結婚指輪を自分ではめた。

高校の時に夏子にクリスマスに贈ったリングは今でも僕の胸元でチェーンに通して輝いている。

母に隠れるようにして泣いている妹の姿が視界に入っていた。

夕方に到着予定の夏子のお父さんを待ってから、このような儀式をするべきであったかもしれない。しかし、書類上の活字ではなく、指輪の交換によって、真の夫婦となっている僕たちの姿を、お父さんに見せたいという気持ちが優先した。償いにもならないこともわかっていた。それでも、お父さんに対して僕にできることは、この指輪の交換だけしか残っていなかった。

それから、用意してあった花をウェディングドレス姿の夏子の周りに置いた。

白いバラと白い百合。

「お兄ちゃん。全部、白じゃ……」

「淋しいわよね」

妹と母はそう言っていたが、僕には想いがあった。

あの時、夏子が教えてくれた〝花言葉〟。バラ自体に《愛》という花言葉がある。〝愛〟は僕たちの中では永遠のもので、娘の名前に使った文字。そして、夏子から教えてもらった白バラの花言葉。亡くなったアンディさんのお墓参りに行った時だった。

〝純粋〟

まさか、このようなカタチで夏子に白バラを捧げることになるとは、あの時は想像もしていなかったことだけれど……。そして、僕が調べた、白い百合の花言葉。これも『純粋』。夏子が茶毘にふされる時には、純白のウエディングドレスでと思っていた。何の汚れもない〝白い夏子〟を最後に……と。真っ白い雪が好きだった夏子だったから。

「……いいんだよ」

それだけしか言えない自分がいたけれど、妹も母も、それ以上は何も言わずに、僕が用意していた白い花を眠る夏子へと飾ってくれていた。

飾る……適切ではない言葉かもしれないが、まさにそのような感じだった。ドレスを作ってくれた斎藤さんも花を置きながら、「これが夏子にぴったりだよ」と……。

夕方も暗くなってから、夏子のお父さんがマンションへ到着した。

お父さんは何も言わずに、ただ、夏子の頭を撫で、ウエディングドレス姿の夏子を見ていた。そう……身動きひとつせずに。掛ける言葉がなかった。本当は、お父さんとの約束を守れずに夏子を逝かせてしまったことへの謝罪をしなければいけなかったのに！

暫くすると、お父さんが僕の方に振り向いて、静かに言った。

「秀明君……ありがとう」

「え……」

「夏子を最後まで見届けてくれて……こんなに綺麗にしてくれて……大変な……」

そして、初めて涙で言葉を詰まらせた。

「すまない……」それだけ言うと、また、夏子の頭を撫でていた。

「すまない」というお父さんの言葉。どのような意味があったのか、その真意はわからない。しかし、その心中は、察するに余りあるものであったことは間違いないこと。

僕も、傍にいた誰もが、言葉ひとつかけることはできない時間がそこにあったから。

お父さんと夏子のふたりだけにしようと部屋を出ると、リビングで眠っていた愛が目を覚ましていた。僕は、もう一度、夏子が眠る部屋へ戻り、お父さんに愛を〝紹介〟した。

お父さんは夏子を見る時以上に優しい目をした。

「孫か……」

一言、そう言うと、愛を膝に乗せて愛おしそうに見つめていた。

そっと、その場を離れた自分だったが、部屋のドア越しに、お父さんが愛と話している声が聞こえていた。

「ほら……ママ、綺麗だね」

娘に夏子の姿を見せているような感じだった。

「愛も、いつか、ママみたいなドレス、着れるんだよ」

「おじいちゃんに見せてくれるよな」

「……綺麗でしょ？ ……って」

「きっと……ママが生きていたら……そう……」

少しの間、静寂の時間があった。

そして……。

「……いつも……ひとりにして……悪かった………な……」途切れ途切れの言葉が微かに聞こえた。

まるで、僕が、愛を交えて沈黙の夏子と話している時そのもの。いつも僕の姿を見ては、泣いていた母や妹の感覚が理解できた。切ないとか、痛々しいとか……そのような言葉では言い表すことができない。ある意味、僕自身が、家族に申し訳ない気持ちになっていた時間でもあった。

特に聞き耳を立てていたわけではなかったが、壁が薄いマンションのこと。つい、耳に入ってしまっていたお父さんの言葉の数々だった。

「いつも、ひとりにして悪かった」

いつもの凛とした姿の裏にあった、夏子への深い想いを初めて見た気がしていた。

葬儀に参列してくれた知人・友人には、僕が注文しておいた白バラと白百合が渡された。

夏子が通っていた東京の大学生らしい人たちの姿もあった。そして、あの渋谷で会った男子学生の姿も。僕が会釈をすると、彼らのひとりが、僕の肩にしっかり手をのせて、「夏子ちゃん、いつも、凄く幸せだって言っていましたよ」と涙声で言ってくれた。その言葉に、一瞬、救われた気がした。

高校のクラスの友人たちが、納棺後、棺の中で眠る夏子にその花を入れながら、「夏子にブーケのプレゼントだね」と、言っているのが聞こえていた。

そして、胸元で組んでいた手に、ずっと親友でいてくれた夏子と雰囲気が似ている彼女と当時のクラスの女子数名が、本当のブーケのようにして、バラを置いてくれていた。

「ありがとな」

そう言った僕に、その女子たちは目を真っ赤にして……それでも少しの笑顔を向けてくれた。

最後に僕は、真っ白な花々に包まれた夏子へ、自分だけに用意しておいた黄色いフリージアを贈った。

ピンクのコスモスとも考えた。

しかし、その花は夏子との最高の思い出のひとつ。コスモスまで僕の傍から去っていってしまいそうな、そのような思いが強く、『せめてコスモスだけは永遠に僕の傍に』と、そっと僕の胸に思い出としてしまった。遺影の中にいる〝コスモスの丘〟で笑う夏子とともに。

棺が閉められる寸前に黄色のフリージアを、夏子の顔の右側に置いた。

夏子が転校して来たその日から、いつも、僕は夏子の右側から彼女の横顔を見ていることが多かったので、『ずっと見ているよ』という気持ちだった。

黄色のフリージアには『無邪気』という花言葉がある。僕にとっての夏子の笑顔、言葉、仕草……その全てが無邪気なままだったから。


享年十九。

二十歳を迎える僅か三カ月前に、夏子は空へと旅立った。

あまりにも短すぎた夏子の人生。


高い煙突から立ち上る煙を見ながら、ただ、その場に立ち尽くすことしかできないでいた。

『アンディさんと会えるかな……』

ふと思ったことだが、僕も一緒に……などと……決して思ってはいけないことを感じていただけだった。

純白のドレスをまとった花嫁が天使となり……天へと飛び立っていく姿が見えた。

真っ白な透き通った裾を揺らしながら……。

六．止まることない時間

小さな白い箱に姿を変えた夏子を、僕はきつく腕の中で抱きしめ、幸せ色の中で一緒に暮らしたマンションへ戻ってきた。

冷たさだけが伝わってくる小さな白い箱。もう、あの温もりさえ感じることもできないんだ……。夏子の死を、本当の意味で実感した。

一緒に戻って来た人たちが、夏子の遺影とともに白い箱が置かれた簡易の祭壇にお線香をあげてくれ、マンションを後にした。

最後に残ったのは、僕の膝の上で何も知らずに眠っている娘の愛と自分。そして、夏子。

僕は、あのピンク色に染まったコスモスの丘で撮った、本当に嬉しそうな笑顔をした夏子の遺影をぼ〜っと見つめていた。

ふと、後ろに人の気配がした。

「夏子か？」

僕は、思わず、そう言って振り向いていた。そんなはずはないのに。

親友の小野が立っていた。

同級生たちと、とっくに帰ったはずの小野が立っていたのだった。

「あれ……忘れ物？」

そう問い掛けた僕に小野は小さく首を振って、隣に座った。

「……加納、お前、頑張ったな」

「……」

「よくやったよな」

言葉少ない小野だったが、その言葉を聞いて、僕は初めて人前で本気で泣いた。小野は、自分の膝で眠っている娘を抱き上げてくれた。

「……悪い……」

「いいって」

暫く、娘をあやしてくれていた小野がポツリと言った。

「俺には言えよ」

「……ん？」

「辛いとかさ、哀しいとか。いろんなことあるだろ？」

「……まぁ……」

考えてみたら、そのような気持ちは誰にも言ったことがなかった。一言、二言、妹に言っただけ。『死というものがこんなにも単純で呆気ないものでいいのか！』『そんなはずはない』とただ繰り返す日々だった。

ここで起きたことが現実であるということは、夏子の死から様々な出来事を通し、頭では理解していたつもりでも、どうしても気持ちだけは〝それ〟についていくことはできないでいた。

それでも夏子の夫として、愛の父親として、毅然としていなければという思いが強かったのかもしれない。

夏子のお父さんの影響だったかもしれない。どのような状況でも、決して取り乱さずに毅然としていたお父さんだったから。最後まで、夏子にそう接していようと……接しなければいけないいと。

小野の「頑張ったな」「よくやったよ」という言葉に反応してしまった自分がいたのは、そういうことだったみたいだ。無意識のうちに無理し過ぎていた自分がいた。

「……お前、ずっとひとりで煙突の煙、見てただろ?」

「ああ……悪かったな……せっかく火葬場まで来てくれたのに」

「そんなことといいんだけどさ。声、掛けられなかったよ」

「……」

「聞くからさ」

僕は、小野に救われた気がしていた。本当は言いたかった。誰かの前で泣きたかった。

「……まだ、一度も結婚記念日、やってないんだよな」

「……」

「夏子をさ……いろんなところへ連れていってやりたかったよ……こっちへ来てから、全然、行けなかったし……」

「うん」

「愛に、ちゃんと逢わせてやりたかった」

「自分が社会人になって……誰の手も借りずに家族を養いたかった」

「……だよな」

「三人で笑い合いたかったよ」

小野は、抱いていた愛を見た。

「愛がさ、お嫁に行く時……」

「……」

「愛の旦那に『娘を頼む』って……隣で夏子が笑っていて……『パパ、泣かないの』なんて言っててさ……」

「加納……」

「そしたら……今度は夏子とふたりで縁側でさ……庭の木とか見ながらお茶なんか飲んでさ」

「……」

「自分の家だって建ててるんだよな……その頃は……」

小野の鼻をすする音が聞こえていた。

〝未来予想図〟

とめどなく口から出る自分の描いた未来の絵図。その未来を、あの有名な曲の歌詞のような〝幸せ色の世界〟と重ねていた瞬間でもあった。

本当に、その予想図を夏子と描けるはずだったんだ！

「雪だって……あんなに見たがってたのに……ここにいたら、いつだって見られたのに……」

「……そうなんだよな」

「あの夜だって降ってたんだ……」

溢れ出た無念の思いが止まらなかった。

「なぁ……小野」

「ん？」

「クリスマスさ……三回もあったんだけどさ……夏子と一緒のクリスマス、まだ一回しか……」

そこまで言った途端、もう、言葉にすることができなかった。

夏子と娘と三人で祝うはずだったクリスマス。夏子が、あれほど楽しみにしていた雪と共に迎え、夏子にとっては、もしかしたら初めて家族水いらずで過ごすはずだったその年のクリスマスだったから。

「特に今年の初雪が見たい」と、何度も言っていた言葉を思い出すと、〝無念〟という言葉以上の感情に押し潰されそうだった。

「棺の中さ……」

小野が苦しそうに口を開いた。

「真っ白だったじゃんか」

「うん」

「安藤の上に、雪が積もっているみたいだったよな」

「……そう見えた？」

「ああ」

「夏子、喜んでくれたかな」

「あんなに……綺麗なドレス着れてさ……雪みたいな真っ白の中で逝けたんだから……」

今度は小野の目に涙が光っていた。そして、僕は写真の中で笑っている夏子を見た。

「笑って逝けた……よな」

夏子に語りかけた。

暫く無言の時間が過ぎ……。

「俺、今晩、泊まっていこうか?」

小野が言ってくれた。

「あ……いいよ……もう大丈夫だから」

「だよな……今晩は、家族で過ごした方がいいもんな」

「いや……そういう意味じゃないけど……」

「いいって」

「悪いな」

そして、「何かあったら呼べよ」と言い残して、小野は帰っていった。

小野は今でも親友で、娘を、それは自分の子供のように可愛がってくれている。本当に感謝してもしきれない親友。夏子とのことを最初から応援してくれていたのも小野だった。

高校の時、夏子が転校してきた、あの日からずっと……。


小野が帰った後。

再び、家族三人だけの空間となった部屋。

もう夜の十時を回っていた。

愛をベッドへ寝かせて、夏子と向かい合った。

写真の中の夏子と。

「ずっと笑ってるんだな……」

僕は、覚えたての酒をグラスについで、一気に飲み干した。

「アンディさん。約束を守れず、すみませんでした」

小野には言えなかった言葉を最後に言った。

あのアンディさんのお墓で、何処からともなく、お父さんと同じ言葉の「夏子を頼むよ」という声が聞こえ、「夏子を一生守る」と誓った約束だった。


夏子と出逢ってから二年半。一緒に暮らし始めてから半年。僕の時間の流れの中には、いつも夏子がいて、夏子と僕のふたりの笑顔があった。

夏子といた時間。

描くとしたら、白の絵の具を選んだと思う。

何の色にも染まっていない白。これから、様々な色を足していける白。そして、夏子そのものの純粋な白い色。

本当なら、僕の時間は、あの二十歳の冬に止まっていたはず。

しかし、かけがえのない命が僕には残っていた。

娘という存在。

止めるわけにはいかなかった。

最終話　君色の世界

この世界が君色に染まる時
叶えられなかったその夢が
この手の中に
守るべきひとつの生命《いのち》この手の中に

「パパ～！　ママのところ、いかないの？」

夕方、保育園へ娘を迎えに行くと、いきなり僕の腕にしがみついて、愛が言った。

何処か夏子に似ている仕草や口調だ。

「明日、行くでしょ？」

「うん……」

「それより、愛、いくつになったんだっけ？」

「四さい」

「だったらお姉さんだよね～」

「うん！」

「じゃ、『おかえりなさい』は？」

「あ！　おかえりなさ～い！」

あの無邪気な夏子を見ているようだった。

保育園の先生に挨拶をして、愛と家路に就いた。

今年もまた、冬が来た。大学へ通っていた頃は、実家で両親と同居していたが、社会人になった僕は、昼間は保育園へ愛を預けて、両親とは別居した。一日でも早く、〝自分の手〟で愛を育てたかったから。

それが、夏子と僕との最後の約束だった。納骨の時に、墓前で手を合わせて誓った約束。

「愛は、どんなことがあっても守るから！」と。

　小さな手が僕の手を強く握っている。

「そんなに強く握らなくても大丈夫だって」

「パパ、あるくの、はやいんだもん」

「そっか？」

「はやすぎ！」

　四歳になったばかりだというのに、口が達者というか何というか……。

「夏子もこんなんだったのかな……」

　何気に呟いた言葉が娘に聞こえていたようだ。

「ママ、めぐみみたいなの？」

「はは……たぶんね」

　そう言えば、娘は父親に似るというけれど……⁉　どうも、愛は夏子に似ているみたいだ。

髪の毛の色といい肌の色といい、顔かたちといい。夏子そっくりだ。

「じゃ、パパ、めぐみのこと、アイシテルんだ！」

「はい？」

「だって、ママのこと、アイシテタんでしょ？」

何処で習ったのか、娘のその〝ませた〟言葉。

僕は、その言葉に笑ってはいたが、それ以上に夏子のことが思い出され、不意に涙が出そうになった。

そして上を向いた。

「パパ、なに、みてるの？」

下の方から愛の声が聞こえた。

「お空」

「ママがいるところ？」

「そうだよ」

「じゃ、めぐみもみる！」

そう言うと、愛も空を見上げていた。頬を突き刺すような冷たい風が吹いていた。

「風邪ひくと、明日、ママのところへ行けないから、早く帰ろうか」

「うん！」

相変わらず、僕の手を強く握っている愛は、頑張って早足で歩いているよう。

その姿も夏子とかぶった。夏子との思い出のひとつ、コスモスの丘。そこで見た夏子がいた。まさに家族三人で歩いているような感覚だった。

「……ということで、明日は雪模様となるでしょう」

家へ着いて、テレビをつけると、ちょうど天気予報が流れていた。

「パパ！　あした、ゆきだって！」

「みたいだね」

「やった～！　ママ、よろこぶね！」

「そうだね」

僕は、スーツから部屋着に着替えながら、テレビに張りついて喜んでいる娘を見ていた。

〝家族〟があった。

「早く、着替えなさい」

「は～い」

そのような日常の会話さえ、僕には幸せな時間。『夏子がいれば……』ふと思うこともあったが、もう贅沢は言わないと……こんなに可愛い宝物を残してくれたのだから。

「ねぇ、パパ！」

「ん？」

「クリスマス、ゆき、ふらないかなぁ」

「そうだね……今年、もう降ったっけ？」

これだけ長くこの土地に住んでいると、雪は珍しくもなく、そのようなことを娘に聞く有り様。

「ふってないよ〜」

「そうだっけか?」

「うん。ながぐつ、はいてないもん」

「だね〜……初雪か……」

もう、随分、長い間、聞いていなかったような、言っていなかったような、〝その〟言葉。

瞬間、夏子の言葉を思い出した。

『今度の冬までの宿題』

まだ、解けてもいなかったし、答えてもいなかった。

「明日、夏子に聞いてくるか」

などと独り言を言っていた自分だった。


翌日、午後からは、親族が集まっての法要があったので、愛と自分は朝一番で夏子のお墓参りへ行った。

しんしんと冷たく澄んだ空気の朝だった。空は青空で、雪が降る気配はしていない。

「ゆき、ふってないね……」

愛が、残念そうな表情で空を見ながら言っていた。

「そうだね……」

僕も愛につられて、空を見た。

「ママも、かぜひいちゃうといけないから、きょうはふらなくてよかったよね」

「愛、優しいね～」

「ママ、だいすきだから！」

会ったことがない夏子のことを、そう言っている娘が切なかった。それでも、〝親子の絆〟というような見えない糸が見えた気もしていた。

「愛は、ママ、そっくりだよ」

「やった～！」

「パパじゃ、喜んでくれない？」

「パパは、おとこのひとだから」

「ん？」

「にてたらオカシイもん」

「そっか。そうだよね」

僕は、そのような娘の言葉に思わず笑ってしまっていた。

『そのうち、わかるよ』心の中で娘に言った。

夏子が眠るお墓へ着いた。

夏子のお父さんのご希望もあって、夏子は僕の家のお墓へ葬られることになったのだった。姓が〝加納〟となり、自分の家へお嫁に来た夏子だったので、当然といえば当然だけれど、お父さんのご意思も聞いておきたかった。もしかしたら、アメリカへ連れていきたいというご希望もあると思ったので。

月命日には、自分が行けない時も、母や妹が掃除をしてくれていたので、いつも綺麗な場所になっていた。冬なので、夏ほどの雑草もなく、娘と一緒に墓石を拭いただけ。

一通りのことを済ませ、最後に夏子へ手を合わせた。

すると、合わせた僕の手元に、白いものがヒラリと落ちてきた。

「ん？」

見ると、隣で一生懸命に手を合わせていた愛も、自分の手を見ている。

「雪？」

僕は、手のひらを空に向かって広げてみた。小粒ながら、しっかりと僕の手のひらに載った雪の結晶たち。

一瞬、夏子と遠距離恋愛になる日の駅のホームでの出来事を思い出した。季節外れの雪を『初雪みたい』と言いながら手のひらで受け止めた夏子が『手のひらに染み込ませちゃった』と笑って見せた時のこと。

まさにあの時と同じフワフワとした軽く優しい雪だった。

「パパ！」

隣で、愛も嬉しそうな声で僕を呼んでいる。

「よかったな～」

「うん！　ママだよ！」

「え？」

「ママが、ふらせてくれたの！」

「そうだね」

娘の言葉が、いやに嬉しかった。

愛は、だんだん多くなるフワフワと舞っている真っ白な雪の中で、妹が買ってくれた赤いコートを着てくるくると回りながら、その雪を受け止めていた。

娘の姿を見ながら、夏子が「初雪！」といつも騒いでいたことが、つい最近のように感じられていた。

「こういうの、初雪っていうんだよ」

「はつゆき？」

「そう」

「はじめてのゆき？」

「よくわかったね」

すると娘が怪訝そうな顔をした。

「なに?」

「だって、めぐみ、ゆきみるの、はじめてじゃないよ」

「今年の冬、初めて降る雪のことだよ」

「そっか〜」

そう言うと、愛は夏子が下で眠る墓石に向かって「ママ、ありがと〜♪」とはしゃいでいた。

「ねぇ、パパ! ママといっしょに〝はつゆき〟がふったところ、みれてよかったね」

不意に愛が僕に向かって言った。

「ほんとだね。いつ降るかわから……」

そう言いかけた僕は、ハッとした。

そうだ! これが、夏子からの宿題の答えだ!

〝初雪〟と騒いでいた夏子だったが、毎回、「一緒に」という言葉がついていた。

いつ降るかわからない初雪。だったら、いつも一緒にいないと見ることはできない。特に降り始めは尚更。雪深い土地だって何処だって、〝降り始め〟を見ることは少ない。

夏子は、これが言いたかったんだ。

まさに、娘の愛が言ったこと。

「いっしょに〝はつゆき〟がふったところ、みられてよかったね」

だから、単なる〝雪〟ではなく、〝初雪〟にこだわっていたんだ！

僕と付き合って、夏子の言いたかったこと。

「いつも隣にいる」ということ。

一番簡単なことのようで、一番、難しいこと。

現に、永遠と信じていた夏子との日々が、あんなにも早く終わってしまったのだから。

一緒に暮らしていた中でも、〝それ〟は叶うことはなかった。あの年の〝初雪〟が降った時、一緒に暮らしていたはずの夏子は僕の隣にはいなかった。傍にもいなかった。

愛だって、いつか、自分の元から巣立って行ったら……一緒に〝初雪〟を見ることはないに等しくなるだろう。

最初で最後かもしれない。

その年の初雪とともに、ようやく理解することができた。夏子が残してくれた娘から教えられ……。

「愛は、やっぱりママの娘だ」

僕は、愛を思いっきり抱きしめていた。

「パパ、いたいよ」

「もうちょっと我慢して……」

僕は泣いていた。そんなささやかな夢さえ叶えてあげることもできなかった。意味さえ真剣にわかろうとしてやれなかった。

「愛……ママも……見てるかな」

愛を抱きしめたままで言った。

「パパ……ないちゃダメ」

僕が泣き声だったのだろう。

「パパがないたら、ママもないちゃうよ」

「……そうだよね」

「ママが『いっしょにみよう』って、はつゆき、ふらせてくれたんだもん！」

「本当だ……愛はいい子だね」

娘は自分の母親が死んだという意味をわかっているのだろうか。〝死〟というものを理解していなくとも、感覚としてはわかっているはず。ここにはいないという現実。〝ママ〟という言葉が出る度に空を見ている愛がいる。『ママはお空の上で生きている』そのような感覚なのだろう。

いつか、愛が成長して、本当の意味での〝死〟という意味を理解することができるようになった時、命の尊さも同時に理解してくれるだろうと信じている。

夏子の子であり、僕の子でもあるのだから。

僕の中では、未だ生きている夏子。

夏子が残してくれた様々なこと……僕が知り得る限りの、夏子の思いや信念、強さ、優しさを娘に伝えようと思っている。

「夏子のような女性になりますように」

そう強く願って。

「また、パパと一緒に初雪、見ような」

「うん！　ママもいっしょだよ」

「……そうだね」


夏子とふたりで育んだ愛の結晶。

「愛」という名前を持つ娘が隣にいる。

夏子が、ずっとずっと待っていた〝初雪〟が舞った。

夏子が降らせてくれた雪と娘は言った。

その娘が、〝初雪〟という言葉を初めて知った時。

その初雪を見た娘が発した言葉から、夏子が僕に出したままの宿題の答えを僕自身が理解することができた。

「夏子、一緒に見てる？」

その時、家族三人の存在・想いがひとつになった。

「その時、初雪が降った。」


―了―

文庫改訂版あとがき

長編を最後までお読みいただきまして有難うございました。

昨今の異常気象に伴い様々な出来事がある中、自然と共に暮らしている生きとし生けるものが生きづらい世の中になっていることは否めません。そのような環境の中でも人々に夢を与えたり、夢や希望に向かい懸命に生きている人も沢山いらっしゃいますね。

目に見えるものを信じ大切にすることも少なくありませんし大事なことですが、目には視えないもの……思いやりや愛などを生きとし生けるものへ向けることが特に今の時代に特に大切と思っております。

また、デジタルも必要不可欠な時代ですがアナログあってのデジタルです。〝人の心〟はアナログに寄るかなと筆者は感じております。

本作品におきまして、皆様のお心に何処かひとつでも残る場面や言葉がありましたら、この上なく嬉しいです。

皆様のお心が平穏であるお時間がたくさんありますように……

末筆になりましたが、本作品執筆、刊行にあたり、ご尽力ご協力いただきました関係者様に心より感謝申し上げます。

本城沙衣

〈著者紹介〉
本城沙衣（ほんじょう さえ）
ライター、記者等を歴任し小説家としての現在に至る。専門はノンフィクション作家でありながら、そこに固執することなく、多ジャンルの書籍出版、後進の執筆指導にあたっている。オリコン大賞他、各文学賞受賞歴有り。 学校での執筆指導、各所作家公演、企業研修にも携わる。

〈出版書籍〉
『響逢～ NARIAI ～』（文芸社 2018 年）
『ジレンマ』（文芸社 2014 年）
『人恋しぐれ』（文芸社 2012 年）
『グランド・ゼロ～ひとひらの雪～』（学研 Book Beyond 2011 年）
『視線（上・下）』（ゴマブックス 2009 年）
その他：小説、実務書

「その時《とき》、初雪《はつゆき》が降《ふ》った。」

2024年5月17日　第1刷発行

著　者　　本城沙衣
発行人　　久保田貴幸

発行元　　株式会社 幻冬舎メディアコンサルティング
〒151-0051　東京都渋谷区千駄ヶ谷4-9-7
電話　03-5411-6440（編集）

発売元　　株式会社 幻冬舎
〒151-0051　東京都渋谷区千駄ヶ谷4-9-7
電話　03-5411-6222（営業）

印刷・製本　中央精版印刷株式会社
装　丁　　立石愛

検印廃止

ISBN 978-4-344-69042-4　C0093
幻冬舎メディアコンサルティングＨＰ
https://www.gentosha-mc.com/